KB110999

바람 속으로

INTO THE WIND

바 람 속 으 로

꿈을 향해 살기로 하다

제이크 듀시 · 하창수 옮김

연금술사

그대가 어떤 위대한 목적,

어떤 특별한 계획으로부터 영감을 받을 때,

그대의 모든 생각은 속박에서 풀려나고

그대의 정신은 한계를 돌파한다.

또한 그대는 새롭고 경이로운 세계 안에 놓인

그대 자신을 발견하며,

그대 안에 잠자고 있는 힘과 능력과

재능들을 찾아내며, 펄펄 살아 숨쉬는,

그대가 꿈꾸었던 것보다 더 크고 위대한 자가

그대 자신임을 확인하게 된다.

— 파탄잘리 (인도 철학자)

차례

세 상 속 으 로

나에게 인생은 아직 해보지 못한 것을 행하는 무엇이다. 이
사실을 사람들이, 특히 젊은이들이 알고 있다면 불가능하다
고 생각되는 일을 성취해낼 수 있으리라고 나는 믿는다.

지난 삶을 돌이켜보면, 인생에 대한 어떤 태도가 성숙하는
시기엔 항상 이런저런 변명과 불가능성들이 홀연히 자취를
감추었다. 우리는 세상을 있는 그대로 받아들이기보다는,
우리들 가슴이 이끄는 열망에 따라 스스로 세상을 만들어
가야 한다. 물론 겁나는 일이긴 하다. 두려움은 우리의 발
을 얼어붙게 만들 수도 있다. 하지만 오히려 두려움이 우리
를 더 강하게 만들 수도 있다.

우리가 자신과 꿈 사이에 놓인 두려움을 외면하지 않고, 그
두려움이 있는 곳을 향해 한 발짝 더 나아간다면 두려움은
우리를 얼어붙게 만드는 것이 아니라 우리를 더 강하게 만
드는 질료가 될 것이다. 이것이 바로 내가 세상과 공유하고
싶은 바다. 파도에 오르지도 않고 어떻게 파도를 타고 앞으
로 나아가기를 기대할 수 있을까.

제이크를 만나고 그가 쓴 『바람 속으로』를 펼쳤을 때, 나는 이 책이 많은 사람에게, 특히 젊은 세대에게 이 메시지의 진정한 의미를 전해줄 것이라고 확신했다.

앞으로 그가 써낼 책들, 앞으로 그가 펼쳐나갈 여정들을 지켜보는 건 가슴 뛰는 일이다. 스무 살도 채 되지 않은 젊은이가 가늠할 수 없을 정도로 영감이 가득한 이야기들을 써냈다는 것도 놀랍지만, 더욱 놀라운 사실은 그 어린 나이에 약속된 미래를 박차고 지도 한 장 없이 세계를 떠돌았다는 것이다. 그가 펼쳐 보이는 경험과 지혜는 모든 세대에게 통하며, 우리 스스로 최선의 모습을 이끌어낼 수 있도록 영감을 불어넣는다.

제이크 듀시는 모험을 걸고, 두려움을 통해 스스로를 낮추며, 우리를 수없이 넘어뜨렸던 파도에 다시 도전하는 것이 더 나은 삶을 살아가는 방법임을 보여준다. 『바람 속으로』는 우리의 가장 원대한 꿈을 향해 나아가게 해줄 책이다.

레어드 해밀턴(서핑 세계챔피언)

꿈과 벌이는 모험

마침내 그녀는 짐을 꾸리고는 고국을 떠났다.

그녀는 내게 말하곤 했다.

"변수는 너무도 많아."

그날 그녀는 바람 속으로 뛰어들었다.

모험을 떠난 것이다.

그녀는 자기 자신이 친구라는 사실을 알고 있었다.

불안정한 곳에 안정이 있다는 사실도 알았다.

우주적 삶의 흐름에 몸을 맡기는 것도 배웠다.

떠나기 전 그녀는 이렇게 말했다.

"우리가 모르는 것에 균형이 있어.

꿈과 한바탕 모험을 벌이는 사람들이

보여주는 삶을 보면 알아"

생각을 바꾸거나, 비행기를 타거나, 내면을 들여다보라.

모험을 벌이는 건 죄가 아니라고 그녀는 내게 말했다.

그녀의 가슴은 더 이상 평범한 일을 원치 않았다.

마지막 순간에 그녀는 환하게 웃고 싶었다.

걱정할 필요도, 두려워할 필요도 없다. 단지 자유롭길.

그날 나는 학교를 떠났고, 텔레비전을 박살 내버렸다.

나에 대한 다른 사람들의 생각에 관심을 끊었다.

이건 운명을 살아가는 유일한 방법이다.

그녀가 물었다.

"네가 진정 원하는 게 뭐니?"

하지만 나는 내 꿈을 이야기할 수 없었다.

우리가 가장 흔하게 저지르는 실수가 바로 이것이다.

떠나기 전 그녀는 내게 이렇게 말했다.

"우리가 모르는 것에 균형이 있어.

꿈과 한바탕 모험을 벌이는 사람들이

보여주는 삶을 보면 알아."

1 미국

선택하다

이대로 둘 순 없어

인생에서 아주 중요한 선택에 닥쳤을 때, 앞으로 살아갈 날이 얼마 남지 않았음을 떠올리는 것만큼 효과적인 방법은 없었다.

— 스티브 잡스

수천 킬로미터에 이르는 여행은 하나의 '선택'으로부터 시작되었다. 나는 내가 원하는 삶이 무엇인지, 가슴에 꿈을 간직한 채 죽음을 맞이할 것인지 아니면 꿈을 좇으며 살아갈 것인지 선택해야 했다. 나는 꿈을 좇기로 했다. 나머지는 운명이란 것에 맡기는 수밖에.

나는 길을 잃었었다. 몇 년을 아무 목적 없이 흙먼지 날리는 오래된 길 위에서 갈팡질팡했다. 내 앞에는 처방 약들과 농구 장학생이라는 타이틀로 포장된 길만 있을 뿐, 진짜 행복의 길은 보이지 않았다. 내가 어디에 서 있는지조차 가늠할 수 없었다. 하지만 이제 내게 펼쳐질 길은 더 이상 흙먼지로 뿌연 길이 아니다. 여행을 시작하자 길이 보이기 시작했다. 내가 어디를 향해 가고 있는지, 그리고 어딘가로 점점 더 가까워지고 있는지 느낄 수 있었다.

"위험 없는 보상은 없다."는 말이 있다. 나는 바로 그 보상을 위해 위험을 선택했다. 지금도 삶의 주사위를 던졌던 그날을, 꿈을 걸고 게임에 뛰어든 그날의 나를 생생하게 기억한다. 내가 원하는 게 무엇인지 알 수 있었고, 세상이 부르는 소리를 들었다. 아마 내가 원하지 않았다면 세상이 나를 부를 일도 없었을 것이다. 그다음부터는 일사천리로 벌어지는 사건들에 도대체 뭐가 현실인지도 분간되지 않았다. 그저 내가 나의 현실을 창조할 뿐이었다.

모든 모험은 내 머릿속에서 시작되었다. 열아홉 살이 되던 2010년 11월 20일, 캘리포니아 루서런 대학교 경제학과 101호 강의실에서 일어난 일이다.

"내가 자넬 지루하게 만든 건가, 듀시 군?"

밀즈 박사가 불만 가득한 목소리로 따지듯 물었다.

"아닙니다, 교수님. 어쨌든 하품을 한 건 사과드립니다."

싱글싱글 웃는 얼굴로 대답했다. 진심으로 미안하다면 감히 그런 표정을 지어 보이지는 않을 것이고, 그런 얼굴로는 용서를 받지도 못할 것이다.

"흥미가 없어서가 아니란 걸 말씀드리고 싶은데요……."

나는 잠깐 말을 끊었다가 숫자가 가득 적힌 화이트보드를 바라보며 다시 말을 이었다.

"숨 쉬는 것조차 잊어버릴 만큼 매혹적이어서 마음이 완전히 사로잡혔다는 얘깁니다."

나는 당시 「사이언티픽 매거진Scientific Magazine」에서 읽은 기사 하나를 변명처럼 늘어놓기 시작했다. 하품은 꼭 지루할 때만이 아니라, 오히려 억제가 불가능할 정도로 열광할 때도 유발된다는 내용이었다. 이야기를 나누는 동안 밀즈 교수의 반응을 보니 이 기사를 이미 읽은 눈치였다. 그도 인정하는 듯 고개를 끄덕거렸다.

하지만 바로 그 순간, 내가 너무 과장하고 있다는 생각이 들었다. 내가 중요한 사실을 발견했다는 걸 더는 떠벌이고 싶지 않았다. 이야기의 초점이 빗나가버렸다. 밀즈 교수는 조금 전, 그러니까 하품을 하기 전에 내가 던진 질문에 대한 답을 전혀 가지고 있지 않은 듯했다. 나는 우리의 지갑을 쥐락펴락하는 연방은행에 왜 합법적인 회계감사가 실시될 수 없는지, 특히나 경기침체기에 더욱 그런 양상을 보이는 이유가 무엇인지 물었었다. 내 생각엔 단순한 문제였다. 그리고 그건 경제학에 관한, 경제학 수업에 딱 맞는 주제이기도 했다. 하지만 밀즈 교수는 아무 답도 제시하지 않은 채, 2010년 가을 학기 내내 배우고 있던 주제를 재빨리 은행의 긴급구제정책에 대한 필요성으로 바꿔버렸다.

"부탁이네, 제이크. 공상에 빠지는 건 쉬는 시간에나 해주게. 지금은 이 책에서 배우고 있는 것만 궁금해했으면 좋겠어!"

나는 화이트보드에 시선을 고정시킨 채 성의를 다해 고개를 끄덕거렸다. 고등학교 시절, 그때 나는 '대단한' 학생이었다. 영어 선생님은 종종 엄청난 골칫거리를 제공한 벌로 나를 복도에다 세워 놓곤 하셨다. 그런데 지금의 나는 꼼짝없이 강의실에 앉아 모범생 놀이를 계속할 것인지 말 것인지를 궁리하고 있었다.

나는 혹시나 교수님이 내 '비밀계획'을 눈치채지는 않았을까 예의 주시했다. 그의 형식적인 미소는 절망의 벼랑에 서 있는 내게 조금의 위안도 되지 못했다. 재정학 수업을 받는 동안 내가 깨달은 것이 있다면 '왜 우리는 우리의 돈을 찍어내는 사람들을 회계 감사 할 수 없는지'에 대한 답을 얻는 것이 영적스승에게 삶의 의미를 묻는 것만큼이나 중요하다는 사실이었다. 하지만 현실은 전혀 그렇지 않아 보였다. 결국 나는 눈을 감아버렸다. 더 이상 나는 그곳에 존재하지 않았다. 그 순간 하품이 터진 거였다.

나는 조그만 하얀 교실, 조그만 나무의자에 꼼짝없이 묶인 채, 비명을 지르지 않으려고 안간힘을 쓰면서 조그만 하얀 노트에 조그만 노랑 연필로 뭔가를 쓰고 있었다. 이렇게 숫자놀음이나 익히고 싶진 않았다. 우리 세대의 운명이 걸린 재정파탄을 어떻게 하면 바로잡을 수 있는가, 나는 그것을 배우고 싶었다. 조금 더 심오한 이야기를 해보자면 삶에선 사랑하는 것이 중요하지 사랑하라고 정해 놓은 것을 따르는 게 아니라는 사실이었다.

그때 깨달았다. 나는 넥타이를 매고 정장이나 차려입고서, 하루에 커피 세 잔을 마시며 내 꿈과는 동떨어진 일 속에 머문 채 살고 싶지 않았다.

내 나이 열아홉, 내 예민한 감각은 무엇이 나를 불안하게 만드는지 집요하게 묻고 있었다. 나이와는 상관없이, 정신적 육체적으로 가장 왕성한 시기에 사랑하지도 않는 일을 하며 나를 희생시킬 권리가 그 누구에게도 없다는 사실쯤은 알고 있었다.

그리고 엄지와 검지 사이에 연필을 끼워 돌리며 생각했다. 내 질문을 무시해버린 교수를 비난할 이유는 전혀 없다. 비난은커녕 그에게 깊은 연민이 일었다. 어쩌면 누구도 의문을 품지 않았기 때문에 그 역시 깨닫지 못한 것인지 모른다. 그것은 무엇이 아 원자입자를 만들어 냈는지는 아무도 알지 못하는 것과 같았다. 그것은 생각이란 게 어디서 오는지, 혹은 우리 모두가 실제로 얼마나 강한 힘을 지니고 있는지를 전혀 의식하지 못하는 것과 다르지 않았다.

물론 이 모든 의문이 한꺼번에 일어난 건 아니다. 하지만 그 순간, 나는 지금과는 다른 길을 가야 한다고, 다른 생각을 가져야 한다고 말하는 어떤 영감의 소용돌이에 깊이 빨려 들어갔다. 팔

뚝의 털이 빳빳하게 일어서더니 마치 동기부여 강사처럼 내가 가진 모든 가능성을 경험할 자격이 내게, 우리 모두에게 있다고 목소리를 높였다.

"우리가 원하는 것을 스스로 선택하고 실현해 내기 위해 최선을 다한다면, 세상은 반드시 우리가 열망하는 것을 우리 앞에 드러내 보여줄 것이다. 이것이 바로 삶을 관통하는 원리이다."

머릿속에서 들려온 소리였다.

나는 신고 있던 샌들을 벗어버리고, 나와는 맞지 않는 학생으로 가득 찬 교실의 공기를 깊이 빨아들였다. 그러고 나서 천천히 숨을 내쉬었다. 나는 서구사회가 말하는 것들에 비할 수 없이 많은 경험이 나의 내면 깊숙한 곳에 존재하고 있음을 알았다. 나는 모든 사람이 따르는 '게임의 법칙'이 존재하는 수조 안에 있었다. 하지만 나에게 다른 게임은 필요하지 않다. 온전히 나 자신이 되는 게임이면 그만이었다. 그 순간, 더 이상 어제의 내가 아니었다.

나의 겉모습은 어떤 영감도 주지 못했다. 내면의 진실을 보려는 사람에게 거울에 비친 자신의 모습은 몹시 끔찍할 수 있다. 나는 이 사실을 알고 있었다. 하지만 그럼에도 그 끔찍한 모습을 확인해 보고 싶다. 거의 2년 동안 나는 내가 무엇을 배울지 스스로 결정했었다. 이제는 거울 너머의 나를 보고 싶었다. 내 얼굴을 채우고 있는 이목구비와 내 몸의 골격과 실루엣, 그 너머에 무엇이 존재하는지 알고 싶었다. 이제라도 그러고 싶었다. 바로 그때, 짙은 바다 빛깔을 닮은 푸른 잉크가 노트를 물들이기 시작했다.

왜 너의 꿈을 좇지 않는 거지?
어떻게 하면 이 무의미한 감옥의 창살을 부러뜨릴 수 있을까?
네 가슴을 따라가지도 않으면서, 넌
무슨 자격으로 세상이 변하기를 기대하는 거야?

나는 고민했다. 여기, 내가 살고 있는 세상의 사람들은 이미 다른 사람들도 지나간 잘 포장된 길만 좇을 뿐이다. 물론 그래서 내가 그 길을 물구나무라도 서서 걷겠다는 건 아니다. 하지만 잘 포장된 길만이 아닌, 똑같은 틀에 찍어낸 것 같은 가슴이 아닌 다른 가슴으로 이곳저곳을 방랑하고 싶었다. 방법은 단 하나밖에 없었다. 위도를 바꾸는 것, 그곳으로 떠나는 것이다.

그날 경제학 수업이 끝나고 나서 강의실을 빠져나갔다. 노란색 난간을 잡고서 콘크리트 계단을 천천히 걸어 내려갔다. 그 앞 잔디밭에선 친구 타일러가 나를 기다리고 있었다. 나는 구름을 올려다보았다. 타일러에게로 가는 동안 내 마음은 3년 전, 2007년 10월 25일로 돌아가 있었다.

나는 자동차를 똑바로 세워보려고 안간힘을 쓰고 있었다. 마치 정말로 그렇게 할 수 있다는 듯. 하지만 뒤집어진 차는 아무리 다시 바로 세우려 해도 말을 듣지 않았다. 시멘트로 된 하수 탱크를 들이받았을 때, 차는 이미 바로 설 수 없는 상태였던 것이다.

게다가 그 지경에도 나는 내 1995년형 토요타 4륜구동 SUV가 멀쩡할 것이라고 생각했다.

'부모님은 차의 지붕이 거의 날아갔다는 사실도 눈치채지 못할 거야. 차 유리가 모두 깨졌다는 사실도. 내 손이 피범벅이 되어버렸다는 것도.'

조금 전, 나는 앞유리를 부수고 겨우 차 밖으로 기어나왔다.

"이봐 젊은이, 괜찮아?"

한 남자가 사고 현장으로 다가와서 내게 소리를 질렀다.

"네 번이나 굴렀는데."

"구른 건 제가 아니라 차죠. 그런데도 차가 멀쩡하네요."

나는 농담을 던졌다.

그는 내 곁으로 좀 더 다가와 내가 정신이 나갔는지를 살피는 눈치였다.

발밑에 맥주 캔들이 보였다. 사고가 일어나는 동안 스무 개가 넘는 깡통이 공중제비를 넘었을 것이다. 발부리에 챈 깡통 몇 개를 더듬어 집고는 숲으로 던져버렸다. 왜 그랬는지는 알 수 없다.

정말 정신이 나간 건지. 얼마 지나지 않아, 사고가 나면서 갖고 있던 재낵스Xanax(각종 불안장애나 불면증에 쓰는 신경안정제)가 몽땅 어딘가로 사라져버렸다는 걸 알았다. 아, 제발 가짜 신분증도 같은 운명이 되었기를……

사고가 난 지점은 엔시니타스 대로에서 10여 미터쯤 아래, 내가 다니던 고등학교에서 800미터가량 떨어진 곳이다. 한낮부터 술을 마신 나는 저녁 7시 55분에 자동차 왼쪽 앞바퀴로 중앙분리대를 들이받았다. 그 순간 내가 몰던 SUV는 네 바퀴를 굴러서, 동쪽 차로 세 개를 가로질렀다. 그러고 나서 갓길의 강철벽을 뚫고 나가 골짜기 아래로 뒤집힌 채 떨어졌다.

나는 함께 타고 있던 친구를 찾았다. 조니는 공중으로 날아가 숲에 나가떨어져 있었다. 조니가 날아가는 걸 목격한 사람은 심상찮은 일이 벌어진 것으로 판단했다. 하지만 죽은 건 아니었다. 나 역시 그랬다. 적어도, 죽은 것 같지는 않았다.

금발머리가 온통 피에 젖어 있을 거란 건 추호도 생각 못하고, 나는 눈을 감은 채로 머리를 만져 보았다. 그러고 나서 눈을 떴는데, 응급실 침대였다. 워낙 엉망으로 취해 있어서 경찰이 뭐라고 하는지 알아듣기가 힘들었다. 그런데도 혈중알코올 농도가 0.16이라는 건 똑똑히 들렸다. 내 나이랑 똑같군, 하고 생각했던 걸 기억한다. 그리고 살아 있어서 다행이라고 생각했던 것도 기억난다. 당시 죽음이 두려웠던 이유는 단 하나였다. 죽어가는 나를 의식할 수 없다는 것. 놀랍게도 그때 나는 나의 어느 한 순간이 지상에서 보내는 마지막 순간이라는 사실을 인정하고 싶지 않았다.

머리를 흔들어 몽상을 털어내자 타일러가 눈에 들어왔다. 하지만 늘 그렇듯이 나는 또 다른 기억으로 빠져들었다. 당장 한때 나를 위협해 망각으로 몰아넣었던 기억이 필요했다. 그런 기억이 지금의 나를 자유롭게 해주기 때문이었다. 가령, 지금 당장 죽을 수도 있으니, 살아있는 동안 우리는 우리의 가슴을 따라가야 한다는 것 같은…….

"야, 제이크!"

잔디밭에서 타일러가 나를 불렀다.

"괜찮아? 정신이 외출이라도 한 얼굴인걸!"

나는 친구에게 다가가며 씁쓸한 미소를 그려냈다.

"아무것도 할 수가 없구나, 친구야."

그러고 나서 덧붙였다.

"세계여행을 해볼까 싶어. 어디로 갈지는 모르겠지만. 그냥, 다른 걸 하고 싶어. 내가 왜 이 행성에 살고 있는지를 알아야겠어."

타일러가 일어나더니 내 어깨를 톡톡 다독였다. 내 말이 헛소리로 들린 게 뻔했다. 그래도 상관없었다. 꿈을 좇는 데 다른 사람들의 생각에 휘둘리고 싶지 않았다.

그날 저녁, 일찌감치 초승달을 먹어치운 굶주린 하늘엔 어둠이 가득 들어차 있었다. 별들이 보석처럼 반짝이는 어둠의 축제장을 올려다보며 나는 깨달았다. 삶에서 뭔가를 경험하고 내가 누구인지를 알아내기 위해 환갑이 될 때까지, 30년 동안 9시에 출근해 5시에 퇴근하던 직장을 관절염 때문에 그만둘 때까지 기다려야 할 이유는 없다. 우리는 지구라는 행성의 주민으로 새로운 것을 추구하기 위해 두려움을 뛰어넘을 권리가 있다. 내 인생의 주인은 '나'이다. 그래야만 행복의 진정한 의미를 찾아낼 수 있다. 행복의 진짜 의미를 찾는 것이야말로 우리가 반드시 해야 할 일이다. 하지만 우리는 너무 쉽게 굴복해버리곤 한다. 인정하고 굴복할 정도로 심각한 문제가 아님에도 불구하고.

슬금슬금 밀려드는 잠을 쫓으며 나는 스스로에게 물었다.

'할 거야, 말 거야? 너 자신을 찾을 거야, 그냥 섞여 있을 거야? 지금 아니면 언제?'

내 몸이 잠의 늪으로 빨려들기 전, 나는 내 안에 깃들어 있는 삶의 힘을 걸고 맹세했다. 그 힘이 나를 진정한 나의 길로 데려갈 것이며, 그 길에 서 있는 나를 보여줄 것이라고. 하지만 그때만 해도 나는 아직 내가 어떤 길을 가게 될지 알지 못했다. 높고 가파른 존재의 정상에 서는 것이 나의 숙명임을.

캘리포니아, 로스앤젤레스, 2010년 11월 20일

우리가 원하는 것을 스스로 선택하고 실현해 내기 위해 최선을 다한다면, 세상은 반드시 우리가 열망하는 것을 우리 앞에 드러내 보여줄 것이다. 이것이 바로 삶을 관통하는 원리이다.

꿈을 향해 살기로 하다

그대는 사랑을 찾을 것이 아니라, 사랑을 가로막는 그대 안의 모든 장벽을 찾아내야 한다.

— 루미

경제학 수업이 있고 며칠이 지난 밤, 나는 아주 미미할지라도 진정한 내 모습의 실마리를 찾아내겠다는 듯 침실 거울 앞에 대자로 섰다. 그리고 그런 나를 유심히 들여다봤다. 하지마 거울 안에서는 곱슬머리에 190센티미터가 넘는 허우대 말고는 내가 원하는 그 무엇도 찾아낼 수 없었다. 미소 지어 보려고 애썼지만, 가식적인 행동에 불과했다. 금세 그 모습조차 손가락 사이에서 타들어가던 코데인이 섞인 마리화나 연기에 완전히 묻혀버렸다. 나는 연기를 뚫고 거울 가까이로 걸음을 옮기고는 나의 푸른색 눈을 응시했다. 충혈된 왼쪽 눈이 저절로 감기고 있었다. 몇 번이나 눈을 문질러봤지만, 더 심해지기만 했다.

그때 '나'의 상태가 바로 나 자체였다. 나는 목적 없는 삶이라는 정체를 알 수 없는 연기 뒤에서 자신을 온전히 볼 수 없었다. 점점 목적 잃은 삶에 더 무감각해지고 있었다. 매일 아침 깨어나는 이유가 좋아하기는커녕 아무 가치도 찾을 수 없었던 전공수업을 듣기 위해서라니, 충분히 삶에 대한 열정이 꺾일 만했다. 나는 삶을 갉아먹는 코데인과 바륨, 코카인으로 다시 잃어버린 즐거움을 채워 넣기 시작했다. 그것은 이미 자동차 사고를 통해 깨달은, 우리는 지금 당장 죽을 수도 있으며 그래서 지금 당장 꿈을 좇아 나아갈 용기가 필요하다는 사실을 외면하는 데 아주 유용하게 작용했다.

하지만 놀랍게도 세상사에 휩쓸리는 법이 없는 내면 깊은 곳의 나는 우리가 행복하기 위해, 성공하기 위해 태어났다는 사실을 알고 있었다. 우리가 여기에 존재하는 이유는 수행해야 할 미션이 있기 때문이다. 우리는 우연으로 세상에 존재하는 것이 아니다. 자연이 어쩌다가 덜컥 우리를 만들어낸 게 아닌 것이다. 내 가슴은 분명히 알고 있었다. 세상에 나올 때 우리 모두는 저마다 특별한 목적을 갖고 태어나며, 그 목적은 우리가 상상하는 것보다 훨씬 더 멀리까지 이어져 있다. 바로 삶을 진정으로 사랑하는 것에까지. 가장 선한 것이 가장 귀중한 것이 되듯, 삶을 진정으로 사랑함으로써 우리는 각자가 인정하고 선택한 과업을 기꺼이 실현할 수 있다.

　나는 푸른색 카펫 위에 앉았다. 바인더 몇 개가 발밑에 널브러져 있었다. 나는 그것들을 멀리 던져버릴 것인지를 곰곰이 생각했다. 교수님들이 가르쳐 준 답이 있긴 했지만, 내가 찾던 답이 아니었다. 삶을 낭비하고 있다는 생각에 이르자, 눈물이 뺨을 타고 흘렀다. 카펫으로 고개를 떨군 채, 도움을 구하는 기도를 올렸다.

　나는 깊은 숨을 들이마시고 나서야 다시 평온해질 수 있었다. 내 영혼은 불안해하며 신경을 곤두세우거나, 우울해하며 자기밖에 모르거나, 혹은 인생이란 행복과는 거리가 멀다며 불평을 늘어놓는 것보다 내 안의 긍정의 힘이 더 중요하다는 것을 알고 있었다. 그럼에도 나는 달라지지 않았다. 내가 좋아하는 책의 작가들이 보내주는 긍정의 메시지들은 켜켜이 쌓여 가고 있었지만, 웨인 다이어, 토니 로빈스, 매리엔 윌리엄슨, 에크하르트 톨레, 가브리엘 번스타인, 빅터 빌라세노르, 잭 캔필드, 디팩 초프라 같은 영적 스승들에게 배운 걸 실천에 옮기는 게 두려웠다. 그 대신 '교과서를 달달 외우면서' 강의실에 앉아 있었다. 내가 아니라 세상이 나를 만들어 가는 것만 같았다.

　나는 누구든 우리의 삶이 어떻게 완성되어 가고 우리가 어떻게 하면 행복해질 수 있는지에 대해 말할 권리가 있다는 사실을 알고 있었다. 그리고 나는 이 또한 분명히 알고 있었다. 삶을 배우는 것과 살아가는 것은 다르다. 배운다는 것은 꿈에 걸맞지 않게 살고 있음을 알아차리는 것이다. 그리고 살아간다는 것은 비록 어디서부터 시작해야 할지는 모르더라도, 그 원대한 꿈을 향해 용기를 가지고 한 걸음씩 나아간다는 것을 뜻한다.

대학 첫 학기, 스스로 만족한 배움을 선택했을 때다. 그때 성적은 바닥을 쳤다. 나는 삶의 의미를 더 잘 보여주는 책들에 끌렸다. 2학년이 지나면서 이 책들 덕에 나는 문명이 우리 자신을 넘어서려는 의지를 꺾어버린다는 사실을 깨달았다. 사람들은 대개 할리우드와 수학시험, 연봉, 영화와 텔레비전 그리고 정치에 관심을 기울인다. 우리는 이유는 알 수 없지만 위대한 무언가는 당연히 특별한 사람이나 우리 외부에서만 일어난다고 생각한다. 이미 우리 안에 존재하고 있음을 의식하지 못하는 것이다.

알베르트 아인슈타인, 존 레논, 랠프 왈도 에머슨, 간디, 소크라테스, 마틴 루터 킹 목사 같은 위대한 위인들 모두 사회가 만들어 놓은 이상에 순응하지만은 않았다는 걸 알고 있으면서도 여전히 나 자신에게서가 아니라 바깥에서만 행복을 찾고 있었다(그나마 다른 사람들도 마찬가지라고 생각하면 마음이 놓이긴 했다). 그래서 나는 다시 그들을 좇아갔고, 나가떨어졌고, 다시 또 좇았고, 다시 나가떨어졌다. 여자와 마약이 주는 쾌락, 돈과 학위로 얻게 될 지위와 포상을 사랑했다. 그리고 언제나 우울과 분노, 동기의 결핍과 적대적 감정으로 되돌아왔다. 그 무엇도 완전하지 않았고 만족스럽지 못했다.

행복을 느끼지 못하는 근본적인 이유는 불행한 상황이 아니라 불행에 처해 있다는 생각에 있다. 당연히 불안해질 수밖에 없다. 어쨌든 나는 조각조각의 사실들을 모아 큰그림을 그려내는데는 늘 실패했다. 그리고 나선 정작 비난을 받아야 할 나 자신만 쏙 빼놓은 채 다른 모든 것을 비난의 대상으로 삼았다. 결국에너지를 그렇게 소진한 것이다.

나는 스스로를 되돌아보았다. 몸은 상처투성이였고, 피곤에 절어 있었다. 반들거리는 하얀 천장을 향해 고개를 들었다. 목소리하나가 내 귀에 닿았다.

"너의 몸을 묶고 있는 것들은 온통 너의 신념을 부정하는 것들뿐이다."

눈을 감고 지난 1년 반 동안 학교에서 치러낸 온갖 전투를 떠올렸다. 파티에서 정신줄을 놓고, 지갑을 잃어버리고, 공포에 휩싸인 채 침대에서 일어나고……. 이런 식으로는 절대 행복할 수없다. 그러나 내가 진정으로 원하는 것과 가장 순수하게 연결된통로가 바로 내 마음이라는 사실을 완전히 인정하기엔 내 안의두려움이 너무 컸다. 내 마음이 진정으로 내가 원하는 것과 연결되어 있다는 사실을 인정한다면, 삶의 가장 밑바닥부터 송두리째 변하리란 걸 알고 있었다. 하지만 그 변화가 두려웠다.

만약 변화에 자신을 열어 놓는다면, 누가 되었든 그는 자신이 되고 싶은 존재가 되길 마냥 기다리는 게 아니라, 자신이 되고 싶은 존재가 되기 위해 스스로 그 발걸음을 떼는 순간을 맞이하게 될 것이다. 그 사실을 내 안의 나는 알고 있었다. 나는 '행복을 찾는 법'을 일러 주는 책에 담겨 있던 온갖 장벽을 말끔히 부숴버렸다. 배움을 멈추고 행동을 개시할 때를 결정했다. 자리에서 일어나 화장실 문을 열어젖혔다. 깊어질 대로 깊어진 감정의 상태를 덮어버리기 위해 '약'을 사용하는 마지막 순간이었다. 아무리 독한 마약도 결코 내게 사랑을 가져다줄 수 없다는 사실을 왜 깨닫지 못했을까? 언제든 사랑받는 존재가 되어야 하는 자신을 이제부터라도 사랑해야 한다. 내 정신이 얼마나 강한지를 알려 주는 책들도 읽었다. 나는 할 수 있다는 것에 대한 믿음을 더 이상 마냥 받아들이고만 있을 수 없었다. 이제는 경험해야만 했다.

카펫 위에 얌전히 앉아 두 눈을 감고 호흡에 집중하기 시작했다. 굴레로부터 벗어나는 유일한 길이 우리가 찾으려는 존재가 자기 자신임을 깨닫는 데 있다는 생각에 이르자 얼굴에 미소가 번졌다. 우리 모두는 저마다 자신의 꿈과 떨어져 있지 않다. 다만 오래전부터 존재하고 있던 나를 받아들이고 사랑하면 된다. 다른 누구도 되려 할 필요가 없다. 그 순간 세상 모든 것이 내 앞에 펼쳐질 것이다.

두 눈을 번쩍 떴다. 나는 펜을 집어 들고 노트를 펼쳤다. 내 생각들을, 새롭게 인식된 이 확신들을 써내려가면서 다시금 내 마음을 프로그램했다.

노트의 빈 페이지에 이렇게 써내려갔다.

"나는 무엇이든 할 수 있다. 나는 내 생명이 부여한 존재이며, 나는……."

마지막 문장이 기록되는 순간, '쿵' 가슴 안에서 어떤 소리가 났다. 마치 뇌의 최상층부가 갑자기 작동되는 소리 같았다.

"그동안 나는 아무것도 모르고 있었어!"

나는 큰소리로 외쳤다. 그 방에서 나의 부활을 목격한 사람은 오직 나뿐이었지만 그때 나는 알았다. 나의 변화를 증언할 수 있는 사람도 오직 나뿐이라는 것, 그것으로 족하다는 것을. 세상은 우리 모두가 진정으로 특별한 존재란 사실을 가르쳐 주고 있다. 나는 이 세계에서 양육되는 동안, 그 사실을 잊고 있었다. 비로소 나는 기억을 회복한 것이다.

성큼성큼 시간이 지나갔고, 스스로 최선의 나를 찾아가고 있다는 믿음은 점점 더 강해졌다. 마침내 나는 내 귀로 들었던 모든 것을 진지하게 의심하기 시작했다. 그리고 친구들을 잃었다. 그들이 추구하는 편안함에 더는 동참할 수 없었던 것이다. 교수들도(내게 경제학을 가르쳤던 그 분도) 내 마음에 일어난 난해한 질문들에 대답하려 하지 않았다. 대학에선 더 이상 최선의 나를 만들 수 없다는 사실을 분명히 알 수 있었다. 진리는 우리가 생각하는 것처럼 계급이 아니라, 우리 각자의 가슴으로부터 나온다는 사실이 더욱 분명해져 갔다.

대학에 다닌다고 해서 기회라는 게 제발로 찾아와 문을 두드리는 건 아니다. 내 방의 문은 내가 만들어야 하고 스스로 두드려야 한다. 나는 그 사실을 깨달았다. 그리고 운이 좋게도 나는 나의 오래된 한계를 뛰어넘기 위해 이 순간 이 행성에 존재한다는 사실을 자각하기 시작했다. 아침거리로 어젯밤에 남긴 음식 찌꺼기를 끌어모을 필요는 없었다. 오늘을 살아가기 위해 오랫동안 지녀온 자기 파괴적 행동들을 끌어올 이유가 없었다. 마음이란(혼란스런 마음은 더구나) 동전의 양면과 같아서 언제든 뒤집어질 수도 있지만, 가슴이 들려주는 소리에 깊이 귀 기울인다면 결코 쉽게 뒤집어지지 않을 것이다.

늘 그랬듯 태양은 같은 방향에서 떠올랐지만 삶은 내게 다른 방향을 일러주기 시작했다.

"오른쪽으로 가서 되는 게 없다면 왼쪽으로 가봐."

우리 모두가 서로 다른 존재라면, 삶이 내게 일주일 뒤 과테말라행 비행기 티켓을 구입하도록 만든 건 전혀 이상할 게 없다. 물론 학교를 다니는 게 틀렸다고는 할 수 없다. 당시의 나에게는 맞지 않을 뿐이었다. 내가 알지 못하는 것을 찾기 위해 내가 알고 있는 모든 것을 남겨두고 떠나는 이유는 내 삶의 목적이 무엇인지 알기 위해서였다. 그럴 듯한 근거나 비전이 있었던 건 아니지만 나는 내 직관을 믿었다. 그리고 몇 달 동안 마야 문화와 '아티틀란 호수'라고 불리는 신성한 산악도시의 주술사에 대해 공부했다. 나는 이미 그곳에 가 있는 듯한 느낌이 들었다. 나는 전혀 다른 입장에서 세계를 경험하고 싶었다.

스페인어를 거의 할 줄 몰랐던 나는 스페인어에 유창한 형 콜과 형의 룸메이트 콜턴에게 2주 동안만 통역자가 되어 달라고 부탁했다. 스물네 살 동갑에 일찌감치 사업가의 길에 들어선 두 사람 역시 창업에 필요한 영감과 확신을 찾고 있던 중이었다. 우리는 2주 동안 함께하기로 약속했다. 그리고 14일 동안의 여행이 끝나면 두 사람은 샌디에이고로 돌아오고, 나는 혼자서 여행을 계속하기로 했다.

내가 꼭 증명하고 싶은 한 가지 가설은 바로 "우리 모두는 저마다 자신의 가슴이 요구하는 대로 각자의 운명을 살아낼 수 있다."는 거였다. 얼마나 오랫동안 방랑이 이어질지는 전혀 짐작할 수 없었지만, 어릴 때부터 용돈을 아껴 가며 모아 둔 8,000달러면 헤프게 쓰지 않는 한 꽤 오랫동안 돌아다닐 수 있을 거라는 생각이 들었다. 일단 과테말라에서 시작하기로 했다. 다음 여행지로 염두에 둔 곳은 오스트레일리아였다. 그곳이면 아시아로 가기 전 뭔가 균형을 잡아줄 거란 생각이 들었다.

여행을 떠나기 전, 모아 둔 돈으로 필요한 물건들을 구입하기로 했다. 기숙사를 떠나면 당장 집을 구해야 할 것이고, 집을 구하면 집세를 내야 했다. 연료도 필요했고, 밥도 해 먹어야 했다. 그렇지만 아직 먼 '미래'까지 계획하고 싶진 않았다. 위기에 처한 우리 세계에 당장 필요한 것은 변화와 평화를 끌어오기 위한 새로운 아이디어, 그것이다. 나는 나의 모든 것을 걸고 모험에 뛰어들어야 했으며, 내게 몰아칠 변화의 바람이 어디에서 불어오는지를 알아내야 했다.

나에게 주어진 삶에 대해 본격적으로 고민하기 시작한 순간이다. 그리고 얼마 지나지 않아 나는 세계가 나를 지켜주고 있다는 사실을 처음으로 완전히 믿게 되었다. 내 존재의 대부분이 미래를 상상하거나 과거를 돌아보는 데 사용되고 있다는 사실로부터 나는 그 두 양극 사이에도 삶 자체가 존재하고 있다는 사실을 깨달았다. 결국, 한때의 방랑은 삶과 나를 원래의 상태로 회복시켜 주는 길이었던 것이다.

캘리포니아, 로스앤젤레스, 2010년 11월 22일

삶을 배우는 것과 살아가는 것은 다르다. 배운다는 것은 꿈에 걸맞지 않게 살고 있음을 알아차리는 것이다. 그리고 살아간다는 것은 비록 어디서부터 시작해야 할지는 모르더라도, 그 원대한 꿈을 향해 용기를 가지고 한 걸음씩 나아간다는 것을 뜻한다.

2 과테말라

행동하다 그리고 믿다

두려움은 진짜가 아니다

"이 끝으로 오게들." 그가 말했다.

"무서워요." 그들이 대답했다.

"이 끝으로 오라니까." 그가 다시 말했다.

그들이 왔고, 그는 그들을 밀어버렸다.

그리고 그들은 날기 시작했다.

— 기욤 아폴리네르

자정이 지난 시각, 금속 새의 바퀴들이 요란한 소리를 내지르며 활주로에 멈춰 섰다. 내 두 발은 아직 과테말라에 닿지 않았지만, 먼 이국 땅을 경험하는 최초의 순간이었다. 심장박동이 빨라졌다. 숨을 쉴 때마다 살아있음이 새삼스러웠고, 절로 감사한 마음이 들었다. 흥분으로 손바닥엔 땀이 흥건했는데, 갈색 코르덴바지에 손바닥을 문질러 닦으면서야 내 생각들이 바뀌고 있다는 사실을 알아챘다. 위도가 바뀌면서 내 생각도 더욱 긍정적인 위도로 옮겨 간 것 같았다. 콜과 콜턴이 함께 있으니 걱정할 것도 없다. 내 스페인어 실력은 꽝이지만 현지인들에게 눈빛으로 호소할 필요도, 과도하게 눈썹을 치켜 올릴 필요도, 3년 동안 배운 수화를 써먹으려고 부지런히 손을 움직일 필요도, 급할 때를 대비해 관용어들을 따로 외워둘 필요도 없었다.

나는 좌석에 놓인 푸른색 쿠션을 깔고 앉은 채로 코브라처럼 등을 구부리고 어깨를 들어올렸다. 그러고 나서 자리에서 일어나 나갈 준비를 하고 있는데, 옆자리에 있던 과테말라 대학생인 엔리케가 난감한 표정을 지어 보였다. 오랜 시간 열대 태양에 노출되었을 그의 피부는 초콜릿모카 색이었다. 하지만 놀랍게도 그때 그의 얼굴은 벼락이라도 맞은 듯 창백했다. 엔리케는 허둥대며 짐을 더듬거렸는데, 아마 비행기가 막 하강하기 시작했을 때 콜턴과 나눈 대화 때문인 듯했다.

엔리케는 우리를 파티에 초대한다면서 이런 말을 했었다.

"보름달이 뜨는 밤엔 24시간 동안 격렬한 파티가 계속돼. 상상할 수 있는 모든 게 가능하지. 여자애들도 넘쳐나고."

나는 미소를 지어 보였다. 그가 아니라 나 자신에게. 그 바보 같은 짓에 속으로 웃음을 터뜨렸다. 하지만 콜턴은 그냥 잠자코 있지 못했다. 콜턴은 큰 소리로 웃으며 엔리케에게 우리 세대가 살고 있는 세상을 변화시킬 미션에 대해 늘어놓았다. 한번 말문이 터진 콜턴은 아무리 매력적인 여자들이 넘쳐난다고 해도 술병이나 비우고 호텔 풀장에서 수영이나 즐기려고 대륙을 횡단한 게 아니라고 덧붙였다. 당연한 말이긴 했다. 그러려고 우리가 과테말라까지 온 건 아니다.

나는 스스로 내가 가진 꿈을 분명히 할 필요가 있었다. 목표가 사라져버리면 곧 길도 잃는 것이다. 콜과 콜턴과 나는 오래전에 있었던 화산 폭발 이후 '아티틀란'이라는 이름을 갖게 된, 마야의 열두 개 고대 촌락이 형성된 화산지대를 깊숙이 알아보자는 데 동의했다. 우리는 우리가 가진 힘을 어떻게 쓸 수 있는지 보여줄 주술사의 통찰력이 간절했다.

터무니없는 방종을 저지르자는 엔리케의 제안에 우리의 계획을 이야기해 주었다. 그러자 엔리케는 마치 찌는 듯한 과테말라의 여름 한낮에 눈보라라도 본 듯 당황해했다.

"너희들, 정말 미국사람 맞아?"

국제공항 게이트로 걸어가면서 그가 다시 물었다.

우리 모두 고개를 끄덕였다. 그 반응에 엔리케는 끝내 구두끈을 밟아 비틀거리더니 끌고 가던 캐리어와 함께 넘어졌다. 작지만 탱크처럼 단단한 몸을 가진 콜턴이 당황한 과테말라 친구를 정중하게 일으키고는 물방울무늬 카펫이 있는 곳으로 데리고 갔다. 우리는 그의 초대에 고맙다는 말을 전하고 건투를 빈다는 말도 덧붙였다.

•

수천의 순간이 지나고 드디어 택시 승강장 시멘트 블록 위에 도착했다. 콜을 돌아보니 휴대폰으로 우리가 묵을 홈스테이에 전화를 걸고 있었다. 하지만 홈스테이에서는 전화를 받지 않았다. 어느새 밤 1시가 넘어 있었다. 택시도 몇 대 보이지 않는 시간, 문을 연 다른 홈스테이가 있을 것 같지도 않았다.

그나마 코에 맑은 공기가 들어가니 묵을 곳이 없으면 어떻게 될지에 대한 걱정도 약간은 줄어들었다. 사실 낯선 곳에서는 금세라도 무슨 일이 터질 것만 같아 알 수 없는 두려움에 휩싸일 수 있다. 하지만 용기를 내 한 발짝 내딛는 순간 십중팔구 그 두려움은 사라져버리기 마련이다. 이때 비로소 불안함 속에 존재하는 균형을 알아차리게 된다. 통제할 수 없는 일들에 맞닥뜨리면 우리는 불안해지고, 두려움은 바로 그 불안으로부터 생겨난다. 하지만 이를 의식함으로써 우리는 언제든 평정을 되찾을 수 있다. 단지 관심의 초점을 이동시키는 것만으로 '문제'를 성장의 기회로 바꿀 수 있다. 흥분이든 사랑이든 두려움이든 선택은 감정을 경험의 차원으로 전환시키는 힘이 있다.

차도와 인도 사이 경계석에 서서 줄줄이 이어진 이층 콘크리트 건물들을 바라보고 있는 동안 이 모든 생각이 떠올랐다. 그새 몇 대의 자동차가 지나갔고, 공기는 습기를 가득 머금고 있었지만 기분 좋게 따뜻했다. 우리는 택시 승강장의 철제 입구로 들어가 택시가 오기를 기다렸다. 꼭 동물원 우리 안에 들어가 있는 것 같아 웃음이 터졌다. 공항을 빠져나오던 십여 명의 과테말라 사람들이 우리를 신기한 눈으로 쳐다보고 있었다. 그러고 보니 하얀 피부를 가진 사람은 우리밖에 없다.

"택시 타려고 그래요?"

희끗희끗한 머리칼에 밥 말리가 그려진 티셔츠를 입은 과테말라 남자가 스페인어와 영어가 반씩 섞인 말로 물었다. 이번엔 우리가 그를 이상한 눈으로 바라보았다. 우리는 서로의 얼굴을 번갈아 보았다. 역시 달리 방법이 없다. 시곗바늘이 폭군처럼 새벽을 향해 전진하는 중이었다.

베이지색 세단으로 우르르 몰려가자 택시 운전수의 높다란 웃음소리가 우리를 맞았다.

"당신들, 밤비행기로 도착했는데 묵을 곳이 없는 거지? 이런 늦은 시간에 과테말라 열세 개 구역에서 눈을 붙일 수 있는 데라곤 딱 세 곳뿐이라네."

콜은 택시 운전수에게 우리가 묵기로 했던 곳을 설명하면서 홈스테이의 주소가 적힌 쪽지를 건네주었다. 무슨 뜻인지 운전수는 다시 웃음을 터뜨렸다. 일단 차를 출발시킨 그는 자신을 '파블로'라고 소개하고는 과테말라에 온 걸 환영한다고 했다. 돌을 깔아 만든 도로에서 차는 연신 덜컹거렸다. 나는 너덜거리는 시트에서 널뛰기를 하느라 정신이 없었다. 그나마 바깥 구경을 하려면 뒷문 차창에 낀 한 움큼의 먼지를 닦아내야 했다. 창밖으로는 무장한 경비병들이 삼엄하게 서 있는 철조망으로 둘러쳐진 검문소가 보였다. 이제껏 한 번도 본 적이 없는 풍경이었다.

내가 사는 곳과 이곳의 차이는 충격적이었다. 나는 샌디에이고의 여섯 시 뉴스를 상상했다. "이곳의 한 십대 청소년이 과테말라에 가 어마어마한 소동을 일으켰습니다! 톰이 전해 드리는 일기예보부터 듣고 자세한 소식을 전해 드리도록……."

고국을 떠난 첫날밤만큼은 '물리학의 법칙'에 도전하지 않으리라, 나는 다시 미소 지으며 머리를 쓸어넘겼다. 그러고 나서 속으로 생각했다.

'기회는 얼마든 있겠지.'

몇 분 뒤, 택시는 우리가 묵으려고 했던 홈스테이에서 몇 미터 떨어진 도로가에 쿵쾅거리는 소리를 내며 멈췄다. 콘크리트 담벼락 위에 전등 하나만 달랑 켜져 있었다. 바람이 잠잠한 어둠 속에서 과테말라의 푸른색 국기가 매달려 있는 홈스테이가 보였다.

나는 급하게 택시 문을 열다가 아차 싶었다. 문이 떨어져 나가는 소리가 난 것이다. 다행히 문이 떨어져 나간 건 아니었다.

바람은 아직 깊이 잠들어 있었다. 나는 오래된 흰색 이층 콘크리트 건물을 물끄러미 바라보았다. 3미터 정도 높이의 커다란 철제 대문이 담벼락처럼 솟아 있었다. 건물은 인적이 끊긴 두 거리의 교차로 코너에 있었는데, 살짝 금이 간 높다란 콘크리트 담 위에 가시철망이 둘러쳐져 있는 아파트와 마주 보고 있었다.

파블로 씨가 초인종을 눌렀지만 끝내 아무도 나올 것 같지 않았다. 시멘트 보도 위에서 자야 할지도 모른다는 생각에 심란해졌다. 그때 파블로가 말했다.

"노 아쿠이No aqui(여긴 글렀어). 여긴 안 되겠어. 이제 두 군데 남았군."

그의 말이 내 귀에는 "노 아구아No agua(물이 없어)"로 들렸다. 그 말을 듣는 순간 마음이 편해졌다. 하룻밤 정도는 물 없이도 얼마든 지낼 수 있지 않은가. 그러나 곧 콜턴과 콜이 재빨리 바로잡아 주었고, 웃음이 터져 나왔다.

나는 파블로 씨 뒤에 나란히 붙어 서 있었는데, 그가 우리에게 따라오라는 제스처를 했다. 그는 돌로 된 도로를 내려가더니 우리를 홈스테이 건물 뒤편에 있는 또 다른 홈스테이로 안내했다. 건물들이 교차하는 좁은 도로는 다른 길과 이어져 있었다. 대나무로 된 문에 황금색과 검정색으로 마야의 창조신들이 그려져 있는 것만 빼고는 먼저 본 홈스테이와 별반 다를 바가 없었다. 너무 비슷해서 웃음이 절로 났다. 멀리 이국에서 삶의 진실을 발견한다면 마야의 창조신들이 어둠을 건너와 나를 지켜주는 것이라는 생각이 들었다.

출입문 안쪽에서 들려온 남자의 답변은 방이 모두 찼다는 거였다. 문은 닫힌 채 안으로 잠겨 있었다. 느닷없이 바람이 몰아친 게 반응의 전부였다. 다시 웃음이 터져 나왔다. 내 인내심에 나도 놀랐다.

"공항으로 다시 돌아가서 자야 하는 건가요?"

형 역시 환하게 웃으며 파블로 씨에게 물었다. 어릴 때부터 언제나 내 마음의 먹구름을 걷어내 주던 그 미소다.

"아니, 아니! 공항도 밤에는 문을 닫아! 세라도cerado(닫는다고)!"

파블로 씨가 손사래를 치며 말했다.

우리는 텅 빈 도로를 100미터는 어슬렁거리며 내려갔다. 길을 따라 내려가다 보면 어딘가에 내가 찾는 삶에 대한 답들이 기다리고 있을 것 같았다. 우리는 늦은 밤 그 도시에서 눈을 붙일 수 있다는 세 곳 중에서 마지막 홈스테이 앞에서 발길을 멈췄다. 복층 구조의 외형은 한눈에도 고급 주택으로 보였다. 하얀색 창틀에 갈색 유리가 끼워져 있었다. 자그마한 흰색 대문에는 검정색 금속 빗장이 걸려 있었는데, 그 사이로 오래된 석조 분수가 있는 앞마당이 보였다. 졸졸, 가볍게 떨어지는 물소리에 마음이 편안해졌다. 그 집이 다른 홈스테이에서보다는 더 생동감이 느껴졌지만, 깊은 잠에 빠져들어 있기는 매한가지였다.

나는 안에 있는 사람들을 깨울 수 있을까 싶어 담벼락 가까이로 걸어가 몇 마디 하려 했는데, 콜턴과 형에게 이상하게 보일까

신경이 쓰였다.

창문에선 어떤 구원의 불빛도 새 나오지 않았다. 막다른 길 끝에 있는 문은 잠겨 있었고, 우리는 왔던 길을 되돌아 걸음을 옮겼다. 상황이 더 좋아질 기미는 거의 보이지 않았다. 파블로 씨는 계속 초인종을 눌러댔고, 건물 안쪽의 인터컴 장치에서도 계속 초인종 소리가 울려 나왔다. 마음속 걱정거리가 그리 크진 않았던 터라 이런 상황에서도 우리는 터지는 웃음을 멈출 수 없었다. 이미 모두 인내와 굴욕과 융통성의 시험에 대비해 만반의 준비를 갖추고 있었다. 그때였다.

"철컥! 철컥!"

자물쇠 풀리는 소리가 들렸다. 이어 피난처의 불빛이 깜박거리며 켜졌다. 멀리, 문가에 우아한 여인의 모습이 나타났다. 그녀는 현관 계단을 내려와 앞마당을 건너왔다. 그러고 나서 빗장을 푼 뒤 어르듯 말했다.

"기다리게 해서 미안해요…… 젊은 사람들을 시멘트 바닥에서 재울 뻔했군요."

나는 어색한 미소를 띠긴 했지만 당황하진 않았다. 걱정하지 않고 있으니 모든 게 이뤄졌다. 우리가 원하는 대로 산다고 해서 벌을 줄 만큼 삶은 고약하지 않다.

새로운 친구 파블로 씨는 잠잘 곳이 생겨 마치 큰 구원이라도 얻었다는 듯한 표정을 지어 보였다. 우리는 그에게 다음 날 아침,

세 시간 거리의 아티틀란 호수까지 운전해 줄 것을 부탁하고 나서 작별인사를 건넸다.

과테말라시, 2010년 12월 21일

～

낯선 곳에서는 금세라도 무슨 일이 터질 것만 같아 알 수 없는 두려움에 휩싸일 수 있다. 하지만 용기를 내 한 발짝 내딛는 순간 십중팔구 그 두려움은 사라져버리기 마련이다.

우연의 일치란 없다

모든 것은 에너지로 존재할 뿐이다. 원하는 현실에 주파수를 맞추면 현실은 그대의 것이 될 수밖에 없다. 이것을 철학적이라고 생각하는가? 이건 물리학적으로 말하는 것이다.

– 알베르트 아인슈타인

아침 여섯 시, 파블로 씨의 미소가 어찌나 활기에 넘치던지 과테말라의 금세 내린 유기농 커피에 대한 갈망까지 씻어내 줄 것 같았다. 사실 벌써 한 잔 마셔서 갈증이 풀리긴 했지만.

"아저씨, 우리가 준비한 선물이에요."

진입로에 세워 둔 택시에 짐을 싣는 동안 파블로 씨에게 새 밥 말리 티셔츠를 건네며 말을 걸었다. 미국을 떠나기 전, 나는 흰색 무지 티셔츠 한 장을 빼곤 나머지는 모두 밥 말리 티셔츠로 가방을 채워 넣었었다. 내가 만나게 될 사람들에게 평화와 지혜의 메시지를 전하고 싶어서였다.

파블로 씨는 청량한 하늘을 향해 셔츠를 들어 보였다. 마치 영화 〈라이언 킹〉에서 무파사가 아들 심바를 들어 올리듯. 그러더니 한 사람씩 숨이 막힐 정도로 격렬하게 끌어안았다. 그것이면 어떤 감사의 말을 듣는 것보다 충분했다. 하늘은 멋진 일들을 예고라도 하듯 구름 한 점 없이 맑았다. 우리의 새 '친구'가 여행객이라면 맞닥뜨릴 수밖에 없는 문제들에 적절한 해법을 제시해 줄 거라는 사실을 믿어 의심치 않았다. 어젯밤에 그랬듯 우리는 다시 택시 안으로 우르르 몰려들었다. 형이 앞자리에 앉고 콜턴과 내가 뒷자리에 자리를 잡았다. 나는 지나가는 장면을 하나라도 놓치지 않으려는 강아지처럼 창밖으로 머리를 내밀었다.

거의 발가벗은 채로 흙바닥에 앉아 있는 아이들의 모습을 보니 서구인들이 별난 종족처럼 느껴졌다. 우리에게는 태어나면서부터 무수한 가능성으로 가득한 삶과 그 삶을 바꿀 수 있는 기회가 주어진다. 스스로 자신이 누구인지, 왜 이 행성에 와 있는지 밝혀내려는 의지만 있다면. 그렇지만 이들에게는 인간이라면 누구나 누려야 할 기본적인 자유조차 없는 것처럼 보였다. 이들이 가진 것은 과테말라 시 전역에 높이 솟아 있는 유리와 콘크리트, 철로 지어진 빌딩들과는 비교할 수 없을 정도로 작았다. 미국에 기반을 둔 다국적 석유기업 텍사코와 셸, 맥도널드는 씨를 뿌려 놓은 듯 거리 곳곳에서 불쑥불쑥 나타났고, 빌딩들은 하늘을 조각내 놓았다. 택시를 타고 이동하는 동안 내내 그 모든 것이 어떻게 들어선 것일까 궁금증을 떨칠 수 없었다. 그나마 지나가는 구름이 하늘을 조각내지는 않는다는 사실에 위안을 얻었다.

시골로 접어들면서 나는 차창에 더욱 얼굴을 갖다 댔다. 초록으로 물든 산은 개울에 빠져 있는 하늘을 타고 올랐다. 보이는 풍경들은 하나같이 내게 에너지를 불어넣어 주었다. 곡선을 그리며 흐르는 강들은 반짝이는 리본처럼 착시를 일으키며 고원을 가로질렀다. 돌아내려가던 강줄기가 180도 방향을 틀어 완전히 다른 방향으로 갈라질 때까지 나는 무한궤도를 돌 듯 산 하나를 빙 둘러 보았다. 그러다가 길가에 있는 집들 안쪽까지 들여다볼 수 있을까 싶어 뚫어져라 창밖을 주시하기도 했다. 그 집들은 어린 시절 늦은 오후 시간을 보내곤 했던 뒷마당의 나무 위 집과 비슷했다. 저녁을 먹으라며 부르는 엄마의 음성이 들리는 것 같았다. 나는 내가 살고 있는 세상에서 아무 특권도 누리지 못하는 나를 상상해 보았다. 그러면 나는 살아갈 수 없을 것이다.

나무가 울창한 산을 휘돌며 올라가는 동안 도로변의 흙길에 살고 있는 마야인들의 자그마한 '촌락'을 유심히 살피면서 나는 하나라도 놓칠 새라 계속 주변을 두리번거렸다. 양철에 드문드문 나무가 보이는 구조로 된 과일가게들은 앞쪽에 비스듬히 지붕을 붙여 마치 별채처럼 지어져 있었는데, 거주하는 집은 그 가게들 뒤편에 있는 듯했다.

나는 의자에 머리를 기댄 채 힘을 빼고 고개를 기울였다. 눈을 감자 내 꿈들이 파노라마처럼 펼쳐졌다. 과테말라행 비행기 안에서 콜턴이 한 말이 떠올랐고 미소가 지어졌다.

"사람들은 대부분 가장 위험한 모험에 자신의 삶 전체를 걸지. 그런데 이상한 건 말이야, 그들은 당장 하고 싶은 일이 아니라 나중에 그걸 할 수 있는 자유를 사는 데다 걸어."

콜턴의 말은 지금 당장 자유를 찾아야 한다고 다짐하게 했다.

"나는 탐험가야. 탐험가는 수천 수만 날이 걸리더라도 꿈을 실현하기 위한 새로운 길을 찾아가야 해."

나는 나직이 중얼거렸다.

"제이크? 제이크? 제이크 어디 갔나?"

콜이 장난스럽게 내 배를 찌르며 물었다.

나는 눈을 떴다.

"아무 생각 없어. 날 돌덩이라고 생각해."

하지만 사실은 아침이 되어 잠에서 깨어났을 때, 모든 것이 꿈처럼 사라져버릴지도 모른다는 두려움 때문에 내 생각을 이야기할 수가 없었다. 40분쯤 뒤, 한 번도 본 적 없는 풍경이 창밖으로 펼쳐졌다. 햇살이 부서지듯 반짝거리는 호수는 마치 우주의 수영장 같았다. 또 해발 2천 미터 높이에 초록 나무가 무성한 세 개의 화산이 떠 있고, 그 산자락에는 튼튼한 건물들, 작은 마을들이 빼곡했다.

"친구, 파나하첼Panajachel(과테말라 솔롤라 주에 있는 작은 도시)이라네. 아티틀란 호수의 본거지지."

파블로 씨가 알려줬다. 우리는 그에게 50달러를 건넸고, 그는 작별의 포옹을 남기고 떠났다.

•

부둣가 돌길에는 맨발의 아이들이 줄지어 있었다. 또 한 무리의 아이들은 바람이 빠진 공을 차며 축구 경기에 푹 빠져 있었다. 아이들 얼굴에 핀 미소를 보니 아이들과 우리 중 누가 정말부자인지 헷갈렸다. 아이들의 웃는 얼굴이 꼭 '당신들은 돈으로살 수 없는 것들을 얼마나 갖고 있냐'고 묻는 것만 같았다.

현지 이름으로 '티엔다tienda'라고 부르는 나무로 지은 작은 가게들이 마을 중심가를 따라 늘어서 있었다. 아이스크림 광고판들이 하얀색 나무 벽마다 매달려 있는데, 아이스크림은 얇게 썬감자튀김 다음으로 가장 값싼 먹을거리였다. 예닐곱 개의 나무로된 가게가 다닥다닥 붙어 있고 가게마다 파는 물건들이 똑같았다. 사람들은 다섯 명씩, 열 명씩 무리를 지은 채 무슨 말인가를주고받았는데 짐작컨대 어떻게든 우리에게 물건을 팔려고 작당하는 것 같았다. 얼마나 지났을까, 터무니없는 추측이 아니란 걸증명이라도 하듯 그들은 우리를 가족이나 다름없다며 팔을 잡아끌고 선글라스와 마야식 담요가 들어 있는 가방을 보여주었다.

호수를 둘러싸고 있는 열두 개 마을의 주요 수송수단은 작은 보트였다. 우리는 나무로 지은 선착장으로 갔다. 부두에는 배 하나로는 모자라서 두 척의 보트가 하나로 연결돼 있었다. 우리가 가기로 한 곳은 호수 건너편에 있는, 강력한 치유의 에너지를 가진 곳으로 알려진 산 마르코스였다.

콜턴과 콜과 나는 물결에 흔들거리는 소박한 선착장에 정박해 있는 조그마한 나무보트를 향해 걸어갔다. 일고여덟 명의 남자들이 다급하게 우리를 재촉했고, 우리가 배에 오르자 선장이 천천히 배를 움직였다. 배가 수면 위를 미끄러져 가기 시작했을 때, 우리는 배가 가라앉지 않게 해달라고 기도하면서도 왠지 웃음을 참을 수가 없었다.

중남미의 태양이 내 얼굴과 끈적하게 달라붙어 있던 힘겨움과 불안을 녹여버렸다. 걱정은 말끔히 사라지고, 가슴 가득 차오른 꿈이 머잖아 이뤄질 것 같았다.

평화로운 그림처럼 펼쳐진, 생명의 기운이 넘치는 밀림은 내 안의 존재에 충만함을 선물했다. 세 개의 초록색 화산이 푸른 호수를 이윽히 굽어보고, 음식점에서 새어 나온 연기는 초록으로 덮인 산자락에 아늑하게 자리한 마을 너머로 넓게 퍼져 갔다. 그때 선장인 엠마누엘 씨가 영어로 말했다.

"저 풍경을 보고 있으면 신의 손가락이 세 개뿐이란 생각이 들어요."

나는 그를 진귀한 눈으로 바라보았다. 그의 말은 한 편의 시였다. 세 개의 화산을 신의 손가락에 비유한 표현에 나는 격하게 고개를 끄덕였다. 그리고 머리를 연신 끄덕거리며, 하늘 높이 떠 있는 한 쌍의 매의 비행 경로를 따라 시선을 옮겼다.

"형들, 저기엔 대체 무슨 뜻이 있는 거지?"

내가 매를 가리키며 흥분한 목소리로 물었다.

"두 마리가 저렇게 하늘에 떠서 선회하는 건 메시지를 전하는 거야. 그대들은 이제 곧 샤먼을 만나게 될 것이다!"

나는 변죽을 울리듯 나무의자를 두드리며 마음껏 웃음을 터뜨렸다. 선장이 맞장구를 쳤다.

"모든 두드리는 소리는 대지의 심장박동이라네."

그러고 나서 작은 배의 바닥을 쿵쿵 발로 구르며 우리가 알아들을 수 없는 마야의 만트라를 읊기 시작했다. 얼마 동안 입을 다문 채 그의 읊조림을 듣고 있는데 호수가 물보라를 일으키며 우리의 얼굴을 때렸다. 만트라를 다 읊고 난 선장이 말했다.

"대지와 모든 존재가 하나가 된다는 뜻이라네."

그가 환하게 웃으며 우리를 가만히 바라보았다.

"우리가 이 세상에 있는 건 서로 떨어져 있다는 환상에서 깨어나기 위해서라네. 아침 해가 솟아오르듯, 서서히 새로운 삶의 길이 솟아오르고 있어. 그것을 기꺼이 받아들이는 자가 번영하게 될 걸세."

보트는 어느새 우리가 가려는 곳의 물가를 따라 늘어선 야자나무 군락 속으로 흘러들어 갔다. 그 사이 익숙해진 사람들이 지켜보는 가운데, 우리는 풀이 무성한 호숫가로 뛰어내렸다. 습기를 가득 머금은 열대의 공기가 기분 좋게 살갗에 닿았다. 푸르고 노란 꽃들, 키 낮은 야자나무, 자주색 열매들이 점처럼 박힌 녹색 숲에는 자그마한 안락의자들이 놓여 있고 형형색색의 해먹들이 걸려 있었다. 내 눈길을 가장 강렬하게 잡아끈 것은 바나나 나무 아래 걸려 있는 해먹이었다. 호수에서 돌을 던지면 닿을 만큼 가까운 거리였다.

그 바로 위, 경사지에 있는 음식점의 대나무 울타리는 호수 너머로 길게 뻗어나 있었다. 음식점 건너편으로 눈길을 옮기자 우리가 묵기로 한 붉은색 타일로 된 스페인풍 지붕의 하얀색 호텔 건물이 보였다. 타일이 만드는 무늬는 산비탈의 경사와 정확히 일치했다. 깊이 숨을 들이마시자 타말레(옥수수 가루, 다진 고기, 고추로 만든 멕시코 요리의 일종)와 향신료 그리고 구수한 콩 삶는 냄새가 콧속으로 빨려 들어왔다. 금방 입안에 침이 고였다.

"여긴…… 아, 여긴…… 완벽해."

나는 눈앞의 모든 풍경에 순식간에 매료되어 중얼거렸다. 내 안의 세포 하나하나로 모험심이 퍼지고 있었다.

아티틀란 호수, 2010년 12월 22일

사람들은 대부분 가장 위험한 모험에 자신의 삶 전체를 걸지. 그런데 이상한 건 말이야, 그들은 당장 하고 싶은 일이 아니라 나중에 그걸 할 수 있는 자유를 사는 데다 걸어.

콘도르와 독수리를 따라 날아오르다

그대가 인간으로서 누구에게도 넘겨줄 수 없는 권리는 그대 삶의
하루하루를 신비롭고 훌륭한 징조로 받아들이는 것이다.

– 롭 브레즈니

타는 듯한 태양은 우리의 하얀 피부를 마구 공격하고 있었다.
그리고 그렇게 숨막힐 듯한 더위를 절감하는 동안, 장작더미를
이고도 전혀 흔들림 없는 우아한 자태의 여인들이 눈에 띄었다.

콜과 콜턴과 나는 군데군데 부서진 돌길을 따라 마을로 걸어
내려갔다. 호수가 건너다보이는 마을의 위쪽 초입은 몇십 미터쯤
아스팔트로 포장되어 있었다. 그곳은 현실에는 있을 것 같지 않
은 천국과도 같은 열대 특유의 분위기와 가난에 찌든 모습이 뒤
섞인 작은 마을이었다. 또 군데군데 금이 간 오래된 건물과 양철
지붕을 한 판잣집, 우중충한 빗물배수관 들에는 온갖 착취의 역

사가 묻어 있었다.

아스팔트로 포장된 유일한 도로는 호수를 따라 나란히 나 있었다. 대략 20여 미터마다 돌로 된 좁은 골목들이 나타났는데, 아스팔트길에서 수직 방향으로 뚫린 골목이 호수로 가는 길이었다. 한참을 걷다가 결국 비슷비슷하게 생긴 어떤 길로 들어서니 싱그러운 커피나무들이 보였다. 거기에는 중년의 한 남자가 뭔가를 질겅질겅 씹으며 과수원 울타리에 바짝 붙어 있는 바위에 등을 기댄 채 앉아 있었다. 얼굴을 보니 주름살마다 피가 말라붙어 있고, 코는 휘어 있었으며, 옷은 때에 절어 남루했다. 모카커피색의 뺨은 푹 꺼져 있었고 피부는 오랫동안 햇볕에 그대로 방치돼 있었는지 시꺼멓게 그을려 있었다. 그 남자는 탈수증이 아니라면 술에 취한 것인지 알아듣기 힘든 말을 중얼거리며 우리에게 돈을 요구했다. 우리는 별 고민 없이 필요할 때 쓰려고 남겨 뒀던 돈을 남자에게 주었다. 남자의 얼굴에 미소가 떠올랐고, 그 미소는 마치 그의 영혼의 소리 같았다.

우리는 그에게 인사말을 남기고 다시 걸음을 옮기기 시작했다. 그때 나는 우리가 이 세상에 아무것도 없이 왔다가 다시 아무것도 없이 떠난다는 사실을, 결국 우리가 할 수 있는 가치 있는 일이란 누군가에게 무언가를 주는 행위뿐이라는 사실을 새삼 떠올렸다. 시야에 오렌지벌새로 보이는 새 한 마리가 들어왔고, 그 조그만 새에게 미소를 보냈다. 그랬더니 새가 마치 내가 보낸 미소에 화답이라도 하듯 노래를 불러 주었다.

우리는 현지 음식을 먹을 수 있는 곳을 찾아 계속 걸었는데, 걸어가면서 나는 단층으로 된 작은 가게들의 동물 모양으로 조각된 대나무 문살들을 손으로 더듬어 보기도 했다. 풀이 우거지고 온갖 쓰레기로 덮여 있는 한 곳만 문이 닫혀 있고, 가게들은 길을 따라 100여 미터나 늘어서 있었다.

길을 따라 걷는 동안 나는 4미터 너비의 돌로 된 길에 완전히 매료되었다. 마을 사람들은 하나같이 가게 밖으로 나와 앉아 있었는데, 더러 감시하듯 노려보는 사람도 있었지만 대부분은 밥 말리 셔츠를 입고 있는 내게 친근한 미소를 보내 주었다. 어떤 가게들은 구워 익힌 음식을 팔았고, 구석자리의 조그만 가게는 대부분 음료를 팔았다. 테이블이 여러 개 놓인 식당도 몇 군데 보였다.

걸음을 옮길 때마다 구운 바나나빵의 신선한 향기가 진하게 밀려들었다. 얼마 뒤 교차로에서 마주친 한 할머니는 자신의 식당으로 들어오라고 손을 흔들어 보였다. 아스팔트길에서 벗어난 곳에 있는 할머니의 식당은 '포옹'이라는 뜻의 '로스 아브라조Los Abrazos'였다. 나는 식당의 구조를 신기하게 바라보았다. 만화 같은 데서 본 적이 있는 석재조각품들로 가득 찬 돔처럼 둥근 형태를 한 원주민 고유의 흙벽돌집은 완전히 붉은색이었다.

우리는 할머니의 미소에 이끌려 식당 안으로 들어섰다. 회색빛을 띠고 있는 할머니의 '사원'은 칠흑처럼 검은 그녀의 머리칼과 참 잘 어울렸다. 할머니는 온기 가득한 두 손으로 우리의 손을 잡고서 사방 6미터 넓이의 방으로 안내했다.

콘크리트로 되어 있는 원형의 단순하지만 우아한 느낌을 주는 방에는 자잘한 금이 많이 나 있었는데, 바닥엔 손으로 뜬 붉은 색과 노란색, 자주색 매트가 깔려 있었다. 마야의 전사들이 조각 되어 있는 벽 아래쪽에는 둥그런 모양의 칸막이 서너 개가 놓여 있었고, 우리는 작은 주방에서 가장 가까운 테이블에 자리를 잡 았다. 테이블 위에는 물잔이 놓여 있었는데, 나는 돌로 된 테이블 위에 두 손을 얹고 고개를 들어 여러 개의 촛대가 꽂혀 있는 짙은 붉은색의 대들보를 올려다보았다.

우리가 앉은 자리에서 멀리 떨어진 구석에는 반듯한 돌로 된 벽난로 두 개가 각을 이루며 놓여 있었다. 한쪽 난로 위에는 콘도르가 조각된 커다란 돌이, 다른 쪽엔 독수리 조각이 앉아 있 었다. 가까이에선 향이 타고 있었다. '안토니아'라는 이름을 가진 할머니는 어떻게 벽난로의 불길을 이용해서 음식을 만들어내는 지 설명해 주었다. 금이 간 벽을 타고 바깥에서 공을 차며 노는 아이들 소리가 나직이 스며들었다. 우리는 할머니가 야자잎으로 벽난로의 불을 피우는 걸 지켜보았다. 불이 붙자 형이 메뉴판을 들고는 '강추'하는 듯 보이는 부분을 손가락으로 짚었다. 그러고 나서 유창한 스페인어로 안토니아 할머니에게 메뉴판 뒤에 소개해 놓은 샤먼을 아는지 물었다.

그녀가 고개를 끄덕이며 대답했다.

"내 아들 페르난도라오! 식사가 끝날 때쯤 오라고 하지! 페르난 도는 병을 낫게 해줘. 어린아이 때부터 약을 전혀 사용하지 않고 사람들을 치료해 주며 살았지."

샤먼의 이야기를 이렇게 쉽게 들을 수 있다니, 나는 웃음을 참 지 못하는 바람에 마시던 물을 코로 넘겨버렸다. '우리가 원하는 곳으로 데려가는 데 삶은 조금의 주저함도 없다!' 나는 원하는 것은 무엇이든 이뤄주는 마법지팡이라도 되는 듯 내 손가락을 내려다봤다. 그리고 샤먼을 만날 공상에 빠져 있던 몇 달 전을 떠올렸다. 꿈꾸던 일이 실제로 이루어질 수 있다는 사실에 마음 이 놓였다. 그리고 콜과 콜턴과 나는 서로를 흘끗거리며 우리가 같은 마음이란 걸 확인했다.

점심식사가 끝날 즈음, 페르난도가 고산의 바람처럼 문을 통과 해 들어왔다. 몸이 아주 호리호리했는데 아무것도 먹지 않고 자 신의 심장에 담긴 사랑만으로도 며칠은 거뜬히 살 수 있을 것처 럼 보였다. 그는 수염이 없는 얼굴에 허쉬키세스보다 더 매혹적 인 초콜릿 빛깔의 눈을 가지고 있었고, 그의 미소는 보는 이의 마음에 찌든 먼지까지 말끔히 씻어낼 것만 같았다. 스물일곱 살 쯤 되었다고 했는데, 오래전에 세는 걸 그만뒀다니 그에게 나이 는 무의미했다.

나는 샤먼의 움직임 하나하나를 유심히 지켜보았다. 신발을 신지 않은 두 발은 바닥에 단단히 붙어 있었는데, 마치 발바닥으로 대지의 기운을 빨아들이는 것 같았다. 예지가 느껴지는 각진 턱에서는 특별한 위엄과 고결함이 느껴졌다. 그는 낡은 베이지색 카고 바지에 작은 사이즈의 평범한 오렌지색 크루넥 티셔츠를 입고 있었다. 과연 그의 주문에 해가 뜰 수도 질 수도 있을까, 미심쩍었다.

우리는 안토니아 할머니에게 음식이 맛있었다고 감사의 인사를 전하고, 곧 다시 올 거라고 말하고 나서 페르난도를 따라 밖으로 나왔다. 마을의 주도로를 걸어가는 동안 햇살에 반짝반짝 빛나는, "토토" 소리를 내며 움직이는 은색의 미니택시들이 자주 눈에 띄었다. 페르난도와 우리는 마을의 광장 중앙으로 들어섰다. 주도로에서 벗어나 열다섯 개 정도의 계단을 내려가자 나무로 지은 가게와 식당이 몇 개 나타났고, 왼편으로 좁은 농구장이 있었다. 농구장은 코트는 작았지만 나무로 된 형형색색의 스탠드는 다양한 피부색의 관중으로 가득 차 있었다.

광장 중앙에는 돌로 된 갈색 화분이 하나 놓여 있었는데, 화분 밖으로 나무 한 그루가 불룩하게 튀어나와 있었다. 나무의 녹색 잎과 갈색 잎들이 회색 시멘트 위에서 날개를 치듯 펄럭거렸다. 그리고 금이 많이 가 있긴 했지만 떨어지지 않고 붙어 있는 게 신기할 정도의 아스팔트가 보였다. 아스팔트는 꼭 온갖 결점과 이기심을 갖고 있으면서도 여전히 완전체로 살아가는 우리 자신처럼 보였다. 나는 화분 맞은편에 앉아 있는 사람들에게 미소를 보냈다. 페르난도와 함께 걸어가고 있어서인지 사람들이 우리를 특별하게 보는 듯했다. 오른쪽으로는 나무로 지은 판잣집이 몇 채 보였는데, 타코를 팔고 있었다. 신선한 토르티야와 고수, 파인애플이 있고, 공중에 매달린 코코넛에서는 달콤한 향기가 풍겨 나왔다.

"조금만 더 가면 우리 집이에요."

페르난도가 속삭였다. 마치 큰소리로 말하면 부드러운 바람 속에 담겨 있는 향기가 흩어지기라도 한다는 듯.

그 순간 나는 뭔지 모를 생명의 경외 안에 놓인 기분이 들었다. 지금 당장 내가 원하는 것을 얻는다고 하더라도, 그 다음에 무슨 일이 일어날지는 알 수 없지 않은가. 나는 두어 번 호흡을 가다듬고는 땀에 젖은 손바닥을 바지에 문질렀다. 이제 우리는 주도로에서 벗어나 가로수가 줄지어 서 있는 길을 따라 약 20미터쯤 걸어 내려갔다. 금세 돌로 된 길에서 벗어나 커피농장의 흙길이 나타났다. 그곳에는 커피열매와 초록 잎사귀가 무성한 수천 그루의 커피나무가 카펫처럼 깔려 있었다.

페르난도가 다시 스페인어로 말했고, 형들이 곧바로 통역해 주었다.

"몇 주 전에 백인 남자 셋이 우리 마을에 오는 꿈을 꿨어요.

세 사람과는 다르게 생기긴 했지만."

페르난도는 말을 멈추고 웃음을 터뜨렸다. 그의 하얀 치아가 햇볕에 반짝였다.

"이건 꼭 기억해 줬으면 좋겠어요. 상상이 세계를 만들고, 미래를 결정한다는 걸. 미래를 예측하거나 이해하는 게 아니라 결정한다는 것을요."

높다랗게 솟은 나무 대문 앞에 이르렀을 때 그가 한 말이다. 대문을 지나자 몇 개의 계단이 나타났고, 안쪽으로 마당이 보였다. 우리는 검은 나무문이 있는 그의 콘크리트 집으로 걸음을 옮겼다. 집 바로 옆에는 수도 장치가 없는 화장실이 있었는데, 나는 볼일을 보고 나서 마당에 있는 커피나무 그늘로 갔다. 그동안 형과 페르난도는 스페인어로 이야기를 나눴고, 나는 다시 페르난도가 키우는 노란색 리트리버 예세와 놀아주기 위해 개집 근처로 갔다.

콜과 페르난도의 대화는 곧 끝났다. 우리는 나무계단을 올라 집 안으로 들어갔는데, 출입구가 어찌나 낮던지 머리를 잔뜩 숙이고서야 들어갈 수 있었다. 하지만 방 안은 콜과 콜턴, 페르난도와 나까지 네 사람이 넉넉하게 앉을 수 있을 정도로 넓었다. 미국의 보통 침실보다는 넓지 않았고, 창문이 없는 다락이 있는 원룸 형태로 한껏 팔을 뻗자 다락의 천장이 손끝에 닿았다. 그리고 방 안은 뭔지 모를 기운으로 가득 차 있었다. 하얀 콘크리트 벽에는 작은 장미꽃의 봉오리만 한 현자들이 점점이 박혀 있었는데, 천장의 대들보에는 태양 아래서 춤을 추고 있는 마야인을 그린 그림들이 매달려 있었다.

벽에도 마야 신들을 그린 그림 몇 점과 아티틀란 호수를 그린 그림 하나가 걸려 있었다. 그리고 한쪽 구석엔 붉은 빛이 도는 나무로 된 큼지막한 안락의자가, 다른 쪽엔 대나무 의자가 놓여 있었다. 맞은편 벽엔 마법사의 지팡이를 닮은 기다란 등산스틱이 기대져 있었다. 뒤편엔 나무계단이 다락까지 이어져 있었는데, 거기에 페르난도의 침대가 보였다. 또 문 옆 한쪽 벽에는 긴 하얀색 탁자가 놓여 있고, 탁자 위 향꽂이에는 한 움큼의 향이 꽂혀 있었다.

붉은 빛이 도는 콘크리트 바닥에는 대나무로 짠 네 개의 명상 매트가 원 모양으로 깔려 있었다. 그 가운데에 제단이 있고, 향꽂이와 세 개의 초, 장식용 초록색 꽃이 올려져 있었다.

방 안의 책상 위에는 종이 몇 장이 얌전히 놓여 있었는데, 그 종이는 나중에 우리가 고아들을 위한 시설의 건립기금을 모을 계획을 기록하는 중요한 물건이다. 페르난도는 예지력으로 우리가 하려는 일에 대해 이미 알고 있었다.

방을 모두 둘러본 나는 페르난도가 우리의 에너지를 읽어내는 걸 지켜보았다. 그는 확실히 자연과 연결된 사람이었다. 그가 말을 할 땐 새들도 지저귐을 멈췄다. 마치 그가 새들에게 비밀을 들려주거나, 새들이 그에게 비밀을 알려주는 것 같았다. 그는 향을 싼 포장을 책상 사이에 놓여 있는 놋쇠 빛깔의 통에 던져 넣었다.

그러고 나서 아주 빠르게 말하기 시작했는데 콜만이 따라잡을 수 있었다. 하지만 콜도 페르난도가 하는 말을 완전히 이해하지는 못한 것 같았다. 아마 페르난도가 주로 쓰는 말이 스페인어가 아니라 마야어였기 때문인 듯했다. 어쨌든 콜은 뭔가 재밌는 경험들이 다음 두 주 동안 우리를 기다리고 있다고 자신했다. 우리가 기대했던 샤먼을 제대로 찾은 게 분명했다.

"지금부터 우리의 마음을 읽을 거라는군. 약 같은 걸 쓰지 않고 한 번에 한 사람씩, 있는 그대로를 말이야."

그러고 나서 콜이 한마디 더 덧붙였다.

"누가 먼저 하고 싶어?"

나는 선뜻 나서지 않고 자잘하게 금이 간 바닥을 내려다보았다. 흥분은 되었지만 마음이 편치만은 않았다. 생각이 복잡하게 뒤엉켰고, 시간이 좀 지나야 마음이 가라앉을 거라는 느낌이 들었다.

먼저 하겠다고 나선 건 콜턴이었다. 콜과 나는 방을 나왔고, 우리가 나오고 나서 페르난도가 문을 닫았다. 형과 나는 개집 가까이에 놓인 붉은색 플라스틱 의자에 앉았다. 콜 형이 다음 차례엔 나보고 들어가라고 했다. 나는 검정색 후드를 뒤집어쓰고는 호흡에 집중하면서 명상 상태로 들어가는 형을 지켜보았다. 통로 아래에서 어떤 남자와 여자가 나직한 목소리로 이야기를 주고받는 소리가 들렸다. 페르난도의 개 예세가 개집에서 나와 목소리가 들리는 커피나무 아래로 걸어가는 게 보였다.

태양은 여전히 뜨거웠지만 서서히 달콤한 밤을 향해 산 너머로 기울기 시작했다. 담장 너머로 길게 드리워진 나무 그림자를 지켜보면서 나는 허리를 쭉 펴고 앉아 눈을 감은 채로 호흡에 집중하며 몸을 이완시켰다. 샤먼의 나무문이 열리기 전, 수없이 많은 소소한 순간이 지나갔다. 콜턴이 문밖으로 모습을 드러냈다. 유난히 창백한 그의 얼굴은 마치 1리터짜리 데킬라를 단숨에 마셔버린 뒤 단번에 취기가 몰려온 것 같았다. 페르난도가 약은 전혀 사용하지 않는다고 몇 번이나 강조한 탓인지, 그의 모습이 더 기이하게 느껴졌다.

"무슨 일이 일어난 거야?"

나는 주변은 아랑곳하지 않고 지체 없이 물었다.

콜턴은 아무 말도 하지 못했고, 그저 고개만 끄덕일 뿐이었다. 나는 그의 경험이 우리의 상상보다 얼마나 더 강력할지 궁금했다. 계단을 내려가 커피나무 숲으로 들어가기 직전, 콜턴이 나를 돌아보며 말했다.

"마음을 느긋하게 가져, 제이크. 그러지 않으면 페르난도가 하는 말을 놓칠 수도 있어."

콜턴은 앞으로 페르난도의 방에서 일어날 일에 내가 꽤 초조해하고 예민해져 있다는 걸 알고 있었다.

방으로 들어선 나는 페르난도의 마야식 복장이 바뀌어 있다는 걸 알아차렸다. 그는 실로 짠 소매가 짧은 신비로운 청백색 셔츠를 입고 있었는데, 셔츠 전체에 갈색 구슬이 달려 있었다. 마치 구슬 하나하나에 하늘과 구름이 들어 있는 것 같았다. 하얀 셔츠의 거의 모든 부분에 푸른색 선들이 지그재그 형태를 이루고 있었고, 배 부위에는 희미하지만 태양 에너지를 나타내는 무늬가 있었다. 마치 태양 에너지가 셔츠 위로 솟구치는 것 같았다. 반짝거리는 하얀 천으로 된 바지는 셔츠와 색을 맞춘 듯했다. 발에는 여전히 아무것도 신고 있지 않았다.

그는 내게 방 한가운데 있는 매트 위에 무릎을 꿇고 앉도록 했다. 그러고 나서 노란색 초와 샐비어 향기가 물씬 풍기는 향에 불을 붙였다. 그리고 콜을 불렀다. 내게 자신의 메시지를 완전히 이해시키려면 통역을 해줄 사람이 필요했던 것이다.

샤먼과 콜 그리고 나, 세 사람은 삼각형을 이룬 채 대나무 매트 위에 앉았다. 나는 미풍에 하늘거리는 나뭇잎처럼 방 안을 떠다니는 향의 연기를 지켜보았다. 금이 가 있는 벽은 나를 전에 없이 지혜로운 존재로 느끼게 했다. 그때 페르난도가 내게 눈을 감으라고 말했다.

나는 내면의 '나'를 느끼는 데 아무런 제약도 받지 않았다. 나

는 내 '자아'가 이제 곧 유리가 깨지듯 수만 개의 파편으로 흩어
지리라는 것을 미처 알지 못했다.

산 마르코스, 2010년 12월 22일

온갖 결점과 이기심에도 불구하고 우리는 여전히 완전하다.

기적을 경험하다

나는 물리적 현상과 초자연적 현상에 대한 나의 관점이 왜 달라졌
는지 알지 못한다. 근거 자체가 없기 때문이다. 여기엔 믿음만이 존
재하며, 믿음은 지적 성장의 자연스런 결과물이다.

− 니콜라 테슬라

침묵이 흘렀다.

따뜻한 손이 내 머리 위에 얹혀 있었다.

"아브레 투스 오호스! 아브레 투스 오호스!"

"그대의 두 눈을 뜨라!"

페르난도의 말이 나무를 파고드는 목수의 대패처럼 내 영혼을
깎아냈다. 조그마한 방에는 희미한 촛불만 켜져 있을 뿐이었다.
젖은 시멘트 블록에서 풍겨 나오는 곰팡내와 향 내음이 뒤섞여
감각들이 기묘한 연주를 하는 듯했다. 무엇이 가능하고 무엇이

가능하지 않은가에 대한 믿음들은 그 방의 오래된 벽처럼 금이
가고 있었다.

나는 세계의 무게를 고스란히 느끼며 두 다리를 반듯하게 포
갠 채 앉아 있었다. 조금 전과는 전혀 다른 모습을 하고 있는 페
르난도라는 한 남자에게서 눈을 뗄 수가 없었다. 그의 아우라는
점점 더 순수해지고, 더욱 밝아지는 듯했다. 그는 자신이 거의 슈
퍼히어로처럼 보이게 만들었다. 그는 강철처럼 결의에 찬 내 푸
른 눈을 깊숙이 들여다보았다. 그 눈빛이 자석처럼 나를 끌어당
겼다. 나는 벽에 세워둔 그의 마법지팡이로 눈을 돌렸다. 그와
눈을 맞춘다는 게 두려웠다. 눈길을 돌리는 순간 너무나도 많
은 생각이, 대체 무슨 일이 일어나고 있는지에 대한 수많은 판단
이 한꺼번에 밀려들었다. 결국 나는 그의 흰 눈동자에 다시 집중
했다. 그러자 곧 그의 눈 안에 있는 내가 보였다.

그가 나의 오른쪽 손목을 잡았다. 뜨거운 프라이팬을 쥐고 있
는 것 같았다. 그의 에너지는 농밀한 감성의 영역으로 나를 끌어
올렸고, 도저히 믿기지 않는 높이에서 나는 그의 존재를 명확히
느낄 수 있었다. 내 온몸이 에너지로 요동치고 있었다. 그리고 한
치 앞도 알 수 없는 상태에서 삶을 이해하게 되는 순간 바로 변
화가 일어났다. 그것은 일순간에 영원을 감지하는 것과 같았다.
마치 내가 거울을 들여다보듯 신이 내 영혼을 들여다보는 것 같
았다. 하지만 너무 오래 들여다보고 있으면 본다는 것 자체를 인

식할 수 없다. 내가 보는 얼굴은 내가 아니다. 페르난도는 결국 나에게 신을 보여주려 했던 것이다. 그가 사용하는 단어와 말투는 어색했지만 경험이 달라지는 건 아니었다. 얼마나 오랫동안 힘이 발휘됐는지는 알 수 없었다. 하지만 신과 함께 한다는 건, 신이 된다는 건 시간의 개념으로 따질 일이 아니었다. 그리고 그때의 신은, 하늘에서 우리를 판단하는 그런 존재가 아니었다. 신은 어떤 실체이면서 힘이고 무한한 근원이며 영적인, 그 모든 것이었다. 이 행성 모든 것의 세포 하나하나에 골고루 스며 있는 사랑, 우리의 심장을 뛰게 하는 진동이었다.

나는 신에 대한 개인의 선택을 바꾸려거나 개인을 구성하는 본질을 바꾸고 싶은 마음은 추호도 없다. 믿음은 개인의 자유의지이며, 어떤 상황에서든 삶은 온전히 우리 한 사람 한 사람을 지탱시킨다. 그리고 내 정신이 온전했는지 의심스럽다면(우리 엄마가 그랬지만) 그 기이한 만남이 이루어지는 동안 나는 충분히 깨어 있었고, 진지했으며, 또렷한 의식을 가지고 있었다. 샤먼과의 만남은 진정으로 영혼과 영혼이 나누는 대화의 통로가 되어 주었다.

콜은 페르난도가 한 모든 말을 옮겨 주었다. 그가 통역한 말들 중에는 나중에 콜이 내게 그런 면이 있는 줄 전혀 몰랐다고 이야기한 부분도 있었다. 나는 당시에는 이해할 수 없었지만, 언젠가 때가 되면 이해할 수 있을 것 같은 요정 이야기 속에 들어와 있는 것처럼 느껴졌다. 페르난도는 내게 마음을 편히 가지라고 말하고는 어린 시절에 있었던 문제들이 어떻게 내면 깊숙이 분노로 뿌리박히고 알코올 남용으로까지 이어졌는지를 들추어냈다.

"그것이 당신을 수많은 험악한 사고들로 이끌었군요."

그는 이해할 수 있다는 듯 고개를 끄덕이며 말했다.

"당신이 저지른 실수들을 후회할 필요는 없어요. 운명을 만드는 건 지금의 판단들이니까요."

나는 동의의 표시로 고개를 끄덕였다. 변화를 원한다면 지금 이 순간 행동과 생각으로 변화를 만들어내야 한다. 나는 몇 차례 심호흡을 했다. 그러자 예전 일들이 떠올라 서서히 눈물이 고였다. 마침내 '배움'을 멈추고 '삶'을 시작할 수 있다는 감사함에 가슴이 차올랐다.

페르난도의 말은 형을 거쳐 계속 내게로 전해졌다. 알고는 있었지만 인정하기는 거북했던, 나의 내면에 존재하고 있던 평화롭고 창조적이며 명상적인 면모들이 알코올에 모두 날아가버린 이야기들이었다. 그것이 현실에 대한 인식을 방해하고, 수많은 난관 속으로 나를 몰고 갔다는 사실을 나는 알고 있었다.

"지난 2년 동안 당신은 자신이 가진 또 다른 부분을 각성시키고 있었어요."

페르난도는 내 머리 위에 한 손을 올려놓은 채로 말을 이었다. 그는 내 눈을 깊이 응시하고 있었다.

"잊지 말아요. 과거는 허상입니다. 중요한 것은 오직 이 순간 당신의 삶입니다. 우리는 양파와도 같아요. 이전의 당신, 자동차 사고를 냈던 그때의 당신은 거칠고 맛도 없는 껍질의 삶을 살았어요. 이제 당신은 진정한 당신에게로 열려 있습니다."

나를 둘러싼 세계는 얼어붙어 있었고, 나는 비지땀을 흘리며 얼음을 깨부수었다. 눈물이 뜨겁게 볼을 타고 흐르기 시작했다. 페르난도가 한 걸음 뒤로 물러났다. 나는 누군가의 마음을 정확히 꿰뚫어 볼 수 있는 사람은 없다고 믿었었다. 샤먼은 내가 스스로 호흡을 가다듬을 수 있도록 내버려 두었고, 내 마음은 지난 시간을 되돌아보았다. 두려움에 휩싸여 파티에 가도 도움이 되지 않을 만큼 스스로를 인정할 수 없었던 그 시간을. 자동차 사고를 냈던 그 밤 이후로 나를 온통 사로잡고 있던 의문이 마침내 풀렸을 때, 눈물은 더욱 거세게 쏟아져 나왔다. 마침내 나는 만신창이가 된 자동차 안에서 내가 죽지 않은 이유를 알아냈다. 나의 변화를 증명하기 위해 살아 남은 것이다. 이런 자각이 일어나는 순간, 내 몸이 거칠게 흔들렸다. 마치 경제학 수업 시간에 졸음에 빠져들었다가 가위에 눌린 순간으로 되돌아간 것 같았다.

페르난도가 무릎을 꿇고 앉은 내게로 한 걸음 더 다가왔다. 그는 아무것도 신고 있지 않아서 바닥을 걸을 때에도 아무런 소리가 나지 않았다. 그는 내 머리 위에 온기 가득한 두 손을 올려놓고는 내게 아주 깊고 길게 숨을 쉬어야 한다고 말했다. 그의 얼굴은 완고했다. 이미 잿더미로 변해버린 것으로는 불을 피울 수 없다고, 오직 새로운 나무와 연료만이 불을 피울 수 있다고 말했다. 새로운 행동, 새로운 생각, 새로운 인식만이 우리를 태울 수 있는 연료이다.

"당신은 불입니다. 이제, 당신은 타올라야 합니다. 의미 있는 삶을 살 때까지."

그는 잠깐 말을 멈추고는 지혜로 가득 찬 가슴으로 나를 바라보았다.

"우리는 위대한 기억의 시대로 진입하고 있습니다. 많은 사람이 자신의 진짜 본성과 힘을 불러내는 때이지요. 위대한 망각의 시대는 인류를 위해 거의 막을 내리고 있어요. 세계를 유영하는 당신의 창조력을 사용하십시오. 그리고 인류를 돕는 데 당신이 알고 있는 것을 나누세요."

거기까지 이야기한 뒤 그는 가벼운 미소를 띠며 나를 바라보았다.

"우리는 우리를 성장시켜 온 세계에 빚을 지고 있어요. 거기에 보답할 수 있는 유일한 길은 매일매일 사람들의 얼굴에 미소가 떠오르도록 하는 겁니다."

그의 싱그러운 미소가 흐드러진 웃음으로 번져갔다.

"우리의 모든 슬픔은 미소를 띠는 순간 사라집니다."

나는 고개를 끄덕이며, 뺨을 타고 흐르다 입술을 적신 눈물을 맛보았다. 내 가까이에 가부좌를 한 채 앉아 있던 형의 얼굴은 거의 굳어 있었다.

"매일 아침 해가 뜨기 전에 일어나 명상하는 걸 잊지 마세요."

그러고 나서 이렇게 덧붙였다.

"당신이 어떤 자세를 하고 있는지에 대해서는 생각하지 마세요. 진정한 명상은 명상 기술이 아니라 얼마나 받아들이느냐에 달려 있습니다."

그는 느릿느릿 말을 이어가며, 이따금 사색에 잠긴 듯 손으로 자신의 턱을 쓸곤 했다.

"누워서 할 수도 있고, 똑바로 앉아서 할 수도 있고, 눈을 감고도, 눈을 뜨고도 할 수 있습니다. 미래의 일이 형상으로 나타날 수도 있습니다. 내면의 배터리가 충전되는 시간일 수도 있습니다. 그 시간 동안 생각으로부터 떠날 수 있죠. 정해진 건 없습니다. 그저 당신의 호흡에 집중하면 됩니다."

그는 이야기를 끝낸 뒤 두 손을 가슴에 올려놓았다. 또 내게 일어나라는 손짓을 했다. 그러고 나서 나를 안았다. 나는 울음을 터뜨렸고, 온몸이 떨렸다. 내가 평온을 되찾았을 때, 페르난도는 두 팔을 내 어깨에 올려놓고는 내 눈을 들여다보았다. 마치 모든 것이 제자리로 돌아올 거라고, 내가 세계를 여행하는 동안 나를 지켜보고 있을 거라고 말하는 것 같았다.

나는 문 쪽으로 몇 걸음을 옮겼다. 그때 형이 두 팔을 활짝 펼쳤다. 우리는 한동안 서로를 단단히 끌어안은 채로 서 있었다. 그리고 형을 남겨 두고 방을 나왔다. 나는 히바나 호텔로 돌아가기 위해 페르난도의 집을 떠났다.

커피나무 숲으로 들어섰을 때, 나는 땅에 떨어진 코나커피 열매 몇 개를 주워 단물을 빨아먹었다. 호텔로 돌아오는 5분 남짓한 시간 동안 그리 많은 사람들과 마주치지는 않았다. 울어서 빨개진 눈을 들키지 않아 다행이었다. 페르난도가 존재의 교차점으로 나를 데려갔다는 생각에 하염없이 눈물이 흘렀다. 그 교차점에서 처음으로, 나는 사람들이 많이 가지 않은 길을 선택했다. 그렇지 않다면 나는 이제껏 내가 해온 대로, 우리가 누구인지 그리고 현실이 무엇인지에 대해 세상이 만들어 놓은 믿음의 차선을 계속 따라 갈 수밖에 없었다. 다른 사람이 만들어 놓은 기준으로 살아가는 것은 어디로 가는지 이미 알고 있는 길을 따라가는 것이고, 그건 결코 흥미로운 일일 수 없다.

호텔방의 베란다로 돌아온 나는 미소를 머금었다. 내게 나타난 새로운 길이 나를 어디로 데려갈지에 대한 어떤 힌트도 갖고 있지 않았지만, 오히려 그래서 더 자유로웠다. 밤이 찾아와 잠자리에 들었을 때 침대의 시트조차 다르게 느껴졌다. 어제의 느낌이 아니라 온전히 지금 이 순간의 느낌만으로 자각한 때문이었다. 나는 창을 타고 흘러드는, 자연의 밤이 들려주는 노랫소리에 귀를 기울였다. 불과 몇 년 전의 나는 혼란 속을 헤매고 있었고, 욕구불만으로 가득 차 있었다. 그러나 지금의 나는 침대에 편히 누워 내가 살아있는 이유를 인식하고, 마침내 천국은 우리의 머리 위에도 존재하고 우리의 발 아래에도 존재한다는 사실을 자각하고 있었다. 그것은 분명, 기적이었다.

산 마르코스, 2010년 12월 22일

～

당신은 불입니다. 이제, 당신은 타올라야 합니다. 의미 있는 삶을 살 때까지.

이득을 버리고 위대함을 얻다

그대가 무언가 잃은 것이 있다면, 그대는 그것에 집착한 것이다.

– 붓다

나의 모래시계, 그 안에 뜬 무지개가 말한다. 지나간 모든 시간
이 의미 있었다고. 시간과 공간으로부터 빠져나와 꿈으로 가득
찬 마음으로 태양 아래 앉아 있을 때, 나는 비로소 그 시간이 어
디로 향하는지 볼 수 있다.

새벽. 여행을 시작하기 4개월 전, 나는 오스트레일리아의 바이
런 베이가 나를 부르고 있음을 직감했다. 그곳이 일상의 벽을 넘
어 무언가를 찾으려는 여행자들의 메카라는 사실, 그 때문이었
다. 내가 그곳을 발견한 것은 아시아를 향해 지도 위를 껑충껑충
획획 뛰어넘던 순간이었다. 그날 새벽, 나는 결단을 내렸다. 콜과

콜턴이 다시 일을 하기 위해 샌디에이고로 돌아갔을 때, 나는 그곳에 있을 것이다.

단단히 마음을 먹고 나서 발코니 위로 올라가 허공을 응시하며 머지 않아 가게 될 그곳을 상상했다. 나는 발코니에서 뛰어올라 날개를 퍼덕이며 날아오르고 싶었다. 그때 경고의 소리가 들려왔다.

"떠나야 할 곳은 땅이지, 지붕이 아니야!"

나는 귀를 기울였다.

호수는 마치 거울처럼 하루의 첫 햇살을 반사시키기 시작했다. 머리 위에서는 새 몇 마리가 서로 날개를 퍼덕이며 장난을 치고, 하늘에 떠 있는 구름은 마치 천사의 후광처럼 보였다. 띠를 이룬 구름은 세 개의 화산 중에서 가장 높은 화산 위에 널따랗게 펼쳐져 있었다. 나는 화산의 풍광을 사진에 담았다.

시간은 특유의 일정한 보폭을 유지하며 걸어갔다. 이전과 전혀 다를 게 없었다. 19년 동안 살아오면서 나는 "시간은 돈"이라는 그 뻔한 말을 수없이 들어왔고 그렇게 믿어 왔다. 하지만 깊이 생각에 잠겨 호수의 잔물결을 바라보고 있는 동안 나는 정말 궁금해졌다.

"시간의 존재를 증명할 수 없다면, 돈이란 것 역시 환상에 불과하지 않을까?"

그러자 낱낱의 순간으로 이어진 시간의 낚싯줄이 수천수만의 찰나들로 훌쩍훌쩍 뛰어넘어 갔다. 시간이 널뛰기를 하는 동안 콜과 콜턴과 나는 현금인출기를 찾아 보트를 타고 호수를 가로질러 산 페드로와 인접한 마을로 가고 있었다.

"당신 셔츠, 얼마면 살 수 있어요?"

열 명쯤을 지나온 남자의 목소리가 내게 묻고 있었다. 우선 나는 활짝 웃어 보이는 것으로 대화를 시작했다. 그러고 나서 머릿속에서 들려오는 소리에 귀 기울였다. 첫 번째 목소리는 이랬다. '파는 게 아닙니다. 새것인데다가 제가 제일 좋아하는 셔츠거든요. 미안해요!' 그런데 두 번째 목소리가 이렇게 말했다. '주는 사람이 받는 법이야. 우리가 여기 있는 건 나누기 위해서지. 저 사람은 아마도 새 셔츠를 구입하기엔 지갑이 너무 얇을지도 몰라. 셔츠 값이라고 해봐야 겨우 십 달러에 불과하지만.' 나는 두 번째 목소리가 더 합리적이라고 생각했다. 이기적인 내가 내게 힘을 발휘하기 전에 나는 입고 있던 밥 말리의 '포지티브 데이Positive Day'를 벗어 스무 살의 과테말라 청년 판초에게 건넸다.

"공짜예요!"

나는 미소를 지으며 말했다.

덕분에 나는 맨몸이 되었다. 내게는 전혀 새로운 경험이었다. 그 관대한 행동으로 인해 나는 마을을 지나갈 때 전혀 다른 기분을 느낄 수 있었다. 마치 호수에서 그물을 걷어내는 어부들이 이제는 내게 필요 없는 내 삶의 기질들까지 끌어내는 것 같았다.

하늘은 더할 나위 없이 푸르렀고, 화산들은 문명이 닿지 않은 초록빛으로 물들어 있었다. 여러 대의 택시보트가 멀리서 천천히 호수를 스쳐 갔다. 나는 호수 멀리로 눈길을 던졌다. 오리들이 유리처럼 잔잔한 호수의 표면을 반으로 가르며 지나갔다. 나는 호수의 물을 유심히 바라보았다. 물은 내게 늘 자연에 존재하는 드림캐처dream catcher(아메리카 원주민들이 그물과 깃털과 구슬 등으로 만든 작은 고리로, 가지고 있으면 좋은 꿈을 꾸게 해 준다고 한다)와도 같은, 꿈과 상상을 확장해 주고 현실로 바꾸어 주는 존재였다.

여행객들과 부딪칠 일이 많았던 판초는 깜짝 놀랄 만큼 유창한 영어로 말했다.

"밥 말리 티셔츠에 그려진 붉은색, 노란색, 초록색 그리고 검은색이 남다르게 느껴져요. 뭔가 다른 의미를 가지고 있는 것 같아요. 가령, 노란색은 새로운 땅을 상징하죠. 전쟁과 압제가 없는 땅, 경제력과 피부색과 국적으로 나누어지고 결국 빈부와 사회적 분열을 만들어내는 탐욕이 존재하지 않는, 그런 땅 말이에요."

내가 맑고 푸른 하늘을 응시하며 그가 말한 세계를 상상하는 동안 판초는 빙긋이 미소를 짓고 있었다.

"초록색은 내가 매일매일 싸워나가도록 해주는 변화에 대한 희망을 나타내요. 붉은색은 진리의 피입니다. 간디나 마틴 루터 킹과 같은 사람들의 주검에서 흘러나온 그것. 그리고 검은색은 삶의 한가운데 언제나 존재하는, 하지만 마음과 정신을 강화시켜 매일매일 매 순간순간을 정복하게 만드는 고난을 드러내죠."

그는 잠깐 말을 끊고 콜턴과 콜과 나를 바라보았다. 우리는 그의 시선을 좇지 않을 수 없었다. 우리는 그가 다시 말을 잇기를 기다렸다.

"우리는 점점 안정된 사회로 나아가고 있고, 그래서 오히려 더 강해질 필요가 있어요. 정체되지 않기 위해, 계속 나아가기 위해, 우리 안의 열정을 발견하고 거기에 집중하는 일이 이 사회의 일차적 목표죠. 그렇게 우리는 우리 안에 충만한 내적 가치를 물질적 세계로 옮기는 바탕을 만들어내는 거예요."

나는 수긍의 표시로 고개를 끄덕거렸다. 형들도 마찬가지였다. 그 순간 우리는 삶의 의미에 대해 우리 모두가 같은 마음이라는 것을 알았다. 판초는 환하게 미소를 지으며 우리에게 자신이 사는 마을도 둘러보고 가족들과도 만나 보라고 권했고, 우리는 그의 초대를 흔쾌히 받아들였다.

우리가 탄 보트는 작은 갈색 갈대숲을 이룬 곳을 지나쳐 나무로 만든 크지 않은 선착장으로 거슬러 올라갔다. 거기에서는 마을 사람들이 부두에 정박한 보트들 언저리에 앉아서 햇볕을 쬐며 지나가는 사람들을 유심히 살피고 있었다. 판초는 최근 관광객의 발길이 많이 줄어든 이유가 위험해 보이는 보트 때문이라고 말하며, 덕분에 일자리도 급격히 줄었다고 했다. 그러고 나서 이렇게 덧붙였다.

"불과 몇 년 전만 해도 호수를 가로지르며 관광객을 실어 나르는 보트 수가 지금의 배는 되었어요."

어지간한 크기의 자동차 정도밖에 되지 않는 나무로 지은 선착장에 도착할 때까지 나는 얌전히 보트 뒤편에 앉아 있었다. 그리고 엄청난 행복감에 젖어 보트에서 내렸다. 판초가 말한 위험으로부터 벗어나서는 아니었다. 이유는 그날 이른 아침에 콜과 콜턴과 내가 나눈 이야기에 있었다. 우리는 삶의 길을 보여줄 누군가를 만나면 좋겠다는 이야기를 나누었고, 바로 그가 나타난 것이다.

판초는 페르난도와 체격은 비슷한데, 키는 한 10센티미터 정도 더 커 보였다. 아마도 이 마을에서 가장 키가 큰 축에 들 것 같다. 여하튼 우리는 그런 판초를 따라 물결치는 대로 흔들거리는 나무 선착장을 떠나 언덕 위쪽으로 갔다. 계단을 올라가자 온갖 종류의 식당과 가게가 즐비한 마을의 번화가가 바로 나왔다. 우리가 지나가자 캐슈너트가 가득 든 배낭을 멘 현지인 몇 명이 다가왔다. 캐슈너트는 내가 가장 좋아하는 견과류다. 당연히 내가 캐슈너트를 사지 않을 이유는 없었다.

오르막길을 따라 우리는 천천히 걸음을 옮겼다. 버려진 당근과 채소 들이 자갈돌을 깔아 만든 아주 오래된 길에 거의 파묻혀 있었다. 마을 사람들은 가게 밖에 앉아 우리를 유심히 살펴보았다. 인정이 가득 담긴 가식이라곤 없는 미소가 그들의 얼굴에 드리워져 있었는데, 우리를 환영하는 듯한 모습이 전날과는 많이 달랐다. 아마 판초와 함께 있어서 더 환영을 받는 게 아닌가 싶었다. 언어는 달랐지만, 새삼 소통은 소리가 아니라 서로의 마음을 이해하려는 사랑으로 가능하다는 것을 알 수 있었다.

판초는 일단 우리를 식당으로 안내했다. 하지만 우리는 배가 전혀 고프지 않았다. 목이 좀 마를 뿐이었다. 우리는 나무로 된 발코니의 테이블에 앉아 호수를 내려다보았다. 나는 물이 담긴 컵에 드리워진 무지개를 유심히 들여다보고 있었는데, 우리의 새로운 친구는 무슨 말이든 끝나기 무섭게 자신의 컵에다 계속 물을 따른다는 걸 자연스럽게 알게 되었다.

우리의 가이드가 가진 특이한 물 마시는 습관에 내가 왜 그토록 집중했는지는 확실치 않지만, 판초는 아마도 조용한 '외계인들'의 관찰하고 연구하는 듯한 눈길이 부담스러웠던 게 아닌가 싶었다. 이런 생각이 들자 문득 궁금해졌다. 그들은 우리를 어떻게 생각할까? 우리의 사소한 행동 하나하나를 어떻게 생각할까? 내 상상은 이런저런 종류의 '그러면 어떻게 되었을까?'들로 계속 이어졌다. 그러다 결국 나는 밤하늘의 어둠을 뚫고 지성체들의 마을로 들어온 조그만 별들이, 실은 우리의 기이한 진화를 연구하는 외계의 로봇들이 타고 온 소규모 비행선들이라는 것에까지 상상의 나래를 펴 나갔다. 아마도 그들을 즐겁게 하는 건 우리가

'천상의 어린아이'이기 때문인지도 모른다. '천상'은 우리 역시 우주의 일부라는 점에서, 그리고 우리가 우리 자신과 서로를 혹은 우주와 조화를 이루며 사는 방식을 아직 이해하지 못하고 있다는 점에서 우리는 '어린아이'에 불과하다.

눈앞에 펼쳐진 마야 옷들을 의식하고 나서야, 비로소 나는 공상에서 빠져나올 수 있었다. 여러 명의 여자가 우리가 앉은 테이블로 다가와 비옷을 사겠냐고 물었다. 형이 선뜻 비옷 하나를 샀다. 고맙다고 말하는 여자의 웃음이 묘하게 매력적이었다.

"그럼, 이제 부모님을 뵈러 집으로 갈까요?"

판초가 물었다. 기대에 부풀어 우리는 일제히 고개를 끄덕였다. 연신 물을 따르던 기이한 퍼포먼스도 끝났다. 우리는 바로 판초의 뒤를 따라 다시 언덕을 오르기 시작했다. 길가의 가게들은 거의 대부분 우비와 담요, 목걸이, 구슬장식, 캐슈너트, 물 같은 물건들을 팔고 있었다.

상가지역을 벗어나자 주거지역의 콘크리트 건물들 사이로 좁은 길이 나타났다. 좁은 오르막 경사지에 지어진 텐트 크기의 조그만 집들은 마치 허공에서 불쑥 나타나 간신히 균형을 잡고 있는 것처럼 보였다. 집과 집 사이에는 약 150센티미터 높이의 직물과 사슬이 드리워져 있는 담이 있었다. 골목은 좁았고, 거의 머리 정도 높이에 뭔가가 튀어나와 있었는데 이끼가 덮인 그곳에서 물이 떨어지고 있었다. 거의 미로에 가까운 매우 좁은 통로는 모든 방향으로 파고들어 갔다. 우리를 지켜보는 현지인들의 눈에는 호기심이 가득했다. 북미의 갈색머리는 분명 보기 드문 구경거리였다. 우리는 카메라와 등산복으로 무장한 전형적인 관광객과는 어딘가 달리 보였을 것이다. 우리는 그저 사랑과 웃음과 삶에 대한 답을 구하기 위해 길을 나선 한낱 평범한 사람들이었다.

"헤이, 형제들!"

셔츠도 입지 않은 마흔 살쯤 되어 보이는 한 남자가 경계석 가까이에서 신이 나서 소리를 지르며 두 손을 흔들어댔다.

"머리도 길고, 인생도 길고!"

나는 손가락으로 평화를 상징하는 브이 표시를 만들어 보였다. 내 마음에서 솟아난 평화의 바람이 허공으로 스며들었고 바람을 타고 그에게 전해졌다.

얼마 지나지 않아 우리는 판초의 집에 다다랐다. 콘크리트 현관에서 우리를 눈여겨보고 있던 마을 사람들은 백인 세 명이 어떻게 그 좁은 길을 빠져나올 수 있었는지 보고도 믿을 수 없다는 듯한 표정이었다.

"아키! 여기 와봐!"

어린아이들 몇이 마치 나눠 가질 수 있는 장난감이라도 나타났다는 듯 소리를 지르며 친구들을 불렀다.

옥수수 토르티야 냄새가 코를 스쳤다. 냄새를 좇아 울타리 쪽으로 걸음을 옮긴 우리는 공동으로 사용하는 둥그런 마당에서 음식을 만들고 있는 가족들을 멍하니 바라보았다. 어린 시절 가족이 함께 모여 앉아 있던 순간들이 떠올랐는데, 근심이라곤 없는 평화로운 풍경이었다. 어떤 사람들은 우리의 모든 경험은 과거의 일들과 겹쳐 나타난다고 했다. 정말 순간, 그 말이 사실임을 나는 알 수 있었다.

얼마쯤 지난 뒤, 판초는 대문을 지나 자신의 집으로 우리 셋을 데리고 갔다. 자홍색과 노란색 실로 짠 담요가 입구에 걸려 있었다. 판초가 그것을 들춰 올려 주었고, 우리는 안으로 들어갔다. 거기서 나는 판초 부모님의 반짝이는 눈과 마주쳤는데, 가슴이 거칠게 뛰었다. 집으로 온 우리를 환영하는 따뜻한 마음이 고스란히 느껴졌다. 내 안에서 순진무구함이 무럭무럭 자라났다. 누군가의 부모님을 어떤 의미에서든 '귀엽다'고 부르는 게 예의 없는 일이긴 했지만, 두 분은 정말이지 귀여웠다. 내가 그분들의 나이에 저만큼 귀여울 수 있을까, 나는 자신 없다.

그리 크지 않은 집은 대략 스무 평 남짓 되어 보였다. 벽의 대부분은 노란색과 초록색 그리고 자주색 실로 짠 천으로 장식되어 있었는데 모두 판초 어머니의 작품이라고 했다. 부엌을 포함해 집 전체가 콘크리트로 되어 있었는데, 우리가 본 다른 집들과 마찬가지로 창문은 전혀 없었다. 뒤편 왼쪽 구석진 곳에는 조그마한 욕실이 있고, 두 개의 침실이 나란히 붙어 있었다.

방 안을 둘러보던 내 시선이 판초의 아버지에게 닿았다. 그는 수많은 사람의 주머니를 털어 이윤을 챙기는 게걸스러운 자본주의와 빈곤에 맞서 전투를 벌이자고 주장했던 후기 라틴 혁명가 체 게바라와 매우 닮은 뻣뻣한 턱수염을 가지고 있었다. 여러 가닥의 회색 줄이 한밤의 어둠만큼이나 짙은 그의 수염과 얼굴에 빛줄기처럼 드리워져 있었는데, 마치 지혜로운 성정을 대변하는 것 같았다. 또 그가 반복적으로 내쉬는 호흡에 그가 역사 속에서 보았던 매일의 태양이 상상됐다.

　판초의 어머니에게로 눈길을 돌린 나는 구리빛 눈 위에 매달린 아름다운 짙은 눈썹을 넋을 놓고 바라보았다. 그녀의 분홍빛 두 뺨에는 자잘한 주름들이 수없이 잡혀 있었는데, 살아오면서 얼마나 많이 웃었는지를 말해 주는 듯했다. 판초의 부모님을 보면서 나는 시간이 흐를수록 더 깊어지는 와인을 생각했다. 와인과 판초의 부모님은 정말이지 닮아 있었다. 남김 없이 '마시도록' 만들고, 기분 좋게 취하게 한다는 점에서.

　방 안을 가득 채우고 있는 것들은 대부분 가구의 용도가 아니었다. 벽마다 붙어 있는 호수 그림은 유한한 공간에 갇힌 그림이 아니라 호수를 내다보는 창문 구실을 했다. 탁자 위에는 파블로의 어머니가 직접 짠 식탁보와 몇몇 소품이 놓여 있었는데, 장식품이 아니라 판매하는 것들이었다. 그녀는 우리를 예술적 감성이 물씬 느껴지는 자신의 작품들로 채워진 탁자로 안내했다. 판초의 어머니와 콜턴, 콜과 판초 그리고 나까지 모두 의자에 앉았고, 판초의 아버지만 마치 다리가 몹시 아프신 듯 아니면 우리를 위해 시중이라도 들 심산이신지 비스듬한 자세로 서 있었다.

그때, 오케스트라 지휘자처럼 집게손가락을 까닥거리며 판초가 우리에게 설명을 하기 시작했다. 그의 부친은 오랫동안 앉아 있을 수 없다고 했다. 1960년에 시작해 1996년에서야 끝난 내전에서 심각한 부상을 당했기 때문이라는 거였다. 판초의 아버지는 과테말라 국민을 보호하기 위해 만든 시민혁명군의 일원이었다. 1954년, 민주적 절차에 따라 수립되었던 하코보 아르벤즈 정부는 CIA(미 정보국)가 주도한 군사작전에 의해 붕괴되었다. 그리고 새로이 권력을 차지한 군사정권은 20만 명에 이르는 무고한 과테말라 사람들을 살해한다.

전쟁 중에 판초의 부친은 다른 백여 명의 시민혁명군과 함께 정부군의 포로가 되었고, 사람이 살지 않는 버려진 땅으로 끌려갔다. 그들은 땅에 거대한 구덩이를 파라는 명령을 받았고, 2주 동안 자신들이 판 구덩이에 갇혀 있었다. 그리고 그동안 무방비 상태로 뜨거운 태양 볕을 고스란히 받고 있어야 했다. 이뿐 아니다. 그 후 2년이나 더 구금을 당했다. 그러고 나서야 풀려났다. 그런데 판초가 들려준 이야기에서 가장 놀라웠던 사실은 판초의 아버지가 자신을 체포하고 가둔 자들을 용서했다는 사실이었다. 용서만이 우리를 자유롭게 해준다는 것을 판초의 아버지는 이해한 것이다. 판초는 자신의 아버지가 엄청난 분노에 휩싸인 채 많은 날을 보내기도 했지만, 이제는 그 분노로부터 벗어났으며 아픔을 겪기 이전보다 훨씬 더 행복하다고 말했다.

"우리는 모두 경험하기 위해 이 세상에 왔어요. 그게 아니라면 결국 아직 태어나지 않은 것이나 마찬가지죠."

판초는 자신의 이야기를 맺으며 말했다.

"당신은 아직 전쟁 속의 아이죠. 이 시대에 우리는 모두 전쟁 속의 아이들이죠. 우리는 영양실조와 질병, 빈곤, 탐욕과 싸웁니다. 인류가 매일매일 직면하는 것들이죠."

그는 한동안 침묵을 지켰다. 그 사이 시 한 편이 내 머릿속을 맴돌았다.

수평선 위로 떠오르는 태양을 보는,
온 가슴이 질문으로 차 있는, 나는
혼자가 아닌걸.
수없이 많은 길,
헤아릴 수 없이 많은 생각,
하지만 정작 변화가 없다면
모든 것을 잃고 마는걸.
거울이라면, 거울이라면,
하늘의 거울이라면

말해 줄 수 있을까?

왜 누구도 마음을 살피지 않는지,

왜 아무도 마음을 말하지 않는지.

콜턴과 콜 형과 나는 판초가 들려준 '역사 강의'에 어떤 거부감도 들지 않았다. 나는 벅찬 가슴으로 그를 향해 엄지를 추켜세웠다. 그러고 나서 판초의 어머니가 만든 작품을 새삼스레 둘러보았다.

"당신 가족에게 용서는 어떤 의미인가요?"

나는 그렇게 묻지 않을 수 없었다.

판초는 미소를 지으며 아버지의 어깨 위에 한 손을 올려놓고선 잠깐 생각에 잠겼다. 그리고 잠시 후 내가 던진 질문을 스페인어로 옮겼다. 판초의 아버지가 내 물음에 답했고, 그걸 판초가 다시 영어로 말해 주었다.

"용서는 영혼이 빚어내는 연금술이라고 하시네요. 인간 정신에 가능성을 돌려주는 거라고요."

나는 아무 말도 할 수 없었다. 그저 미소 지을 뿐이었다. 고맙다는 말밖에 어떤 대답도 할 수 없음을 판초는 알고 있었다. 형이 자리에서 일어나 판초의 어머니에게 식탁보 몇 장을 사고 싶다고 말했다. 콜턴도 같은 생각이었다. 그로부터 몇 분 뒤, 우리는 판초의 가족과 작별의 포옹을 하고 집을 나섰다.

판초의 집을 나와 천천히 테라스 계단을 내려가면서 나는 내가 듣고 감동한 용서라는 덕목을 가슴에 채워 넣기 위해 애썼다. 그때 마을 아이들의 정겨운 눈길이 눈에 들어왔다. 그 눈을 보는 순간 계단을 조심해야 한다는 걸 잊어버렸고, 결국 돌에 이마를 찧고 거대한 고목처럼 쓰러지고 말았다. 다치지는 않았다는 걸 확인한 콜턴과 콜이 마구 웃어댔다. 하지만 얼마나 호되게 부딪쳤는지 느낌은 살갗이 몇 파운드는 뜯겨 나간 것 같았다.

"걸을 땐 머리가 아니라 발을 사용해야 하는 거 몰랐니?"

미국식 농담이 날아들었다. 웃음을 참을 수 없었다. 눈에 가득 고인 눈물이 아파서 생긴 건지 웃어서 생긴 건지는 몰랐지만, 공상에 빠지면 언제든 허공으로 나가떨어질 수 있다는 진리 하나는 확실히 깨달았다.

흙을 털어내고는 판초와 콜, 콜턴의 뒤로 따라붙었다. 아이들과 청년들이 게임을 벌이고 있는 축구장을 향해 이미 지나온 좁은 길을 통과할 때는 판초가 우리를 앞장세우고 뒤편에서 지켜봐 주었다. 축구장은 산 페드로 화산 숲의 초록빛 경사지에 있었는데, 그야말로 한 폭의 아름다운 그림이었다.

경기장은 사슬로 엮어 놓은 펜스 안쪽에 있었는데, 흙바닥과 잡초가 뒤섞인 엄청나게 큰 축구장 양쪽에는 그물망이 없는 골대 두 개가 덩그러니 서 있었다. 내게 익숙한 축구장과는 닮은 데가 거의 없었다. 그런데도 운동장을 맨발로 내달리는 아이들은 마냥 행복해 보였다. 가죽이 떨어져 나간 축구공은 바람이 반쯤 빠져 찌그러져 있었지만 힘차게 허공을 갈랐다. 아이들은 열중했고 자유롭게 내달렸다. 새들이 축구장 위를 날며 그들을 지켜보고 있었다.

"우리는 하루 걸러 한 번씩 리그 경기를 해요."

판초의 설명이었다.

"경기를 하는 동안에는 생활을 잊게 되죠. 물론, 잔디가 깔린 그물망을 갖춘 골대가 있는 진짜 스타디움이 있겠죠. 하지만 우리는 여기보다 더 나은 경기장은 몰라요. 그래서 이것만으로도 만족합니다. 가지고 있지 않은 걸 그리워하는 대신 우리가 하고 있는 것, 우리가 가지고 있는 것 모두를 우리는 사랑합니다. 감사하는 마음이 우리에게 더 많은 걸 사랑할 수 있도록 해줘요. 이게 바로 세상이 작동하는 방법이 아닐까요? 받을 수 있음에 감사하라!"

우리 또한 감사의 미소를 그와 나누었다. 나는 신고 있던 샌들을 벗었다. 발바닥에 흙이 닿는 느낌이 좋았다. 판초는 제일 작은 꼬마애들 중 하나가 골을 넣자 기뻐서 환호성을 질렀다. 우리는 진짜 스타디움의 관중석처럼 생긴 오래된 나무 그루터기 맞은편 땅바닥에 퍼질러 앉았다.

판초와의 하루를 마무리하라는 신호인 듯 해가 지기 시작했다. 판초의 집을 방문하고 나서 마음이 분주하게 떠도는 동안,

나는 시간의 흐름 자체를 인식하지 못했다. 걸어서 마을을 통과하는 동안에도 마찬가지였다. 허기진 땅거미가 황금빛 태양을 야금야금 뜯어먹고 있다는 사실을 나는 거의 느끼지 못했다. 선착장에 도착한 우리는 5분쯤 뒤 산 마르코스로 돌아가는 보트에 올랐다. 밤하늘에 떠오르는 달이 마치 어둠을 달래는 유모처럼 편안하게 느껴졌다. 한 번도 경험하지 못한, 깊숙이 파고드는 평화로움에 온몸이 따끔거렸다.

산 페드로, 2010년 12월 23일

용서는 인간 정신에 가능성을 돌려주는 영혼이 빚어내는 연금술이다.

세상을 바꾸는 유일한 길

모든 사람이 말해 왔던 꿈이 아닌 다른 꿈에 에너지를 쏟을 때, 세상은 변할 수 있다. 새로운 세상을 만들기 위해 우리가 가장 먼저 해야 할 일은 바로 새로운 꿈을 만드는 것이다.

－존 퍼킨스

"개는 뼈다귀를 좋아할까요?"

페르난도가 자신의 개 예세를 가리키며 물었다. 예세는 방 모퉁이 매트 위에 꼬리를 말고 앉아 있었다.

대나무 자리에 앉아 있던 콜과 콜턴과 나는 동시에 고개를 끄덕였다. 그가 우리를 놀리려고 던진 질문이란 걸 눈치 채지 못한 나는 원을 그리고 앉아 중앙의 촛불을 계속 응시하고 있었다.

페르난도가 자신의 흰 바지를 손으로 쳐대며 큰소리로 웃었는데, 뭐가 그리 재밌는지 방 전체에 펼쳐져 있던 대나무 자리가 흔들릴 정도였다. 그가 숨을 고르며 깊이 들이마셨다가 내쉬자 향에서 피어오르던 연기가 물결치듯 흩뜨려졌다.

"개는 뼈다귀를 좋아하지 않아요."

그가 미소를 지으며 말했다.

"그저 뼈다귀에 만족할 뿐! 개가 좋아하는 건 고기죠. 자, 여러분의 인생에서 그리고 여러분이 꾸는 꿈에서는 무엇에 만족합니까?"

그는 나를 똑바로 쳐다보고 나서 몇 미터 떨어져 있던 안락의자로 걸어가 앉았다.

"미래는 여러분이 가야 하는 곳이 아닙니다. 그곳은 여러분의 마음에서 만들어 내야 할 곳이죠."

따뜻한 아침 햇살은 콘크리트 바닥까지 온기로 물들였다. 마음을 이완하기에도 편해졌고, 이전에는 그런 적이 없었는데 내면의 메시지도 자연스럽게 들을 수 있었다. 나는 숨을 깊이 들이쉬고 내쉬며 작은 집의 편안함을 만끽했다. 문을 열어 놓았더니 꽤 여러 마리의 새들이 지저귀는 소리가 들려왔다. 그리고 늘어지게 하품을 하다가 페르난도와 명상을 하기 위해 우리 셋 모두 크리스마스이브에 그것도 새벽 다섯 시에 일어나 있다는 사실이 떠올랐다. 평소 같았으면 적어도 한두 시간은 늦게 하루를 시작했을 터였다.

"사실 대부분의 사람이 매우 창조적입니다…… 그런데 이 창조성을 대개는 뭔가를 할 수 없는 이유들을 찾는 데다 쓰지요."

페르난도는 어린아이처럼 의자를 까닥거리며 흔들다가 휘파람을 불어 예세를 곁으로 오게 했다. 나는 매트 위에 마주 보고 앉은 콜과 콜턴에게 미소를 보냈다.

"인간은 어디에서 시작되었는지 알 수 없는 물줄기와 같아요."

그가 계속해서 말했다. 그리고 콜과 콜턴은 자주 통역하는 걸 잊어버리곤 했는데, 페르난도는 여전히 영어는 전혀 쓰지 않았다. 콜과 콜턴이 영어로 옮겨줄 때면 마치 복습을 하는 기분이 들었다.

"우리의 존재 목적은 우리 안에 숨어 있죠. 겉으로 드러나는 건 두려움과 의심입니다. 우리가 존재하는 이유를 발견하는 일이 세상을 바꾸는 유일한 길입니다. 존재 이유를 찾기 위해 스스로에게 물어보세요. 내게는 별문제도 아닌데 남들은 굉장히 어려워하는 것, 그게 뭘까요?"

페르난도의 두 눈이 다음 말을 찾기 위해 반짝였다. 그는 마치 지혜를 만들어 내듯 자신의 두 손을 문질렀다. 나는 예세가 제 발을 핥고 있는 모습을 지켜보며 그의 다음 말을 기다렸다.

"모든 사람이 자신의 꿈대로 살고 있는 건 아니라는 고정관념이 있어요. 당장 이걸 머릿속에서 지워버려요! 내게는 별문제도 아닌데 남들은 굉장히 어려워하는 것이 뭘까? 이 질문에 대답할 수 있다면, 만약 그렇다면 성공을 확신하세요. 의심하는 마음이 가장 큰 재난을 부르는 겁니다."

페르난도의 설명을 다시 영어로 들으면서, 나는 그의 말을 거듭거듭 되뇌었다. 페르난도와 눈이 마주쳤을 때, 나는 내가 이해하고 있으며 당신과 함께하는 이 시간에 감사하고 있다는 걸 보여주기 위해 애썼다. 그러자 그가 미소를 보냈다.

그는 다시 말을 이어갔다.

"자, 저 악명 높은 마야의 달력에 인류 멸망의 시간으로 기록된 2012년의 의미를 알려 드리지요. 2년 뒤에 올 그때는, 비로소 당신이라는 오래된 가면을 벗고 온전히 자기 자신으로 살아가야 하는 시간을 말합니다. 인류가 물리적으로 사라져버리는 걸 의미하는 게 아닙니다. 새로이 살아가게 된다면 이전의 인류는 사라진 것이라고 해도 되겠지요."

나는 크게 고개를 끄덕였다. 콜과 콜턴의 얼굴에도 감사의 미소가 번져 있었다.

"삶의 꿈을 다시 그려 나가는 동안 이것만은 기억하세요. 모든 사람이 이미 올라간 비탈길은 미끄러울 수밖에 없어요."

페르난도가 환하게 웃으며 말했다. 그의 눈길은 문밖으로 나가는 예세를 따라가고 있었다.

"미끄러울 수밖에 없죠. 사람들의 발자국들로 길은 다 반들반들해졌으니까요. 사람들의 발길이 닿지 않은 그 틈을 밟고 올라가야 미끄러지지 않고 정상에 도달할 수 있는데 말입니다. 가장 좋은 경치를 보려면 정상으로 올라가야 합니다."

잠깐 말을 쉬었다가 그가 다시 입을 열었다.

"누구나 구름이 지나가기를 기다리며 걸음을 멈추는 그곳이 아닙니다. 거기서 걸음을 멈추면 안 됩니다."

그는 향에 불을 붙이기 위해 흔들의자에서 일어나 방을 가로질러 갔다.

"나의 형제들이여, 때로 우린 길에서 벗어날 필요가 있어요. 경고신호는 무시해도 돼요. 가장 좋은 경치를 얻기 위해 산을 올라가야만 합니다!"

그가 호탕한 웃음을 터뜨렸다.

우리도 함박같이 따라 웃었다. 우리가 앉아 있는 곳은 커피나무 숲 한복판, 베니어판으로 지붕을 얹은 콘크리트 오두막이다. 그 허름한 공간에서 우리는 우주의 지혜를 듣고 있었다. 우리가 가능하다고 규정지은 것보다 더 많은 것에 도전하지 않는다면 결국 인생의 소중한 순간들을 놓쳐버릴 수밖에 없다.

조금 더 진지해진 페르난도가 차분해진 음성으로 말했다.

"이 모든 것…… 세상에 하나뿐인, 남들과는 다른, 변치 않는 행복을 위한 이 모험은…… 기회의 사이클Cycle of Chance이라는 이름을 갖고 있어요. 이것은 삶이 인류에게 주는 가장 큰 선물 중의 하나입니다. 이 사이클은 약속, 도전, 보상, 세 부분으로 나뉘어져요. 먼저, 본래의 자신이 되자고 약속하세요. 그리고 위험을 두려워하지 말고 행동하세요. 그러면 보상이 따라옵니다."

내가 앉아 있던 매트를 내려다보았다. 높아진 정신이 흐트러질까 한껏 방 안의 에너지를 빨아들였다. 페르난도는 환하게 웃으며, 더할 나위 없는 마무리라고 말했다.

오두막을 떠날 때 페르난도는 우리에게 일일이 작별의 포옹을 해주며 자신이 지키고 있는 크리스마스 전통(새벽 두 시에 일어나 가족들과 포옹을 나누는)에 대해 들려주었다. 여기에는 신체 접촉 이상의 의미가 담겨 있었다. 우리는 페르난도와 그의 가족의 건강을 기원했다. 그러자 페르난도도 기도하는 자세로 우리의 손을 부여잡고는 다시 우리의 축복을 빌어 주었다. 우리는 나뭇잎이 떨어져 있는 계단을 걸어 내려가 커피나무 숲으로 들어섰다.

산 마르코스, 2010년 크리스마스이브

❥

우리의 존재 목적은 우리 안에 숨어 있죠. 겉으로 드러나는 건 두려움과 의심입니다. 우리가 존재하는 이유를 발견하는 일이 세상을 바꾸는 유일한 길입니다.

미소를 지어보세요

미소는 모든 사람에게 통하는 언어이다.

－고대 속담

동틀 무렵. 나는 내 머리카락에 엉겨 있는 꿈들을 모조리 긁어모으며 침대에서 몸을 일으켰다. 어김없이 태양은 오늘도 떠올랐고, 자신을 응시하는 나를 가만히 지켜보고 있었다. 우리는 먼저 깜빡이면 지는 눈싸움을 벌였는데, 태양 빛에 더 이상 아무것도 보이지 않을 때까지 게임은 계속되었다.

콜과 콜턴 옆에 앉아 페르난도가 한 말을 생각했다.

"인간은 어디에서 시작되었는지 알 수 없는 물줄기와 같아요."

나는 나의 모든 생각과 행동의 근원인 가능성의 강을 분명히 느꼈고, 어서 밖으로 나가 하루를 시작하고 싶었다. 빠르게 숫자가 줄어들고 있는 밥 말리 티셔츠 한 장을 꺼내 후다닥 걸치고는 쉬고 있는 콜과 콜턴을 두고 방을 나섰다. 그리고 여행을 하면서 깨달은 가장 중요한 교훈 하나를 경험할 수 있었다. 우리가 건네는 호의와 웃음, 연민은 말보다 훨씬 더 강력하며 가슴으로 바로 전해진다는 것.

활짝 입을 벌린다는 것은 숨 쉬기 위함일 수도 있지만 가슴속의 호의를 고스란히 드러내는 방법이기도 하다. 주택가에서 가까운 아스팔트길에서 축구공을 차고 있던 두 소년과 친해지기 위해 나는 이 방법을 사용했다. 잘 튀어오르지 않는 축구공은 땅바닥에 닿을 때마다 마치 오렌지가 시멘트 바닥에 철썩하고 떨어져 부서지는 것 같았다. 마치 그들의 가난을 상징하는 듯. 이 아이들 모두가 질 좋은 공을 갖고 놀 수 있게 되길, 그런 변화가 일어나길 정말 간절히 바랐다.

마을 골목길에는 관광객이 별로 보이지 않았다. 내가 조금 더 가까이 가자 두 소년이 나를 빤히 쳐다보고 있다는 게 확실히 느껴졌다. 하지만 경계하지는 않았다. 2, 3백 미터쯤 되는 오래된 아스팔트길을 지켜보고 있자니, 마을 사람들이 그 길을 따라 이어져 있는 사슬이 쳐진 울타리 안팎으로 분주하게 드나들고 있었다. 울타리는 콘크리트 집들에 의지하듯 기대 있고, 거기에 대문이 붙어 있었다.

내가 입은 밥 말리 티셔츠를 보고 두 소년이 미소를 지어 주었다. 아이들과 10미터 남짓 떨어진 곳에서 나도 다정한 미소를 거

두지 않았다. 내가 서 있던 아스팔트길이 시작되는 지점은 삼각형의 꼭지점 하나에 해당하는, 패스 게임을 하기에 딱 알맞은 곳이었다. 얼마큼의 시간이 흐른 후, 나이가 좀 더 들어 보이는 꼬마가 내 쪽으로 냅다 공을 걷어찼다. 내게로 건너온 공을 나는 다른 소년에게로 차 넘겼다. 내 행동에 두 아이가 폭소를 터뜨렸다. 나도 유쾌함에 벅차올랐다. 한 마디 대화 없이도 웃음이 터져 나온다는 건 좋은 조짐이다. 어쩌면 언어란 가슴에서 나오는 소리를 막기 위해 만들어졌을 거란 생각이 들었다. 소통은 텔레파시처럼 말이 아니라 마음으로 하는 게 더 낫지 않을까 싶은 생각도 들었다.

내게로 넘어오는 공의 속도가 훨씬 빨라졌다. 그만큼 빠르게 친구로 받아들였다는 뜻이었다. 공을 다루는 내 실력은 형편없었지만. 이름을 알기도 전에 누군가와 환한 웃음을 나누었다는 건 굉장한 일이었다. 한동안 이어지던 패스 게임이 끝나자 아이들이 자신들을 소개하기 시작했다. 물론 영어는 아니었다. 하지만 언어는 더 이상 문제가 되지 않았다. 서로를 이해하는 데 웃음만큼 유용한 언어는 없다. 몇 분이 지나고, 말보다 그냥 공놀이를 하는 게 낫다고 판단한 우리는 다시 게임에 돌입했다.

그렇게 공을 주고받으며 꽤 많은 시간을 보내고 나서, 그제야 나는 우리를 구경하는 사람들이 있다는 사실을 알아챘다. 남자, 여자, 아이 들이 아스팔트 주위에 몰려와 있었다. 아이들 몇은 아예 게임에 끼어들었고, 바람이 빠져 짜부라진 공을 열심히 차 댔다. 나 역시 셀 수도 없는 아이들의 공을 차고 또 찼다. 그때 문득, 여기저기서 터져 나오는 웃음소리에 가족과 함께 보냈던 걸 제외하고는 이보다 더 즐거운 크리스마스를 보낸 적이 없었다 는 사실을 깨달았다. 과테말라 문화에 존경심이 솟아났고, 어느 새 나는 거기에 흠뻑 빠져 즐기고 있었다. 그해 크리스마스에 내 가 받은 가장 감명 깊은 선물은 생명의 흐름과 함께하고 있다는, 존재하는 모든 것과 연결되어 있다는, 흔히 일체감이라 부르는 바로 그 느낌이었다.

'크리스마스의 별이 필요한 사람은 누구일까?'

나는 스스로에게 물었다.

'내 새 친구들의 가슴을 진리로 밝혀 줄 그 별.'

과테말라에 도착하기 전에는 현지 언어를 모른다는 게 걱정이 었다. 하지만 지금 나는 말로 인해 생기는 오해와 미소의 가치를 분명히 알고 있다. 또한 언제든 미소라는 언어를 사용할 수 있다 는 사실도 알게 되었다. 특히 찡그린 얼굴과 마주쳤을 때 미소는 더 유용할 것이다. 꾸밈없는 미소는 그 자체로 사랑을 드러내고, 부정적인 감정을 무너뜨리는 힘이 있다. 나는 삶에 감사하는 마 음이 일어나는 것을 느꼈다. 내가 겪은 일들과 내가 만나는 사람 들에게 더 많은 고마움을 느낄수록, 세상과 나를 더 넓게 이해할 수 있는 기회들이 점점 더 많아지고 있다는 걸 알 수 있었다. 감사하는 마음은 풍요의 문을 여는 열쇠였다.

새로 사귄 꼬마 친구들과 헤어져야 하는 아쉬움을 뒤로 하고 나는 콜과 콜턴이 있는 히바나 호텔로 발걸음을 돌렸다. 우리는 캐슈너트를 깨물며 벽돌을 쌓아 만든 발코니에서 석양을 보기로 약속했었다. 콜과 콜턴과 나는 발코니 끝에 발을 얹고 밤을 새웠다. 과테말라에서 보내는 크리스마스가 내 생애 가장 즐거운 휴일 중 하나가 되리란 건 분명했다. 선물도, 장식도, 등불도, 트리도, 칠면조도, 햄 조각도 하나 없었지만, 내겐 우주와 선물을 주고받는 우리가, 함께 공을 찬 소년들이 있었다. "소중한 것에는 값이 매겨져 있지 않다"는 오래된 격언이 있다. 그날 나는 또 하나의 진리를 깨달았다.

산 마르코스, 2010년 크리스마스

⟩⟩⟩

어쩌면 언어란 가슴에서 나오는 소리를 막기 위해 만들어졌을 거란 생각이 들었다. 소통은 텔레파시처럼 말이 아니라 마음으로 하는 게 더 낫지 않을까.

진정으로 자기 자신이 된다는 것

그대는 인간 이상의 존재, 그보다 더 큰 존재다. 그대의 가슴 안에 하나의 성소가 있으니, 그곳에서 세계가 재탄생될 수 있다. 문자 그대로 새로이 만들어질 수 있다.

– 드룬발로 멜기세덱

과테말라 여행 마지막 날, 콜과 콜턴과 나는 페르난도가 사는 마을로 걸어 내려갔다. 열흘 동안 우리는 오전 시간이면 페르난도와 명상을 하고 많은 대화를 나누었다. 그리고 나서 오후에는 호숫가로 가 마을 사람들, 특히 아이들과 이야기꽃을 피우고는 했다.

다시 샤먼의 집에 도착했을 때는 마을 사람 여럿이 뜰에 둘러서 있었다. 거기에는 대나무 의자와 안락의자 심지어 그의 매트리스까지, 여느 날과는 다르게 페르난도의 물건들이 펼쳐져 있었다.

"형제들, 오늘도 이렇게 만나 반가워요!"

페르난도가 활짝 웃으며 우리를 맞이했다. 우리는 무슨 안 좋은 일이라도 있는 거냐고 눈짓으로 물었다.

"내 물건들을 필요한 사람들에게 주려는 겁니다."

그는 별일 아니라듯 대답하고 나서 한마디를 더 덧붙였다.

"행동으로 가르치라."

페르난도는 전혀 뜻밖의 순간에 이런 심오한 메시지를 아무렇지도 않게 불쑥 던져 주곤 했다.

그의 말이 내 이마를 스쳐 지나갔다. 그리고 그가 내놓은 물건들이 사용하지 않는 물건들이 아니라는 사실도 그때 알았다. 그는 자신이 늘상 사용하는 일용품들을 나눠주고 있었다. 내 앞에 서 있는 사람은 모든 것을 내놓았을 때 비로소 완전한 평등에 이를 수 있다고 믿고 있었다. 다리에 힘이 빠져 무릎이 후들후들 떨렸다. 페르난도의 말과 행동은 믿는 대로 이루어진다는 가르침을 끊임없이 일깨워 주었다. 페르난도는 결핍을 두려워하지 않았다. 필요하다면 언제든 다시 채울 수 있다는 믿음이 있기에 가능한 것이었다.

"미안해요. 지금은 같이 명상을 할 수가 없네요. 오후에는 이걸 모두 깨끗이 치울 수가 있으니, 그때 봐요."

그렇게 말하고 나서 마당에 서 있는 사람들과 다시 이야기를 나누기 시작했다. 우리는 마테차를 마시기 위해 그의 어머니가 운영하는 벽돌로 지은 식당으로 갔다. '로스 아브라조스'로 내려가는 커피나무 숲길을 걸어서 식당 앞에 이르자 공들여 장식을 해놓은 울타리 사이 석재통로에서 떠돌이 개 한 마리가 우리를 맞이해 주었다. 우리는 그곳을 돌아 안으로 들어갔다. 조그만 홀에는 열 명 남짓한 마을 아이들이 옹기종기 모여 있었다.

"오늘 아침부터 우리는 살면서 일어나는 모든 일에 감사하는 마음을 담아 음악회를 열고 있어요!"

한 소년이 개의 '옹가' 냄새를 날리려는 듯 손을 휘저으며 해맑은 목소리로 말했다. 아이들에겐 낡은 드럼과 기타, 플루트를 연주하는 것보다 그 옹가가 더 큰 문제였다. 나는 몸에 꽉 끼는 낡은 셔츠를 입은 한 아이를 가리켰다. 페르난도의 조카딸 에블린이었다. 에블린도 나를 보고 미소를 지어 주었는데, 마치 어른의 치아처럼 커다란 앞니 두 개가 보였다. 하지만 앞니를 뺀 나머지 이는 갓난아이처럼 아주 작았다. 에블린은 내 하얀 피부를 뚫어져라 바라보았는데, 그 순수한 눈길에 맞닿는 순간 나는 두 개의 우주 사이에 완전히 갇혀버리고 말았다. 어린 우주와 완숙하게 자란 우주. 내 몸의 세포들이 우주 깊은 곳에서 진동을 일으키며 어린 우주 속으로 이끌려갔다. 가슴에서 음악의 소용돌이가 일어나 나는 꼼짝도 할 수 없었다. 그러다 두 발이 좌우로 움직이기 시작했다. 엉덩이도 마찬가지였다. 그렇게 조금씩 리듬을 타기 시작했다. 그러다 나는 독수리와 콘도르가 놓여 있는 벽난로와 좀 더 가까이에 있는 마야의 조각들에 눈길을 주었는데, 거기에 있는 영어로 된 목판의 문구가 눈에 띄었다. 그 목판은 우리가 자리 잡은 식탁 가까이에 있는 주방의 나무상자 위에 걸려 있었다. 나는 춤을 추다 말고 그것을 커다란 소리로 읽었다.

콘도르와 독수리 이야기

고대 마야와 잉카, 호피족의 예언서에 기록된 바, 지금은 북쪽의 독수리와 남쪽의 콘도르가 함께 같은 하늘을 나는 시대이다. 500년 전 코르테스가 이 땅으로 쳐들어온 이후 독수리는 힘과 사냥기술로 세상을 지배해 왔다. 하지만 세상을 구하기 위해 우리는 독수리의 에너지와 균형을 맞춰야 한다. 고대의 지혜와 마음에 집중하는 콘도르의 에너지가 필요하다. 이 일이 지금 일어나고 있다! 로스 아브라조스(포옹)는 바로 이 열망을 하나로 끌어안는 의식이다.

나는 그 자리에 서서 읽고 또 읽었다. 그동안 연주는 서서히 끝나가고 있었다. 다시 나는 안토니아 할머니가 우리를 위해 차를 준비하던 빈 테이블로 가 자리를 잡고 앉았다. 그러고 나서 문구가 새겨진 목판을 올려다보며 지금 내가 인류 역사에서 가장 위대한 시대를 살아가고 있음을, 우리 세대가 세상을 바꿀 것이라는 사실을 실감했다. 고대에 이미 이 사실을 예언했다니! 내가 영감에 싸여 있는 사이에 콜과 콜턴도 표지판을 읽어 내려갔다.

우리는 그 심오한 문장들에 대해 몇 마디 나누고 페르난도에게로 가면서 다시 이야기하기로 했다. 우리는 아이들과 일일이 작별의 포옹을 하고는 방을 나섰다. 그러고 나서 아이들이 하듯 개똥을 훌쩍 뛰어넘었다.

페르난도의 집에는 아무도 없었다. 우리는 갈색 대문 밖 계단에 쭈그리고 앉았다. 페르난도를 기다리는 동안 나는 거칠 것 없이 지나가는 바람을 깊이 들이마셨고, 커피나무에서 코나열매를 따 먹고는 형형색색의 나뭇잎들이 쌓여 있는 땅바닥에다 씨를 뱉었다.

우리의 마음은 하늘만큼이나 맑게 개어 있었다. 우리는 계단에 앉은 채로 조용히 명상에 잠겼다. 거리의 개들이 제법 우리에게 다가오기도 하고, 숲길을 따라 어슬렁거리며 돌아다니기도 했다. 한 시간쯤 뒤, 흙길을 걸어온 페르난도가 병원에 입원한 아버지에게 다녀오는 길이라고 했다.

페르난도는 자신의 아버지가 평생을 중증의 알코올 중독자로 지냈으며, 아버지에게 술은 불평등에서 생겨나는 비극에서 벗어나는 유일한 탈출구라고 설명했다. 그리고 비록 어린아이처럼 말을 잘 듣지는 않지만 아버지가 중요한 교훈 하나는 가르쳐 주었다고 덧붙였다.

"알코올은 우리에게서 가족을 사랑하는 능력을 빼앗아버린다는 것!"

술에 관한 비슷한 경험이 있던 나는 전적으로 동의한다는 뜻으로 고개를 크게 끄덕였다.

"알코올 중독자 모두가 술 살 돈을 굶주리는 아이들에게 준다면 어떻게 될까요?"

그가 대문을 통과해 집 안으로 들어오면서 말했다.

"우리 행성에는 굶는 아이가 단 한 명도 없을 겁니다."

지난 여러 날 동안 그랬듯 우리는 페르난도의 집 콘크리트 바닥에 무릎을 꿇고 앉았다. 달라진 것이 있다면 방 안의 가구가 모두 사라졌다는 거였다. 네 개의 대나무 자리도, 콘크리트 벽에 걸려 있던 그림들도, 구석 멀찍이 놓여 있던 하얀 책상도.

페르난도는 향에 불을 붙여 둥글게 원을 그리며 앉은 한가운데에 꽂았다. 몸과 마음이 차분해졌다. 페르난도가 입을 떼자 세상 저편에서 전해오는 듯한 그의 음성이 부드러우면서도 견고하게 울려퍼졌다. 그의 말을 모두 이해할 수는 없었지만, 그 음성의 떨림은 더없이 마음을 편안하게 해주었다. 그가 하는 강설의 특징 중 하나는 이따금 이전에 들려준 내용을 반복하는 거였는데, 반복해 듣는데 늘 새로운 통찰에 이르게 만들었다.

"아무리 바다에 물이 많아도, 그 물이 배에 들어차지 않는 한

배는 가라앉지 않습니다. 마찬가지로 세계가 아무리 부정적이라 해도 그 부정적인 것이 여러분 안에 배어들지 않는다면 세계는 결코 여러분을 침몰시킬 수 없어요."

그렇게 말하고 나서 페르난도는 잠시 말을 끊고 한 사람 한 사람을 주시했다.

나는 그의 말에 응답이라도 하듯 고개를 끄덕이며, 서구 사회에서 배운 가르침과 함께 늘 꺼내 기억할 수 있도록 가슴 깊이 새겨 놓았다. 그가 덧붙였다.

"거미는 처음부터 천천히 거미줄을 지어 나갑니다. 매일매일 그 과정을 거듭하죠. 그러다 보면 거미의 걸작이 되고 거미의 꿈이 견고하게 완성됩니다. 꿈을 잊지 말고 참을성 있게 기다리십시오."

방 안 가득 침묵이 흘렀다. 공간을 채우고 있는 알 수 없는 원소들이 나에게 자유로이 꿈꾸라고 허락해 주었다. 나는 내 삶의 주인은 나 자신이라고 되뇌었다. 나의 일부가 내 능력을 인정했고 또 다른 나의 일부분은 나만의 방식으로 살아가는 삶에 의무와 책임을 다하기를 바랐다. 그러면서도 내가 해야 할 결정을 외부에서 대신하는 일이 일어나지 않도록 항상 내 안의 에너지를 인지해야 한다는 것도 자각하고 있었다.

페르난도는 자주 모든 것은 우리의 자유의지로 일어난다고 일깨워 주었다. 자유의지는 양날의 검이다. 자신의 행동 패턴을 인지하지 못하고 제대로 된 삶을 살지 못하거나, 패턴을 잘 인지하고서 유익한 삶을 살거나 이 두 가지 유형 중에 하나이다. 이제 내가 선택해야 할 행동 패턴은 분명했다. 침묵의 시간 속에서 아주 많은 순간이 흘렀다. 페르난도가 나무지팡이를 내려놓고는 키체Quiche(마야 문명 말기에 주도적으로 활동한 마야 부족)의 특별한 지혜를 받아 주어서 감사하다는 인사를 했다. '키체'라는 말은 여러 그루의 나무를 의미하는데, 키체의 전통은 10세기 이전으로 거슬러 올라간다. 우리도 우리에게 가르침을 나누어 주어서 고맙다고 말했다. 그렇게 우리는 통찰력 넘치는 존재와의 마지막 시간을 보내고 있었다.

"불우한 환경에 살고 있는 너무 많은 사람이 자신들의 상황을 스스로 바꾸려 하질 않아요. 스스로 그렇게 할 수 있는 힘이 있다는 걸 모르기 때문이죠."

그러고 나서 다시 말을 이었다.

"진정으로 자기 자신이 된다는 것에는, 충분히 이 행성을 변화시키고도 남을 정도의 큰 힘이 있습니다."

그는 다시 한 번 자신이 했던 말을 일깨워 주었다.

"바쁘게 돌아가는 세상에 치어 숨이 꽉 막힌다 싶으면, 그 자리에 우뚝 걸음을 멈추고 곧바로 자신을 들여다보세요. 그러면 여러분을 안내해 줄 답을 발견하게 될 것입니다. 영적 세계를 믿지 않는 사람들은 오랫동안 전해 내려온 삶의 방식을 인정하지 못하고, 세상이 변화하는 걸 견디지 못합니다. 우리가 존재하는 데 끝이란 없어요. 우리는 무한하고, 영원한 존재니까요."

그런 다음 페르난도는 자신의 가르침을 정리해 우리에게 들려 주었다. 2012년과 그 이후에 대한 이야기였는데 그때가 인류가 받아들여야만 하는 시간, 사랑과 관용에서 비롯된 행동을 통해 모든 사람이 재탄생하는 때라고 했다. 재탄생은 그의 설명에 따르면, 본질을 바꾸는 행위가 아니라 변화를 추구하는 우리의 태생적인 힘을 활용하는 행위다. 이것을 재탄생이라고 하는 이유는 우리가 겪고 있는 혼란으로부터 본래의 우리를 건져 올릴 수밖에 없기 때문이다. 이것은 마음의 재탄생이라는, 우리 내면에서 일어나는 과정이다. 하나하나의 마음이 새로이 태어날 때 비로소 사회적 재탄생이 최고점에 다다르게 된다. 인류 전체가 새로운 인생으로 새로운 세상을 만드는 데 동참해야만 한다. 세상은 결코 기다려 주지 않는다. 지금 변화에 이르지 못한다면 우리는 결국 자신의 파멸을 경험할 뿐이다.

오래된 삶의 지혜를 받아들이지 못한다면, 우리의 정신은 결국 파멸을 경험하게 될 것이다. 또한 지금의 세계만을 유지하려는 사람은 결국 현재의 자신만을 고집하는 사람이다.

페르난도의 미소가 어두운 방을 밝혀 주었다. 그의 강설이 끝낮을 때, 내 안으로 강렬하게 밀려드는 힘이 느껴졌다. 나는 세계를 여행하는 동안 그 힘이 나의 안내자가 되어 주리란 걸 알 수 있었다. 이제 막 시작했지만, 내 삶이 완전해지는 느낌이었다.

의미 깊은 여행의 제1장이 막을 내리는 지점에서 우리는 페르난도와 작별의 포옹을 했다. 나는 그를 다시 보게 되리란 걸 의심하지 않았다. 또 몇 주 동안 그가 전해 준 지혜가 늘 내 가슴에 남아 있어 언제든 떠올리게 되리라는 것 역시 의심하지 않았다.

우리는 가방을 둘러멘 채 마을의 주도로를 따라 호텔로 돌아왔다. 벽돌로 지은 발코니에서 마지막으로 호수를 바라보며 호숫가의 풀밭을 따라 줄지어 선 종려나무 위에서 끊임없이 노래를 불러주던 새들의 왕국과도 작별을 고했다. 마을의 중심가로 돌아가는 길에 우리는 여행에서 가장 기억에 남는 일들을 이야기했다.

"다른 사람들은 어떻게 살고 있는지 볼 수 있었던 게 제일 뿌듯했어…… 하지만 또다시 투덜거릴지도 모르지. 대부분의 아이들이 갈아입을 옷조차 없는데도 여전히 웃음을 잃지 않는 걸 이 두 눈으로 똑똑히 목격했는데도 말이야."

콜턴이 쾌활한 목소리로 말했다. 가방을 든 채로 우리는 돌을 툭툭 차며 마을 중심가로 가는 길을 따라 걸음을 옮겼다.

"난 판초 아버지에 대한 생각을 떨쳐낼 수 없어."

내가 말했다.

"그 분이 겪은 일은 정말이지 믿기 힘들어. 2주나 되는 긴 시간을 땅속 구덩이에 갇혀 있었는데, 그렇게 만든 자들을 용서했다니!"

형이 웃음을 터뜨리며 어릴 때 스스로 팔을 물어뜯고는 형이 그랬다며 부모님에게 일러바쳤던 나를 용서했다고 농담을 던졌다.

"판초 아버지의 이야기는 버릇 없던 어린 시절의 일 정도는 얼마든 용서할 수 있게 해주는 거 같아."

내 말에 형이 크게 웃었다. 어릴 때 그랬던 것처럼 나는 형의 가슴을 툭툭 치며 물었다.

"형은 뭘 가장 못 잊을 것 같아?"

"페르난도 한 사람이 수백 명의 마을 사람들에게 살아갈 수 있다는 희망을 주고 있다는 거, 물도 전기도 없이 살아가면서도 그럴 수 있다는 사실!"

"맞아!"

콜턴이 맞장구를 쳤다.

"그래, 나도 그래!"

우리보다 몇 걸음 앞서 걷고 있던 그는 버스정류장 근처 나무로 지은 간이음식점에서 우리를 기다리고 있던 아이들에게 갔다. 나도 형을 한 번 쳐다보고 그리로 쫓아갔다. 아이들과 헤어지는 건 슬펐지만, 이 아이들 역시 앞으로 내 여행의 길잡이가 되어 줄 것이었다. 순간 내가 상상하고 있는 오스트레일리아가 눈앞을 스쳤다.

아티틀란 호수마을에 머무는 동안 많은 시간을 함께했던 아이들에게 둘러싸인 채 우리는 아스팔트에 엉덩이를 붙이고 앉았다. 아이들의 눈동자에도 우리와 헤어지는 아쉬움이 가득 고여 있었다.

"왜 가려고 해요? 언제 돌아올 거예요? 아저씨들이 우리 가족 같다는 거 알아요?"

샤먼의 조카딸 에블린이 내 팔에 매달리며 말했다.

나는 에블린의 손을 잡은 채 꼭 돌아올 거라고 말하며 웃어 주었다.

이렇게 짧은 시간 동안 이토록 깊은 감동을 안겨 준 아이들을 사진에 담기 위해 카메라를 꺼내 들었다. 카메라를 보자 마치 사탕이라도 꺼낸 듯 눈이 커진 아이들이 너도나도 평화와 자유를 나타내는 브이를 그렸다.

혀를 내밀기도 하고 친구들 위로 기어 올라가기도 했다. 길가 구석의 조그만 가게로 달려가 음식점 표지판을 붙잡고 있기도 했고, 무슨 뜻인지는 모르겠지만 거기에 매달리기도 했다.

나는 직접 사진을 찍고 싶어 하는 아이들에게 카메라를 건네 주었는데, 불과 몇 분 사이에 찍은 사진의 수가 가히 기록적이었다. 서른 장에서 일흔 장으로 훌쩍 뛰더니 금세 3백 장을 넘겼다. 한 시간이 채 되지 않아 메모리카드는 가득 차버렸고, 아이들은 천하의 보물이라도 찾은 듯 마을을 활보했다. 그래봐야 디지털 카메라에 불과했지만.

마침내 이별의 슬픔을 실은 간선버스가 도착했다. 아이들이 가방들을 붙잡고서 바퀴 달린 깡통에 우리를 태우고는 운전하듯 이리저리 몰고 다녔다. 마을 사람들이 우리를 지켜보고 있었는데, 버스에 오르기 전에 미니택시 안에 앉아 있는 페르난도의 모습을 흘끗 보았다. 그의 미소가, 황금빛 아우라가 파도처럼 일렁이며 어디론가 나를 데려가고 있었다. 나는 앞으로 쓸 힘을 비축해 놓기 위해 그가 발산하는 에너지를 힘껏 빨아들였다.

나는 일단 자리를 잡고 앉아 창밖으로 몸을 틀었다. 내가 에블린에게 손을 뻗자 아이는 버스 안으로 들어오기라도 할 듯 매달렸다. 에블린이 내 손을 잡으며 말했다.

"늦지 않을 거라고 약속해 줘요. 아저씨가 정말 보고 싶을 거예요!"

나는 고개를 끄덕였다. 버스가 움직이기 시작하자 순진한 에블린의 손이 내 손에서 빠져나갔다. 소녀의 뺨을 타고 흐르는 눈물을 남겨둔 채 버스는 빠르게 달려 나갔다.

산 마르코스, 2011년 1월 7일

자유의지는 양날의 검이다. 자신의 행동 패턴을 인지하지 못하고 제대로 된 삶을 살지 못하거나, 패턴을 잘 인지하고서 유익한 삶을 살거나 이 두 가지 유형 중에 하나이다.

3 오스트레일리아

묻고 답하다

세상에서 가장 멋진 모험

그때 예수가 사람들에게 말했다. "내가 여러분에게 진리를 말하겠습니다. 만약 여러분이 굳게 믿고 의심하지 않는다면, 여러분은 이것처럼, 아니 이보다 더 많은 것을 이룰 수 있을 것입니다. 여러분이 저 산에게 들어 올려져 바다에 던져지라고 말한다면, 그렇게 될 것입니다."

– 마태 복음 21장 21~22절

비행기가 오스트레일리아 쿨랑가타에 착륙하기 직전, 나는 옆자리의 여자 승객에게 어디에 묵을 예정인지를 물었다. 그녀는 나를 빤히 쳐다봤는데, 꼭 내가 진짜 바보인지 아닌지 의심하는 것 같았다. 나는 지도도 없었고 아는 사람도 없었으며 도시 이름 또한 정확히 발음하지 못했다. 내 발음을 바로잡아 준 뒤 그녀는 나를 도와줄 수 없다고 말했다.

"두려움을 느끼게 하는 모험, 정해진 것이 없는 모험이 가장 멋진 모험이죠."

비행기를 빠져나가는 길에 싱긋 웃으며 그녀에게 말했다. 그리고 걸어나가는 동안 그녀가 누군가에게 낮은 소리로 말을 하고 있다는 느낌을 받았다.

'맞아, 빛은 소리보다 더 빨리 움직여. 아이들이 입을 떼기 전에 빛처럼 밝은 것도 바로 그 때문이지……'

나는 웃음을 참을 수가 없었다.

세상에서 가장 아름다운 해변, 파도타기의 본고장, 골드코스트에 도착했다. 작은 공항은 고작 몇 대의 비행기를 수용할 만한 크기에 불과했다. 하지만 400미터 남짓 거리에 해변이 있었다. 몇 분만 달려가면 드넓은 바다를 볼 수 있다!

멋진 건물들이 늘어선 해변은 내 시선이 닿을 수 있는 가장 먼 곳까지 펼쳐져 있었다. 나는 좁은 수하물 컨테이너 위를 돌고 있는 배낭을 집어 들었다. 오후 다섯 시쯤 된 시각이었다. 배낭을 집어 들었을 때, 텔레비전에선 막 뉴스가 시작되고 있었다. 나는 얼른 텔레비전에서 눈길을 돌렸다. 저녁뉴스는 언제나 "좋은 저녁입니다Good evening."라는 인사로 시작하지만, 그 이후부터 들려주는 건 그날 저녁이 결코 좋은 저녁이 될 수 없는 이유들 뿐이다. 나는 하얀 모래사장 위로 빽빽하게 늘어선 건물들과 일정한 거리를 두고 떨어져 있는 나무로 된 산책로를 아무 생각 없이 걸어 내려갔다. 미리 계획한 건 없었다. 정해진 시각에 정해진 공간에 있어야 할 필요는 없다. 무작정 걸었다. 흠잡을 데라곤 없는 바다와 멋진 건물들이 이루는 절묘한 대비는 모래사장 너머로 주택과 호텔이 아늑하게 자리 잡고 있는 샌디에이고의 미션비치를 떠올리게 했다. 나는 문득, 우주를 구성하는 4대 원소가불과 물과 콘크리트와 유리라는 생각이 들었다.

태양은 뜨거웠고, 또 심하게 뜨거웠다. 입고 있던 하얀 셔츠로 얼굴에 흐르는 땀을 훔치고는 숨을 들이마셨다. 자동차들이 모두 '반대편' 차선으로 달리고 있는 걸 봤을 때는 순간적으로 환각에 빠진 줄 알았다. 잠시 뒤, 나는 회심의 미소를 지었다. 내가 다른 세계에 와 있다는 생각에 이른 것이다.

산책로와 도로 사이에 놓인 나무로 된 경계석은 높이가 꽤 되었다. 나는 마치 줄타기 곡예사가 하듯 균형을 잡으며 경계석을 기어올랐다. 배낭을 멘 채로 균형을 잡는 건 쉽지 않았는데, 거의 5미터쯤 올라갔을 때 예쁘게 생긴 여자들을 가득 태운 청색 세단 한 대가 다가오더니 내게 소리를 질렀다. 운전대를 잡고 있던 여자의 푸른 눈동자로 내 시선이 갔다. 어디서 묵느냐고 묻는 그녀의 미소가 이글거리는 태양보다 더 빛났다. 나는 그녀에게서 눈을 떼고 어디에 묵을지 정하지 않았다고 말했다. 여자들이 활짝 웃으며 '더 샌즈the Sands'라는 호스텔로 빨리 가는 게 좋을 거라고 했다. 그러고 나서 '더 샌즈'가 최고로 좋은 해변에 있다며 거기까지 태워 주기까지 했다. 다행인지 불행인지 다시는 그들을 만나지 못했다. 알지도 못하는 여자의 눈동자에 속절없이 빠져버리긴 했지만, 어쨌든 덕분에 현실로 돌아왔다.

도로가 좁기도 했지만 전체적으로 작은 마을 특유의 분위기가 느껴졌다. 대부분의 건물은 나무로 지어져 있었고, 내가 알 만한 다국적 기업의 간판은 전혀 보이지 않았다. 주도로 가운데에 있는 로터리는 수백 송이의 하얗고 노란 꽃들로 채워져 있었다. 그 양쪽으로 주도로가 이어져 있었다.

흰색 호스텔에는 나무계단이 붙어 있었다. 나는 열려 있는 문을 지나 꼬불꼬불한 복도로 들어섰다. 프런트 남자에게 여러 명이 함께 사용하는 공용실이 있는지 물었다. 대여섯 살 아이 정도의 작은 키에 갈색 머리칼을 가진 남자는 바인더를 찾고 있었는데, 그의 푸른 눈이 입고 있던 셔츠 색과 비슷한 회색으로 바뀌고 있었다. 남자는 내가 부탁한 아침 여섯 시에 떠나는 바이런 베이행 그레이하운드 버스표를 끊어준 뒤, 세 개의 침상이 있는 방의 이층침대 위 칸으로 안내했다. 방을 같이 쓸 사람은 아직 없는 상태였다. 방을 가로질러 창문에 드리운 두꺼운 커튼의 한쪽 부분을 걷어내는 순간, 내 얼굴에 미소가 번졌다. 커튼 뒤편 발코니 너머로 드넓은 바다가 펼쳐져 있었다. 푸른 눈동자의 여자가 한 말은 사실이었다.

나는 신이 나서 가방을 두 번째 침상에 던져 올려놓고는 방 안을 꼼꼼히 훑어보았다. 구석에 놓인 조화도 유심히 살폈다. 꽃은 죽은 듯 보였다. '물을 주지 않은 모양이지.' 나는 속으로 떠오르는 대로 아무 유머나 한번 던져봤다.

일단 나는 인간의 정신력을 시험하기 위해 세상의 다른 한 쪽 편에 와 있다는 사실에 감사했다. 그리고 침상에 누워 창문 밖으로 보이는 밤하늘을 올려다보았다. 아무런 계획도 없이 낯선 땅에 들어섰을 때 자연스레 드는 걱정과 피로를 하늘의 별들이 단번에 걷어가버린다는 사실에 흠뻑 취해버렸다. 아침에 눈을 떴을 때는 과테말라에서 발견한 삶의 지혜가 얼마나 유효한지 시험할 만반의 준비가 되어 있었다. 내가 가진 건 배낭 하나와 내 이름이 적힌 여권뿐이었다. 하지만 생면부지의 낯선 곳으로 뛰어들 용기만 있다면 배낭과 여권만으로 충분했다. 나는 스스로에게 물었다. '내가 찾으려는 것이 사실은 이미 내 안에 존재한다는 게 사실일까?' 내가 만약 내 안에서 그런 용기를 찾았더라면, 나는 이미 진정으로 무엇이든 할 수 있다는 것을 알았을 것이고 이렇게 먼 곳까지 올 필요도 없었을 것이다. 어떤 일이 펼쳐질지 가슴이 두근거렸다.

눈을 감았다. 나와 비슷한 정신의 사람과 만나는 상상을 했다. 상상은 지금 같은 세상에선 거의 개발되지 않고 있지만, 삶에 기적을 불러오는 우리가 가진 가장 높은 차원의 생각의 힘이다. 창조력을 담당하는 우뇌의 사용법을 이해하는 것은 생각을 더 빨리 현실화시키는 데 도움을 준다. 보이지 않는 것을 시각화하는 능력을 강력한 도구로 개발한다면, 생각이 현실로 이루어지는 데 걸리는 시간은 그야말로 눈 깜빡할 순간에 불과할 것이다. 영적 스승들의 초자연적인 행위를 기록한 오래된 기록들에도 이런 이야기는 빈번하게 나온다. 하지만 현대 사회는 기억과 단선적 추론에 집중하는 좌뇌에 너무 크게 의존하고 있다.

나는 시나브로 잠에 빠져드는 동안 내 생각이 사실임을 확신했다. 어릴 적 뒷마당에서 농구연습을 할 때, 아버지는 내게 이렇게 말씀하시곤 했다.

"아직은 아무것도 아닌 것 같아도, 온 마음을 다해 믿는다면 반드시 이뤄지게 돼 있어."

골드 코스트, 2011년 1월 11일

~

두려움을 느끼게 하는 모험, 정해진 것이 없는 모험이 가장 멋진 모험이다.

인연을 받아들이다

질문은 받아들임의 시작이다. 티스푼을 가지고 바다로 가지는 말라. 양동이 정도는 가져가라. 그래야 어린아이들이 그대를 비웃지 않을 것이다.

 — 짐 론

'쉬쉿' 소리를 내며 콘크리트에 붙어 있는 도마뱀들은 날마다 팔굽혀펴기를 하고 있다. 나는 구리빛으로 변해가는 피부가 감탄스럽기는 했지만, 맹렬하게 내리쬐는 햇볕을 피해 나무 그늘로 몸을 숨겼다. 그리고 과테말라의 태양보다 더 뜨거운 열기에 살짝 혼이 빠져서는 설렁설렁 넘기던 웨인 다이어 박사의 『너의 운명을 고백하라 *Manifest Your Destiny*』도 덮어버렸다. 그리고 나서 바람이 부는 흙길로 된 백 개가 넘는 텐트가 늘어선 캠핑장을 터덜터덜 지나, 두 칸 텐트가 돋보이는 나만의 '저택'으로 향했다.

내가 머무는 집은 바이런 베이에서 4백 미터쯤 떨어져 있는 곳으로 바다와 붙어 있긴 해도 물이 잘 들어오지 않는 작은 만을 둘러싸고 있었다. 게다가 이곳은 회비 10달러면 숙소가 무료인데, 그 회비조차 스위스 친구인 아마데우스가 대신 내줬다. 아마데우스를 만난 건 바이런 베이에 처음 도착했을 때인 열흘 전쯤이다. 그나마 아마데우스는 얼마 후 남미로 여행을 떠났는데, 그는 내 또래의 꽤 현명한 친구로 우리는 삶을 창조하기 위해 마음을 어떻게 사용할 것인가에 대한 많은 이야기를 나누었다. 사실 그는 혼자 해변에 나가 명상하는 걸 좋아했기 때문에 자주 보지는 못했지만, 시간이 날 때마다 그에게 질문을 던졌고 그의 말을 새겨들었다.

너비가 60미터 정도 되는 나의 임시 저택은 위풍당당하게도 습지 가까이 에메랄드빛 숲이 우거진 야생보호구역 경계에 세워져 있었고, 안에는 랜턴과 매트리스가 비치되어 있었으며, 자연 쉼터의 소박함을 포착하기에 안성맞춤인 의자가 구비된 테라스까지 갖추고 있었다. 그곳에서 나는 희귀새들이 들려주는 낯선 노래에 귀를 기울였다. 그들의 언어를 유심히 듣고 있자면 평온해지고 마음이 정화되었다. 그렇게 몸을 잔뜩 구부린 채 몰입하고 있는데, 낯선 세 명의 사람이 다가왔다. 그들은 내게 이스라엘에서 왔으며 3년 동안의 군복무를 막 마쳤다고 했다. 캠핑카로 오스트레일리아를 여행하고 있는 중인데, 내 텐트 옆에 있는 텐트를 막 구입했다는 거였다.

이스라엘 토박이는 만나본 적이 없던 터라 정말 솔직히 말하자면 전혀 예상되는 바가 없었다. 그들이 짐을 다 풀 때까지 기다렸다가 함께 점심을 먹었는데, 짜릿한 흥분이 척추를 타고 올라오는 것만 같았다. 이 세 사람이 내가 중동 사람들에게 갖고 있던 판에 박힌 선입견을 말끔히 씻어줄 것만 같았다. 이들도 나처럼 그저 술이나 마시는 것 이상의 무언가를 찾고 있으며, 나같은 사람들과 교류하고 싶어 한다는 것을 직감한 것이다.

게다가 내게는 서구의 사고방식이 너무 많이 배어 있었다. 그러니 내가 전혀 낯선 문화를 가진 아시아에 대해 알고 싶어하는 건 당연했다. 방향을 어디로 잡아야 할지 정해진 바는 없지만, 시각화를 통해 나는 늘 내게 알맞은 길을 안내해 줄 누군가가 나타날 것을 상상하고 있었다.

텐트가 그럴 듯하게 완성되는 동안, 나는 얼마 전 노숙자 행색으로 떠돌 때의 기억을 떠올렸다. 나는 텐트 주인에게 내 물건들을 맡겨 놓고 사흘 동안 아예 해변에서 밤을 보내기로 결심했었다. 스스로 노숙자가 되는 거였다.

거의가 단층의 목조건물인 작은 예술마을 바이런 베이, 그곳에 처음 발을 들여놓았던 일주일 전에 나는 한 노숙자를 보고 꽤나 충격을 받았었다. 타는 듯 뜨거운 낮이었는데, 그는 그 지독한 햇볕을 그대로 받으며 바닷가 위쪽 마을 광장 풀밭에 앉아 있었다. 노숙자는 완전히 탈수상태에 빠진 것처럼 보였다. 평소 나는 노숙자들이 좀 더 나은 대접을 받아야 한다고 생각하고 있었다. 하지만 살면서 단 한 번도 내가 어디서 자야 할지, 무얼 먹어야 할지, 혹은 내가 아무것도 가진 게 없을 때 사람들은 나를 어떻게 생각할지 걱정해 본 적이 없다. 그리고 이제야 집 없이 살아가는 2억이 넘는 인구가 어떻게 살아가는지 조금이라도 알고 싶다면 스스로 노숙자가 돼 봐야 한다는 걸 깨달았다.

서구적인 사고로는 이해하기 힘들겠지만 나는 편안했다. 오히려 저녁때면 지나가는 사람들이 고작 몇 미터 앞에서 물이 찰랑거리는 모래사장에서 정말 잘 거냐고 물어보는 게 더 재밌었다. 그렇게 며칠을 지내는 동안, 나무로 지은 작은 가게들을 지나가던 사람들이 나를 경멸하듯 쳐다보았는데, 내가 노숙자라고 생각하는 듯했다. 그런 눈길을 전에는 한 번도 느낀 적이 없었다. 나는 이런 식으로나마 사회 밖으로 나가서 스스로 충분히 편안함을 느낄 수 있다는 게 자랑스러웠다. 만족과 의미를 얻기 위해선 하나밖에 없는 존재가 되는 길밖에 없음을 그때 깨달았다. 다른 사람과 똑같이 생각한다는 것은 아무 새로운 생각도 하지 않았다는 것이기 때문이다.

한번은 내가 사는 집인 타월을 둘둘 말고 있을 때였는데, 해변을 산책하던 한 남자와 그의 아들에게 미소를 보냈었다. 그런데 그 부자는 그대로 돌아서 왔던 길로 가버렸다. 신기하게도 나는 그들에게 전혀 반감이 일어나지 않았다. 그 부자는 나를 동정했 겠지만, 나 또한 그들이 불쌍했다. 그들은 자신들의 기준으로 나를 판단했을 테고, 그 기준이란 것은 또한 그들이 받아들일 수 있는 수준으로 자신들이 더 우월하다는 것을 증명해 주는 무엇일 터였다.

밤이면 나는 자연이 제공한 해변의 모래침대에 누워, 평소보다 훨씬 짧은 시간 동안 잠에 들었다. 그러면 하늘을 가득 채운 자주색, 붉은색, 흰색 별들이 꿈을 대신했고, 아침이면 해가 떠오르기 전 만유인력이라는 낙하산이 등을 떠밀어 나를 세상으로 돌려보냈다. 그러면 나는 눈두덩에 들러붙은 잠과 머리칼에 엉겨 있는 꿈들을 모조리 긁어모으며 일어났다. 그 사흘 동안 해가 떠오르는 해변의 첫 인간이 되는 기분을 만끽했다. 나는 하늘에다 눈을 고정한 채 마법과도 같은 한 시간을 보냈다. 노란 빛이 터지듯 태양이 수면 위로 떠오르면 흘러가는 의식 속으로 질문들이 쏟아졌다.

'당신은 누구인가? 왜 여기에 있는가?'

마지막 밤을 보내고 사흘째 되는 날 아침, 나는 해변 위쪽의 풀밭에 아무 말 없이 서 있었다. 그때 피골이 상접한 회색 머리칼의 한 남자가 심상찮은 아우라를 풍기며 내게로 다가왔다.

"젊은 친구, 당신은 이 아름다운 날을 무어라 표현하겠소?"

"만화책에 보면, 왼쪽에 있는 사람이 먼저 말하죠. 선생님이 왼쪽에 계시니, 선생님께서 어떤 느낌인지 먼저 말씀해 주시는 게……."

속으로 내가 한 말 중 가장 바보 같은 소리일 거라고 생각하고 있는데, 그가 웃음을 터뜨리며 말했다.

"지난 사흘 동안 매일 아침 자네를 지켜봤네. 자네는 늘 기쁘게 하루를 맞이하더군. 그런 사람은 여지껏 본 적이 없어. 그래서 자네라면 내 질문에 대답할 수 있을 거라 생각했네. 지금 자네를 영원히 만족시킬 수 있는 백만 달러가 있다면 그 돈으로 무얼 할 겐가? 그리고 모든 걸 말하고 행동에 옮겼을 때, 자네는 자신이 한 일보다 더 많은 말을 했을까?"

드넓은 바다를 바라보며 나는 겉모습만큼이나 흥미로운 남자를 만난 행운에 감사의 미소를 지었다. 그러고 나서 대답했다.

"아뇨, 지금의 저는 저의 어떤 것과도 바꿀 마음이 없는걸요……."

우리는 해변 위쪽의 풀밭 언덕에 서 있었다. 그는 부드럽지만 에너지가 넘치는 목소리로 말했다.

"재밌군. 사람들은 남들이 어떻게 살아야 하는지에 대한 생각은 있지만, 정작 자기 자신의 삶을 사는 것에 대해서는 생각하지 않지."

그는 가느다란 팔을 뻗어 악수를 청하고는 다음 말을 이었다.

"나는 오랫동안 설교자로 지냈다네. 내가 있던 곳은 사랑으로 가득했지만 종교적 도그마도 반쯤은 가진 지역 교회였지. 거기서 우린 바울의 말씀을 따랐어. '여러분은 그리스도 예수께서 지니셨던 마음을 여러분의 마음으로 간직하십시오. 그는 하느님과 본질이 같은 분이셨지만, 굳이 하느님과 동등한 존재가 되려 하지 않으시고……' 같은 말씀 말이야."

나는 아직 잠에 빠져 있는 사람들을 깨울 수 있다고 생각하면서도 큰 소리를 내며 웃었다. 그 역시 웃음을 터뜨렸다. 그러고 나서 침묵이 찾아들었다. 나는 모래바닥에 놓인 배낭을 집어 들었고, 텅 빈 해변을 바라보았다. 그리고 어깨까지 내려오는 머리칼을 쓸어넘기다가 머리칼들 사이에 믿기 힘들 정도로 많은 모래가 박혀 있었다는 걸 알았다. 나는 미소를 띠며 남자를 바라보았다.

그는 얼마 동안 두 손바닥을 비비더니 한 손을 내 어깨에다 올려놓았다. 나는 그가 하는 동작을 유심히 지켜보고 있었다. 그는 고요하지만 유쾌한 음성으로 말했다.

"난 이제 떠나야 하네. 해변에서 찾을 수 있는 것과는 전혀 다른 것들을 찾으러 가야 하니까. 이것만은 잊지 말게나. 자신이 무언가를 하면서 '어쩌면'이란 말을 가져다 쓰고 있다는 걸 아는 사람은 없다는 걸. 자네는 절대로 그런 단어는 쓰지 말게. 거기엔 무지만이 들어 있으니까. 평화로운 여행이 되길 바라네. 그리고 자신을 발견하고 배우는 여행이 되길 바라네."

그 말을 남기고 남자는 올 때만큼이나 빠르게 돌아갔다.

나는 아침이 다 가도록 천천히 걸었다. 아침의 고요가 얼마나 지속되는지를 살펴보고, '전혀 예상하지 못한 상태에서' 내게 다가온 사람의 솔직함에 존경을 표하며.

나는 캠핑장으로 이스라엘 사람들이 다가오는 걸 알아차리면서 금세 상념들을 떨쳐버렸다.

"오, 이웃분이시군요! 안녕하세요?"

키가 제일 큰 사람이 말했다. 그는 거의 부딪칠 듯 내 앞에 바싹 다가섰다. 나중에 알게 된 거지만, 그의 이름은 오메르였다.

"아, 네?"

그들의 얼굴에 나타난 당혹스런 표정을 보고 약간 당황해하며 내가 되물었다.

"우리가 당신의 관심을 끌려고 얼마나 노력을 했었다고요! 하지만 당신은 완전히 자기 생각에만 빠져 있더군요!"

다른 한 남자가 덧붙였다.

나는 웃음을 터뜨리며 이제부터 내 관심은 그들에게 가 있을 거라고 말했다. 나는 그들을 나의 '저택'으로 초대했다. 우리는 낡은 서프보드 테이블 둘레에 놓인 네 개의 의자를 하나씩 차지하고 앉았다. 그러고 나서 자연 그대로 보존된 10미터에서 15미터 높이의 나무들부터 5, 6미터쯤 뒤에 보이는 풀밭까지 빙 둘러보았다. 캠핑 자리로 정말이지 최고였다. 내 텐트 양쪽으로는 두 그루의 키 작은 나무가 있었는데, 산책로를 막아 주어서 어슬렁거리며 다니는 사람도 없었고 오가는 사람들의 시선도 절묘하게 차단해 주고 있었다. 확실히 바이런 베이의 관광객과 배낭족들로 북적거리는 거리의 소음으로부터 꽤나 멀리 떨어져 있었다.

"이 저택은 내가 본 저택들과는 꽤 다른 걸!"

스물다섯 살쯤 되어 보이는, 수염을 기른 탄탄한 근육질의 다니엘이 말했다. 그는 커피처럼 검은 머리에 아몬드 빛깔의 벗겨진 피부를 보완해 주듯 날카로운 담갈색 눈을 가지고 있었다.

"맞아, 우리가 이스라엘에서 본 저택이랑은 달라. 일단 크기도 크고, 폴리에스테르나 나일론으로 지어져 있진 않지. 당신 저택은 뭔가, 뭔가 좀 특별한 데가 있어, 친구!"

그들이 진실한 가슴을 가진 사람들(안타깝게도 점점 사라져가고 있는)이란 걸 이미 알아본 나는 웃음을 터뜨리며 그의 어깨를 기분 좋게 두드려 주었다.

"그래, 정말 쓸데없는 군더더기는 전혀 없잖아. 이런 데가 존재하리라곤 꿈에도 생각하지 못했어."

셋 중에 가장 연장자인, 밤색 얼굴에 아무렇게나 자른 검은 단발머리의 오메르가 말했다. 스물일곱쯤 되었을까. 그는 처음으로 자신을 소개한 사람이었다. 오메르는 며칠 동안 캠핑카를 운전해 와서 꽤 피곤하다고 말했다.

"무슨 소리야, 오메르. 우린 피곤하지 않다구. 시간은 만들어진 구조물에 불과해. 이미 증명된 거잖아. 우리가 직선으로 진행되는 시간에서 벗어나기만 하면 짜릿한 에너지를 찾아낼 수 있을 거야."

다니엘이 현자의 말을 인용하며 말했다. 그러자 오메르가 심각한 표정으로 입을 열었다.

"근데 말이지, 우린 여섯 달이나 오스트레일리아를 돌아다녔는데, 우리와 기꺼이 같이 앉아서 이야기를 나누자고 한 미국인을 한 번도 만나보질 못했어. 당신이 처음이야."

나는 그들에게 이해한다며, 내가 하고 싶은 건 사람들이 풀어놓는 마음의 소리를 귀담아듣는 것뿐이라고 말했다. 그게 내가 배우는 법이라고 설명했다. 내가 추구하는 바를 털어놓자, 세 사람은 자기들끼리 히브리어로 몇 마디를 더 주고받았다. 그런 다음 오메르가 내게로 고개를 돌렸다. 그는 내가 여행을 하는 동안 만난 대부분의 사람들과는 다르다면서 나 같은 친구는 얼마든 환영한다고 그리고 계속 만날 수 있었으면 좋겠다고 말했다.

"이런 생각들은 서로를 끌어당기는 힘이 있죠."

내가 아는 체를 했다.

우리는 사람들이 모두 서로의 관계에 외경심을 갖고, 웃음을 나누고, 평화 속에서 살아갈 수 있다는 것이 얼마나 멋진 일인가에 대해 이야기했다.

다시 이스라엘 친구들이 다가왔을 때, 나는 브루스 립튼 박사의 『생물학의 믿음*Biology of Belief*』을 넘기며 테라스에 앉아 있었는데, 세상 근심을 모두 내려놓고 몇 주 동안 해변을 돌아다닌 뒤였다.

"뮤직 페스티벌에 가는 길이야. 오스트레일리아를 통틀어 가장 큰 페스티벌 중 하나라는군. 친구 티켓도 끊어 놨는데, 같이 가지 않을래?"

나는 선뜻 초대에 응했다. 하지만 그들이 베푼 친절이 어느 정도인지 정확히 가늠하지 못했었다. 나중에 알게 되었는데 내 티켓 값으로 그들이 지불한 돈은 무려 165달러나 되었다. 그들의 마음 씀씀이는 정말이지 특별했다. 함께 웃어 주고 점심에 티켓까지, 타인을 배려하는 마음이 정말 탁월했다.

다음 날 동틀 무렵, 나는 주말 동안 그들과 함께 동부 해안으로 떠나기 위해 짐들을 챙겼다. 베이지색 캠핑카는 8인승으로 네 명이 쓰기엔 아주 넉넉했고, 창문에 붙은 스티커가 눈에 들어왔다.

'걱정일랑 접어 두게 친구, 인생은 결국 한 판의 게임일세.'

나는 뒤쪽의 소파처럼 생긴 긴 의자에 앉았고, 세 사람은 앞쪽에 자리를 잡았다. 캠핑카는 구형 밴이었는데, 의자는 한 줄에 세 자리씩 단 두 줄 뿐이었다. 하지만 가죽은 푹신해서 편안한 드라이브를 즐기기에 안성맞춤이었다. 짐 꾸러미와 집기들이 있는데도 다리를 뻗을 수 있는 공간이 충분했다.

한산한 고속도로를 따라 해안을 달리는 동안, 나는 차창 밖으로 펼쳐진 해안절벽에 넋을 잃고 있었다. 흠잡을 데 없이 멋진 해안선이 끝나는 곳에서 가파르게 떨어지는 해안절벽은 현실을 초월한 듯했다. 다시 멀리 초록 언덕 너머 하늘로 시선을 옮겼다. 여전히 푸른색은 변함없이 내가 가장 좋아하는 색이지만, 내가 곧잘 하늘빛이라고 부르곤 하는 독특한 음영을 가진 그 푸른색은 정말 멋져서 살아서 다시 볼 수 있을까 싶었다. 장엄한 해안절벽 가까이로 차가 달리는 동안, 그 풍경에서 눈을 뗄 수 없었다. 마치 세계의 끝에서 달리고 있는 느낌이었다.

나는 이마를 창에 붙인 채로 감사의 미소를 지었다. 차를 타고 가는 동안 이따금 짧은 대화를 나누기도 했지만, 우리는 주로 아이팟에서 재생되는 밥 말리의 〈자유의 노래Songs of Freedom〉에 수록된 노래들을 들었다. 콘서트 '아름다운 울림Good Vibrations'이 열리는 그리피스 대학으로 가는 한 시간 반 동안 줄곧 그랬다. 무슨 상황이 벌어질 때마다 그랬지만, 이번에도 참 아이러니했다. 그리피스 대학은 내가 단과대학을 졸업하고 유학을 가게 된다면 1순위로 가고 싶은 곳이었다. 그런데 삶이 전혀 다른 방식으로 나를 그곳으로 인도했다.

콘서트장에 도착한 나는 뜨거운 태양을 가리려고 썼던 밀짚모자를 던져버렸다. 하늘에 뜬 노란 불덩어리가 내 두 팔을 비벼댔다. 수많은 사람들의 인파를 뚫고 머리와 몸을 상하좌우로 흔들어대면서 하얀색 바탕의 밥 말리 탱크톱을 입고 있는 내 모습을 떠올리니 웃음이 났다. 축구장 네 개를 합쳐 놓은 듯한 넓은 풀밭에는 커다란 흰색 천막 아래로 어마어마한 스피커와 열두 개의 무대가 설치되어 있었다.

우리가 찾아낸 장소의 한가운데서는 모든 장르의 음악을(레게에서 전자음악까지) 세계음악이라는 하나의 장르로 모아 즐기고 있었다. 나는 꽤 오랫동안 레게 무대에 가 있었다. 레게는 왠지 내 심장과 연결되어 있는 듯 마음을 편하게 해주는데, 색다른 창조의 차원으로 이끌어주는 음악이었다. 나중에 레게머리를 한 친한 래스터패리언(에티오피아의 옛 황제 하일레 셀라시에를 숭상하는 자메이카 종교 신자)에게 당시 내가 받은 느낌을 말했더니 "그건 레게 음악의 비트가 사람의 평균 심장박동수와 비슷하기 때문이야! 분당 약 60회!"라고 대답해 줬었다.

밥 말리의 아들 다미안 말리가 무대에 올랐을 때는 내 영혼에 평화롭고도 독자적인 개성의 메시지가 스며드는 게 느껴졌다. 마음을 차분하게 만드는 노랫말에 완전히 심취한 커플들은 서로 입을 맞췄고, 수많은 사람들이 미소를 지으며 춤을 추었다.

다양한 민족의 사람들이 한곳에 모여 즐기는 콘서트의 활력에 나는 완전히 빠져들었다. 인도, 캐나다, 뉴질랜드, 아프리카, 아시아, 북미와 남미, 유럽까지, 세계 각국에서 온 사람들을 만날 수 있었다. 나는 리듬에 맞춰 몇 시간이나 몸을 움직였다. 그리고 이스라엘 친구들과 함께 코카투 폴Cockatoo Paul을 들으며 하루를 마무리했다. 우리는 해안절벽 가장자리에 있는 휴게소에 캠핑카를 세우고 잠을 청했다.

그날 밤 내내 내 머릿속에는 '코카투 폴'이 떠다녔다. 그는 이스라엘 친구들처럼 개인 자격으로 온 팀이었다. 그는 사람들과 소통하고, 기타를 치고, 디저리두(오스트레일리아 원주민의 목관 악기)를 연주하고, 8피스짜리 드럼을 두드렸다. 그러는 동안 그의 어깨 위에는 코카투 앵무새가 앉아 있었다.

코카투 폴은 거리에서 자랐다고 했다. 그의 부모는 그를 두고 떠났고, 그는 양부모를 원하지 않았다. 그래서 스물두 살 때까지 거리에서 살아야 했다. 돈이 떨어지면 버린 음식을 주워 먹을 수 있는 피자가게 앞에 잠자리를 잡았다. 그렇지만 사람들에게 동정을 구걸하진 않았다. 그는 우리가 무엇이든 할 수 있다는 사실을 깨닫길 바랐다. 일주일에 한 번씩은 콘서트를 여는 꿈을 가진 뮤지션이면서도, 지금껏 소외된 애보리진(오스트레일리아 원주민)에게 자급자족의 삶을 가르치는 일에 최선을 다하고 있다.

그가 자신이 해줄 수 있는 유일한 조언이라면서 즐겁게 할 수 있는 일을 찾으라고, 그때 비로소 멋진 인간이 될 수 있다고 말할 때는 마치 바로 내 귀에 대고 말해 주는 것만 같았다.

"당신을 완전히 사로잡을 수 있는 취미를 만드세요. 그런 다음 그것을 당신의 직업으로 삼아요. 그러면 당신은 평생 단 하루도 '일'을 하지 않고 살아갈 수 있습니다."

그가 하고 싶었던 말이다.

"우리는 꿈이 삶의 언어라는 걸 이해해야 합니다."

그는 사람들을 향해 선언하듯 말했다. 그리고 자신의 말을 어쿠스틱 멜로디에 실었다.

"아무도 당신보다 똑똑하진 않아요. …… 이 삶이 당신의 유일한 삶이랍니다! 삶이 끝날 때, 당신이 돌아갈 수 있는 리셋 버튼은 없어요. 당신이 써버린 모든 시간을 돌려주는 리셋 버튼 따윈 없어요. …… 잠에서 깨어나요. 잠든 상태로 살아가지 말아요. 나의 형제들, 나의 자매들!"

그가 남긴 마지막 말이 그날 밤 내내 나를 깨어 있게 만들었다. 나는 단지 휴식을 취하고 있을 뿐, 차창을 통해 밤하늘의 별을 바라보고 있을 뿐이었다. 마치 꿈을 꾸듯이. 나는 내가 의식하는 마음을 인식하고, 그 인식의 상태를 유지하기를 바랐다. 나는 해가 떠오를 때까지 내 삶에 대한 감사의 미소를 지우지 않았다.

바이런 베이, 2011년 1월 25일

이것만은 잊지 말게나. 자신이 무언가를 하면서 '어쩌면'이란 말을 가져다 쓰고 있다는 걸 아는 사람은 없다는 걸. 자네는 절대로 그런 단어는 쓰지 말게. 거기엔 무지만이 들어 있으니까.

하나의 사랑

나는 버스정류장에 있는 사람에게서 신을 본다.

나는 이야기를 나누는 모든 사람에게서 알라를 본다.

나는 정치가에게서 예수를 본다.

나는 햇볕 속에서 창조주를 느낄 수 있다.

나는 온전히 혼자가 되었을 때 붓다와 이야기를 나눈다.

나는 권력자의 옥좌에서 크리슈나를 본다.

라Ra는 밤하늘의 별빛 속에서 내게 노래한다.

모세는 가까이에서든 멀리서든, 어디서나 내 마음의 바다를
가를 수 있다.

모두가 똑같다. 우리는 왜 그렇게 놓아둘 수 없을까?

우리 모두는 똑같다. 똑같이 하나의 마음이다.

나는 당신의 눈동자 속 파란빛 안에서 우리의 근원을 본다.

나는 큰 것에나 작은 것에나 야훼의 힘이 스며 있음을 안다.

흑색 백색 황색 녹색 인종들 모두가 신성하다.

그리하여 나는 쉬지 않고 사랑을 퍼뜨릴 것이다.

우리 모두는 똑같다. 우리는 왜 그냥 그대로 놓아둘 수 없을까?

괜찮다, 걱정하지 말라.

창조의 힘은 모든 곳에 살아 있다.

물속에, 공기 중에 가득 차 있다.

왜 만드는 것인지는 모르지만, 우리가 만드는 폭탄 속에도 있다.

신은 가난에 찌든 아이들의 울음 속에 있다.

모든 것은 똑같다. 우리는 왜 그대로 놓아둘 수 없을까?

자유롭게 살기 위한 하나의 삶, 걱정하지 말라.

상상하는 대로 이루어진다

누군가 바윗덩이에서 대성당의 모습을 상상한 순간, 바윗덩이는
더 이상 바윗덩이가 아니었다.

― 앙투안 드 생텍쥐페리

캠핑장으로 돌아가는 동안 누구 하나 입을 떼지 않았다. 나는
다시 캠핑카 뒷자리로 돌아갔다. 나를 캠핑장에 내려 주고 마을
을 떠나기 전까지 친구들과 지내는 마지막 시간이었다. 눈을 감
은 채로 마음이 맞는 새로운 사람들과의 만남을 그려 보았다. 나
는 앞으로 벌어질 일들을 알고 있었고, 내 얼굴에 미소가 번졌
다. 우리의 모든 욕구는 두 가지 상반된 형태로 나타난다. 욕구가
존재하는 느낌이거나 욕구가 존재하지 않는 느낌. 상태가 좋지
않거나 좋거나. 에너지가 넘치거나 부족하거나. 부자이거나 가난
하거나.

나는 지난 사흘, 그리고 몇 주 동안 텐트에서 지낸 시간을 되돌아보았다. 하이킹과 바다 수영, 시내로 나가 컴퓨터 하기, 테라스에 앉아 친구들과 대화하기. 전혀 새로운 모험이라곤 없는, 오랜 일상과 다름없는 생활이었다. 내 계획 속 아시아도 그대로였고 어디로 가야 할지도 여전히 막연한 상태였다. 친구들이 돌아간 후, 나는 점심을 먹기 위해 텐트 가까이에 놓인 오래된 나무 피크닉테이블에 앉았다. 피크닉테이블 위편으로 나무 한 그루가 서 있었는데 길게 뻗은 가지들이 그늘을 드리워 햇볕의 성가신 방문을 막아 주고 있었다. 나는 모래에다 맨발을 파묻고는 손가락에 날아든 매끈한 무당벌레에게 환영인사를 건넸다. 멋진 행운이 찾아올 징조였다. 나는 평평하지 못한 나무 테이블 위에 무당벌레를 가만히 올려놓고는 식사를 시작했다.

현미밥과 브로콜리 그리고 당근으로 점심을 먹고 있는데, 몸집이 엄청나게 큰 그렇지만 장난감 곰처럼 안아 주고 싶은 남자가 윤기 나는 얼굴에 푸른 눈을 가진 여자와 함께 다가왔다. 척 보는 순간, 세상으로 보낸 나의 신호가 응답한 것임을 알 수 있었다. 남자의 이름은 미카엘, 독일에서 왔다. 여자는 캐나다에서 온 조엘리였다.

서로 안면을 트면서 어디를 여행했고 어디로 갈 건지에 대해 이야기를 나누는 동안, 조엘리는 방금 어떤 웃통을 벗어붙인 남자가 같이 수영을 하자며 자신에게 접근했다는 이야기를 했다.

그녀는 쾌활하게 웃고 나서 다시 진지하게 말했다.

"해변에서 일광욕을 하면서 시간을 보내는 것 말고 뭔가 다른 걸 당장 찾아봐야겠다는 생각이 들었어요……. 실은, 태국에 장기 명상프로그램이 있는데 정말 가고 싶거든요."

나는 흥분해서 테이블을 두드렸다. 그러고 나서 나중에 태국에서 다시 만나면 재밌을 거라고 말했다. 나는 미소를 머금고 고개를 꼿꼿이 들었다. 거기에 응답이라도 하듯 조엘리의 눈동자가 햇살에 반짝였다. 미카엘이 몸을 앞으로 숙이며 내 어깨에 팔을 둘렀다.

"이 세상은 내게 끊임없이 충격을 줘요."

나는 두 명의 새 친구에게 말했다.

"내가 뭔가를 준비할 때마다 늘 그랬어요. 내 눈앞에 바로 보여주죠……. 지금 두 사람을 만난 것처럼."

나는 찌르레기 몇 마리가 음식 부스러기가 떨어지기를 기다리는 걸 지켜보았다. 왜 땅바닥에 떨어진 음식을 먹고 싶어 하는지는 알 수 없었다. 나는 찌르레기들이 나뭇가지 위에서 입을 맞추고, 춤을 추고, 노래하는 것도 보았다. 다음 날 밤, 조엘리는 몇 주 동안 친구를 만나러 남쪽으로 떠날 거라고 말했다. 그러고 나서 벌꿀색 머리칼을 빛내며 내 연락처를 물었다.

식사를 마친 뒤, 조엘리와 나는 함께 텐트로 걸어갔다. 꼭 신의 오른쪽 눈이 나뭇가지 사이로 따뜻한 빛을 내려 나를 편안하게 해주는 것만 같았다. 나는 행복감에 젖어 입술을 깨물었고, 떨어진 붉고 푸른 나뭇잎을 지르밟았다. 그리고 조엘리가 명상에 대해 이야기하면서 명상이 자신의 삶에 어떤 변화를 일으켰는지를 들려주는 동안 그녀의 시로 가득 찬 푸른색 눈을 들여다보았다. 그러고 나서 붉은색 나뭇잎 한 장을 주워 잎맥을 손가락으로 가만히 더듬었다. 그 위로 외로운 구름 몇 조각이 흘러가고 있었다.

미카엘도 우리가 하는 이야기에 귀를 기울였다. 그는 명상을 해볼 생각은 전혀 없었지만 명상이 과거를 떨쳐내고 더 나은 미래로 나아가는 데 도움이 되리라는 생각은 한 것 같다. 과거를 떠올리는 미카엘의 목소리는 점점 엄숙해졌고, 그의 마음을 드러내기라도 하듯 푸른 하늘은 검게 변해 갔다.

나는 서핑보드로 만든 테이블에 맨발을 올려놓았다. 햇볕을 받아 따끈해진 왁스칠을 한 표면에 기분이 좋아졌다. 우리는 서로 마주 볼 수 있도록 원을 그리며 앉았다. 햇볕은 파란색 방수포가 대부분 가려주었다.

"부모님은 하루 종일 방 안에 있으라고 말하곤 했어."

미카엘이 물을 한 모금 마시며 말했다. 덩치는 큰데 목소리는 순진하기 이를 데 없다는 게 신기했다.

"왜 그래야 하냐고 물으면, 부모님 말씀이 날 위해 쓸 시간이 없다는 거야. 내가 태어나리란 걸 전혀 예상하지 못했기 때문이라고……. 하지만 그런 말은 내 위장이 텅 비는 것보단 괴롭지 않았어. 때로는 기다리다 못해 방문을 열고 저녁을 먹자며 복도로 걸어 나가곤 했지. 하지만 집에는 아무도 없을 때가 허다했어. 나중에야 알게 됐지. 이른 아침까지 파티에 가 있었다는 걸 말이야."

그는 잠시 말을 멈추었다. 조엘리와 나는 여전히 그를 응시하고 있었다.

"불행하게도, 날 위해 준비된 음식은 하나도 없었어. 그래서 난 배를 채우기 위해 다음 날까지 한없이 기다렸지. 어쨌든 내게 뭘 주긴 했어. 결코 충분하진 않았지만. 아버지가 시리얼 대접에 자신이 먹다 남긴 우유를 내게 주었던 걸 기억해."

그는 말을 끝내고 나서 더 듣고 싶은지 물었다. 우리는 말없이 고개를 끄덕였다. 이제 그는 자신이 어떻게 부모를 용서하는 방법을 배웠는지에 대해 말했다. 나는 침을 삼키고 싶었지만 입안이 바짝 말라 있었다. 나는 미카엘과 함께할 수 있는 삶에 감사했다. 학대받았다고 생각했던 나의 과거는 그의 시련에 비하면 아무것도 아니었다. 자동차 사고 이후의 끔찍했던 절망의 순간들 또한 그와 비교하면 정말이지 아무것도 아니었다.

"난, 부모님이 내 앞에서 개에게 밥을 주던 걸 기억해. 보통은 그 개조차 배가 차고 넘치도록 먹곤 했어. 하지만 상상이 내게 유용한 도구가 되어 주었지. 나는 더 많은 것을 받을 수 있는 곳에 있게 될 거라고 상상한 거야. 세계여행을 떠날 미래의 어느 날을 꿈꿨고, 내가 필요로 하는 모든 것을 발견하게 될 거라고 상상했어."

미카엘은 일단 일을 할 수 있게 되면서부터 저축을 하기 시작했고, 스물한 살이 되었을 때 오스트레일리아로 오게 되었다고 한다. 그리고 3년 동안 오스트레일리아에서 지냈다고 했다.

"힘든 시간을 보낼 때마다 늘 나의 다른 한쪽을 떠올리곤 해. 진정으로 꿈꾸는 자는 멈추지 않는다는 걸. 그들은 우주와 대화를 하고 있는 거니까."

미카엘의 발이 서핑보드 테이블 위에서 내 발과 부딪혔다. 그의 발이 왜 더 지저분한지 문득 궁금해졌다. 그는 눈을 감은 채로 몇 분 동안 가만히 있었다. 어쩌면 다시 말을 하지 않을 것도 같았다. 몇 분 뒤, 그는 조엘리와 나를 보더니 말했다.

"아름다운 비전을 가진 사람이 행복한 거야. 언젠가는 그걸 실현해 낼 테니까!"

조엘리와 나는 미소를 지으며 그를 골똘히 바라보았다. 하지만 미카엘은 더 이상 아무 말도 하지 않았다. 한동안 침묵이 흐르고, 귀뚜라미 소리가 고요를 깨뜨렸다. 태양과 달이 함께 연주를 하듯 밀고 당기며 서쪽으로 움직여 갔다. 나는 초록색 랜턴을 켜서 서핑보드 테이블 위에 놓았다. 잠깐 동안이지만 두 친구와 나는 삶과 사랑과 아름다움에 대해 꽤 많은 이야기를 나누었다. 그

러고 나서 조엘리와 미카엘이 작별의 인사를 했다. 인연이 닿는
다면, 다시 만나게 될 것이다.

서퍼스 파라다이스, 2011년 2월 20일

아름다운 비전을 가진 사람은 행복하다.
언젠가는 그걸 실현해 낼 테니까!

히치하이킹으로 달린 마음길

더 멀리 가고자 하는 위험을 감수하는 자만이 더 먼 곳을 발견할
수 있다.

－ T. S. 엘리어트

어깨 높이의 텐트 속에서 나는 새로운 목표로 나아갈 준비를
하고 있었다. 하지만 서구 세계에 속한 안락하고 익숙한 공간은
쉽게 포기되지 않았다. 그래서 세계 각지에서 몰려온 넉살 좋은
여행객들과 며칠 밤을 더 보냈다. 술에 잔뜩 취해 사람들과 뒤엉
켜 소용돌이치다가 함께 여행 온 파트너를 잃어버리기도 하고
마술처럼 다시 재회하기도 하는, 휘청거리고 발음이 꼬인 사람
들을 지켜보았다. 시내로 들어가자고 계획을 세웠다가 파트너를
잃어버리고, 서로를 찾아 나서고, 불과 몇 미터 앞에서 서로를
확인하는 소리도 들었다.

그러다 어느 날 밤, 돌풍이 사정없이 몰아쳤다. 나는 가슴 높이의 야자나무 사이에 몸을 숨겼다. 야자나무는 마치 테라스처럼 팔을 쭉 뻗친 채 대피소가 되어 주었지만 그리 오래 가지는 못했다. 결국 나의 임시 저택으로 가는, 진흙투성이가 된 캠핑장 경계를 터덜터덜 걸었다. 나는 미끄러지지 않으려고 발바닥 전체로 땅을 느끼면서 천천히 걸음을 옮겼다. 발가락 끝을 땅에 먼저 디딘 후에 뒤꿈치를 디디는 식이었다. 그러다 왼쪽 발을 내딛는 순간 앞으로 쭉 미끄러졌는데, 뭔가 물컹한 것을 밟은 듯했다. 물컹한 뭔가는 곧 밝혀졌다. 조그만 늪지의 웅덩이에서 사랑을 나누고 있던 만취한 커플이었다. 발바닥이 땅에 미끄러져 닿는 순간 물과 진흙이 튀어올랐고, 공중제비를 넘은 뒤 내 발이 한 몸이 된 그들 위로 떨어지면서 뒤엉겨버린 것이다. 나무의 잔가지와 흙으로 범벅이 된 두 사람의 벌거벗은 몸이 나를 격렬하게 밀쳐냈다. 나는 느닷없이 잠에서 깬 들짐승처럼 웅덩이 밖으로 쏜살같이 튀어 나갔다.

텐트로 돌아와 나는 웅덩이로 나가떨어진 일을 곰곰이 되새겼다. 평소 그곳은 산책로였다. 하지만 사정없이 몰아친 돌풍으로 지형이 완전히 바뀌어버린 게 분명했다. 나는 달갑지 않은 만남의 잔영을 오래 담아 두지 않았다.

사흘째 아침, 나는 처음 오스트레일리아 여행을 시작했던 쿨랑가타로 가는 첫버스인 그레이하운드가 다섯 시에 있다는 사실에 감사했다. 잠을 자는 건 뒷전이었다. 움직이는 게 먼저였다. 우리는 언제든 삶이 끝날 수 있다는 사실을, 눈 깜짝할 사이에 우리의 삶이 저편으로 건너갈 수 있다는 사실을 거의 인식하지 못한다. 그러니 가야 했다. 나는 기록적인 스피드로 내 안의 목적들을 배낭에다 집어넣었다.

물로 채운 베개만 빼고 짐을 모두 꾸린 나는 잊지 못할 추억들을 남겨 준 나의 저택인 텐트에, 그리고 마법과도 같았던 마치 대지의 정령 가이아가 이 땅을 떠나라고 지시라도 한 듯 돌풍이 몰아쳤던 날의 교훈에 감사드렸다. 나는 텐트에 작별의 손을 흔들곤 돌아섰다. 그리고 진흙투성이가 된 캠핑장을 빠져나가는 동안 나를 웅덩이로 끌어당겼던 커플과 마주치지 않기를 바랐다. 걸음을 옮기는 동안에는 내가 떠나는 것에 애도라도 하는 듯 유칼립투스가 특유의 톡 쏘는 냄새를 풍겼고, 차나무와 긴잎아카시아와 온갖 상록수들이 마법의 향기를 내뿜었다.

캠핑장 출입구 가까이에 이르렀을 때, 나는 어느 집 앞의 테라스 불빛 아래서 작은 나뭇가지 끝으로 발톱에 매니큐어를 칠하고 있는 금발의 여자에게로 다가갔다. 그녀는 빠르게 그리고 강하고 큰소리로, 마치 그렇게 하면 사람들이 모두 자신의 소리를 귀담아 들을 거라고 믿는 듯 외쳤다. 하지만 그곳엔 그럴 만한 사람들이 없었다.

"텐트 생활을 포기한 사람이 납셨군!"

그녀는 있지도 않은 청중에게 고함을 질렀다. 가상의 청중들로부터 쏟아진 상상의 웃음이 이내 스러졌다.

나는 마치 영어를 한마디도 할 수 없는 사람처럼 아무 말도 하지 않았다.

"넌 이런 식의 삶은 견디지 못할 어린애야. 우린 여기 있을 테니 넌 너한테 맞는 곳을 찾아봐."

그녀의 말에 씁쓸해졌다. 마치 내가 갑자기 떠나는 게 자신의 생활방식을 부정하기라도 한다는 듯했다.

바로 그거였다. 나는 이 신비로운 세계와 나 자신에 대해 더 많은 것을 배우고 발전시키고 있기보다는 '그냥 정체해 있는' 것처럼 느껴지기 시작했다. 나는 그녀의 비판을 웃음으로 흘려보내고는 부드럽게 말했다.

"고마워요. 당신 말처럼 내게 맞는 곳을 찾고 싶네요."

나는 버스 정류장을 향해 계속 걸음을 옮겼다.

시내에 도착했을 때, 그 시간에 깨어 있는 사람은 나뿐이었다. 나는 비몽사몽인 채로 균형을 잡고 경계석 위를 걸으며 하릴없이 돌아다녔다. 그렇게 다섯 시 버스가 나를 싣고 갈 때까지 몇 시간을 흘려보내야 했다. 나는 정지 표지판을 손톱으로 두드렸다.

비는 완전히 멎었다. 거리를 훑으며 문을 닫은 가게들을 보고 있을 때, 나는 모든 것이 일시적으로 정지된 것 같은 완전한 정적 속에 놓여 있었다. 한밤의 돌풍이 몰고 온 뿌연 안개는 점점 보름달을 지워 나갔다. 나는 일찍 잠에서 깨어나 시멘트 길을 가로지르는 민달팽이를 발견했다. 달팽이가 나를 즐겁게 했다. 지금은 프라이팬 같은 열기와 싸우지 않아도 되었다.

"붐! 붐! 붐!" 새벽화물열차가 느닷없이 기적을 울려대기 전까지 마을은 쥐죽은 듯 고요했었다. 그리고 커다란 움직이는 쇳덩이가 그렇게 울어대고 나자 세상은 더 적막해졌다. 그레이하운드는 물론이고, 자동차란 자동차는 씨가 마른 듯했다. 메마른 헛바닥만이 맹렬하게 갈증을 호소할 뿐이었다. 옹이가 잔뜩 박힌 나무 아래로 걸어가고, 눈을 스무 번쯤 깜빡였을 때, 동틀 무렵의 농밀한 고요를 깨뜨리며 믿기 힘들 정도로 아름다운 은색 BMW 한 대가 내 앞에 멈췄다.

"안녕하슈, 나그네 양반?"

30대 중반쯤으로 보이는 남자가 차창 밖으로 얼굴을 쑥 내밀며 말했다.

"이 시간에 뭘 찾고 있는 거요? 혹시 그레이하운드? 매주 월요일엔 첫차 운행을 안 한다는 걸 모르는 것 같은데."

월요일 버스 정보가 내게 있을 리 없었다. 시간이 쏜살같이 흐르는데 굳이 시계를 찰 필요는 없다. 나는 그에게 남쪽으로 몇 시간쯤 갈 생각이라고, 일단 목적지는 오스트레일리아 여행을 시작했던 쿨랑가타라고 말했다.

남자는 자신을 마크라고 소개하고는 운전석에 앉은 채로 내게 손을 내밀었다.

어렸을 때 나는 악수를 해보면 그 사람에 대해 많은 걸 알 수 있다고 배웠는데, 마크의 단단한 손 역시 많은 말을 해 주고 있었다.

"내 차로 가는 게 어때?"

그가 제안했다.

나는 햇볕에 그을린 그의 황갈색 피부를 보며 잠깐 생각에 잠겼다. 그의 두 뺨과 보조개가 다정하게 빛나고 있었다. 그리고 초콜릿색 두 눈은 희망과 자신감으로 가득 차 있었다.

"겁낼 거 없어."

그는 오스트레일리아 사람 특유의, 귀를 즐겁게 만드는 유혹적인 목소리로 덧붙였다.

'도전하지 않는다면 아무것도 배울 수 없을 것이다.'

이 문장이 떠올라 내 가슴을 뛰게 만들었다.

그에게 악의가 느껴지진 않았다. 여행을 하는 동안 나는 늘 내가 가는 길을 안내해 줄 사람들을 만나게 될 거라고 상상했었고, 우주가 나를 그들에게로 이끌어 주리라는 걸 믿어 왔다. 무엇보다 나는 탈 것이 필요했고, 그는 공짜로 태워 주겠다고 제안했다.

나는 조수석 쪽으로 가 차문을 열고 그의 옆자리에 올라탔다. 처음부터 이 여행은 안전을 염두에 둔 게 아니라는 걸 나는 새삼스레 상기했다. 이 여행은 꿈을 실현하는 데 어떤 두려움도 가질 필요가 없다는 것을 확인하기 위해 어떤 공격도 피하지 않는, 기회와 위험과 흥미와 관련된 승산 없는 말에다 돈을 거는 괴짜의 경마와 같은 것이었다. 일단 두려움을 넘어 행동한다면 승산은 우리에게 있다. 그렇다면 불과 30초 전에 알게 된 완전히 낯선 사람의 차라고 해서 히치하이크하지 않아야 할 이유가 없다.

"물?"

그는 좀 전에 내가 본 달팽이에게는 전혀 달갑지 않을 흙먼지 회오리를 일으키며 차를 몰았다. 그러고 나서 내게 따지 않은 차가운 물병을 건넸다. 나는 꿀꺽거리는 소리를 내며 게걸스럽게 물병을 비웠다. 그러고 나니 어느 책에선가 한 사람의 성격을 알려면 그가 어떻게 먹고 마시는지를 보면 된다는 글을 읽은 기억이 났다. 나는 물병 뚜껑을 닫고는 고맙다는 인사를 건넸다.

평범한 흰색 크루넥에 바다색 청바지 차림으로, 열어 놓은 창을 타고 들어온 바람에 그의 머리칼은 뒤쪽으로 쏠린 채 흩날렸다. 그는 자신이 살아온 이야기를 주섬주섬 들려주었다. 그는 결혼을 해서(엄청나게 큰 금반지를 끼고 있었다) 아이 둘이 있었으며(아들 하나 딸 하나), 잘 나가는 유기농식품 체인점들을 소유하고 있었다. 정규 교육을 받지 못해서 대학 학위 같은 건 없다는 이야기도 덧붙였다.

"누구든 살아가야 할 이유는 여러 가지겠지만, 죽을 수밖에 없는 이유는 단 하나뿐이지. 그 하나를 알게 된다면, 자넨 예전의 삶에서 벗어나 새로운 삶을 맞이할 정도로 용감해져 있을 걸세."

전설적인 악어 사냥꾼으로 살다가 세상을 떠난 스티브 어윈만큼이나 으스스한 목소리로 그가 말했다. 나는 고개를 끄덕였고, 다시 그가 말을 이었다.

"몽상가가 마침내 꿈을 조종하게 되었을 때, 꿈은 늘 그래왔듯 걸작이 될 수가 있지."

아무런 목적도 없어 보였던 이 여행이 시작되었을 때, 바람은 나를 태우고 지금 이 남자가 말한 동시성의 기회를 향해 불었다. 내가 물었다.

"그 말은 꿈을 살려는 사람에게 어떤 의미가 있습니까?"

그는 검지손가락을 입술에 댄 채 생각에 잠겼다. 그의 단단한 팔 근육이 꿈틀거렸다.

"이것부터 말하지."

그러고 나서 다시 말을 이었다.

"세상 사람들은 거의가 위대한 일을 수행하는 건 불가능하다고 믿어. 그래서 그들은 스스로 평범한 기준을 정하지."

거기서 그는 방금 한 말을 강조하듯 잠깐 뜸을 들였다.

"자네가 만약 높은 기준을 가지고 있다면, 만루 홈런을 치는 건 어려운 일이 아닐 걸세. 나머지 사람들은 투수가 폭투를 던질 때나 기다리지. 어쩌다 던져지는 그걸 말이야. 어쨌든 그래야 진루할 기회가 생길 테니까."

그의 한마디 한마디에 귀를 기울였다. 그가 하는 말에 흠뻑 빠져들어서 믿을 수 없을 만큼 푸른 하늘에도 이런 기회를 준 삶에도 조용히 고마움을 전했다. 그는 내게 아무도 추구하지 않는 걸 추구한다면 더 좋은 일이라고도 말했다. 독보적이라는 것이 곧 위대한 것이라는 거였다. 또 그가 한 가지만은 꼭 해보라고 조언한 게 있었는데, 삶의 의미를 분명하게 기록하라는 것이었다. 종이가 마음보다 더 좋은 기억력을 가지고 있다며.

"일단 우리가 삶의 비전을 알고 있다면, 그때부터 문제는 전념하느냐 않느냐에 달려 있지."

그가 말을 이었다.

"포기하면, 그건 우리 자신을 전면적으로 포기하는 거야."

내 가슴은 즉흥적으로 이루어진 강의에 대한 감사로 가득 찼다. 나는 자신의 지식을 내게 나누어 준 그에게 감사를 표했다. 그러고 나서 창밖으로 고개를 내밀고는 바람을 쐬었다. 길가의 초록빛 언덕들이 활기찬 풍경을 만들어 내고 있었다.

그가 미소 지었다.

"내가 보기엔 그레이하운드를 타고 가는 것보다 좀 더 기억에 남는 여행이 된 거 같은데, 안 그래 친구?"

나는 고개를 끄덕이며 그의 말에 동의했다.

얼마간 침묵이 흘렀다.

"근데 말이지, 삶에는 결국 두 가지 선택이 있어. 자네에게 영감을 불어넣어 주는 걸 선택하든가, 자네를 끝장내버리는 걸 선택하든가. 이제 자네에게 어떤 게 최선인지 그걸 정하게!"

내가 그의 차를 히치하이크한 것은 내게 영감을 불어넣어 주는 행동을 선택한 것이었다. 나는 어느새 쿨랑가타에 들어와 있다는 걸 알고 깜짝 놀랐다.

"이런!"

나는 실망하며 말했다.

"내려야 할 때가 된 거 같군요."

차가 멈추기 전, 여행의 첫날 밤을 보냈던 호스텔 앞에서 나는 다시 한 번 지혜의 말씀을 들려준 것에 고마움을 표했다.

"별 말씀을, 친구."

그가 말했다.

"잊지 말게. 자네가 백만 명 중의 한 사람이 되는지, 아니면 백만 명의 가치를 지닌 한 사람이 되는지는 오직 자네한테 달려 있네."

나는 이해한다는 듯 그리고 그 말에 동의한다는 듯 미소를 지어 보였다. 자동차 문을 닫고 배낭을 잡았을 때, 나는 새로 발견한 자신감이 이미 내 안에 들어와 있음을 느꼈다. 나는 내가 원하는 삶에 대한 기준을 더 높이 세울 만한 가치가 있었다. 내 마음보다 더 큰 풍요와 사랑을 가진 존재는 어디에도 없다는 걸 알았다. 눈에 익은 콘크리트 계단을 오르던 나는 이를 드러내며 활짝 웃었다.

골드코스트, 2011년 2월 23일

누구든 살아가야 할 이유는 여러 가지겠지만, 죽을 수밖에 없는 이유는 단 하나뿐이지. 그 하나를 알게 된다면, 자넨 예전의 삶에서 벗어나 새로운 삶을 맞이할 정도로 용감해져 있을 걸세.

언어를 초월한 우정

친구란 그 앞에서 큰 소리로 내 생각을 말할 수 있는 존재다. 자연이 만들어 낸 최고의 걸작품이라 하지 않을 수 없다.

– 랠프 왈도 에머슨

48시간이 지나는 동안, 잠을 자야 한다는 것과 같은 일반적 행위들은 전혀 생각하지 못했다. 열 명이 머무는 호스텔 방의 커튼 틈 사이로 비치는 여린 달빛은 이미 11시가 넘었다는 걸 말해 주고 있었다. 마크가 내려 주고 돌아간 뒤로 이틀 동안, 아침부터 밤까지 나는 줄곧 해변에 나가 있었다. 그와의 만남으로 엄청난 영감을 받은 나는, 기억하고 있는 우리의 대화를 모두 일기장에 기록해 두고 이뿐만 아니라 하루에 적어도 다섯 편의 시를 쓰겠다는 목표까지 세웠다.

나는 목표가 떠올랐던 날들의 모든 밤을 꼬박 새웠다. 그런데도 나는 살아 있음을, 너무도 생생히 살아 있음을 느낄 수 있었다. 침대에 누워 있는 동안 아홉 명의 룸메이트들 중에 여덟 명이 깊이 잠들어 있는 걸 확인했다. 나머지 한 명이 어디에 있는지가 살짝 궁금하긴 했지만 이토록 조용한 방을 선물해 준 삶에 고맙다고 말했다.

그렇게 누워서 페르난도가 해주었던 말을 떠올렸다.

"우리 몸은 네 시간만 수면을 취해도 충분합니다. 엄마들은 수시로 아기를 재우죠. 그건 어린아이이기 때문에 그런 겁니다. 만약 여러분이 삶에서 얻고자 하는 것이 있다면, 침대나 이불과 맺고 있는 관계를 바꾸지 않으면 안 됩니다. 여러분은 어른이니까요."

나는 페르난도가 옳다는 것을, 수면 부족에 대해 불평을 늘어놓지 않도록 최선을 다해야 한다는 걸 알고 있었다.

뻥! 뻥! 방문이 대포소리를 내며 열렸다. 술이 들어 있으리라 짐작되는 병을 쥔 남자의 그림자가 내 눈에 들어왔다. 그는 전등 스위치를 올렸다 내렸다를 반복했다. 한 번, 두 번…… 다섯 번. 그러고 나서 내가 누운 곳 가까이에 있는 침대로 풀쩍 뛰어들어갔다. 스위치를 올린 채였다. 나는 그가 완전히 취해서 두 눈동자를 희번덕거리는 걸 똑똑히 목격했다.

그는 지독한 냄새를 풍겼는데, 보지 않고서도 꽤 여러 날 샤워를 하지 않았다는 걸 알 수 있었다. 어쩌면 몇 주 동안 씻지 않앉을지도 모른다. 호스텔에서 샤워를 한다고 해서 돈을 더 지불해야 하는 것도 아닌데 이해가 되질 않았다. 그의 얼굴은 얼핏 40대나 50대로 보였지만, 얼마나 지저분한지 주름이 있는지 없는지 확인하는 것도 힘들었다. 하지만 사실 그 와중에도 빙그레 미소가 지어졌다. 이런 식의 혼란에서도 여전히 나 자신을 지켜낼 수 있는지 시험받고 있다는 생각이 들어서였다. 시험은 언제나 존재한다. 다시 함박웃음이 지어졌다.

"괜찮아요?"

그에게 아무 말도 하지 않을 거라고 결심하기 전에, 딱 한 마디만 물었다.

"난 말이지…… 난……."

그는 써야 할 동사를 미처 말하지 못하고 손가락만 움직거렸다. 그러다가 갑자기 역한 냄새가 가득 밴 기침을 하기 시작했다. "하라우으르!" 그 소리는 꼭 잔뜩 화가 난 곰이 포효하는 것 같았다.

그의 고함소리가 커지기 시작할 때 나는 침대에서 뛰어내렸다. 그러고 나서 내 소지품을 몽땅 싸 들고 방을 빠져나왔다. 금세 이 상황이 끝날 것 같지 않다는 것을 감지한 순간, 그 광인을 남겨 두고 나온 것이다.

나는 문을 열고 어두컴컴한 호스텔 복도를 지나 거의 쓰러질 듯 계단을 밟아 내려갔다. 그리고 다시 균형을 잡았을 때는 20대후반의 남자 하나가 벽에 기대고 있는 포즈만큼이나 멋진 미소를 내게 보내고 있는 걸 보았다. 그는 자신의 방으로 와도 괜찮다는 의미의 손짓을 보냈다. 내 방에서 벌어진 소란을 고스란히 듣고 있었고, 혹시 도울 일이 있나 해서 나와 있었던 것이다. 그리고 나를 발견하고 나서 무엇을 해야 할지 알아차렸다. 그의 한밤중 같은 검은색 머리칼에는 민첩함과 현명함이 담긴 희끗희끗한 머리카락이 살짝 섞여 있었다. 미소 띤 그의 얼굴은 영원히 사그라들지 않는 희망을 지닌 인간의 초상 같았다. 페르난도와 헤어진 뒤, 그런 얼굴과 마주하는 행운은 생기지 않았었다. 페르난도 이전엔 누가 있었던가를 생각해 보면 엄마가 유일했다.

그는 형편없는 엉터리 영어로 자신은 테츠이며 일본에서 왔다고 했다. 그는 혼자서 방을 쓰고 있다며, 나와 방을 같이 쓰고 싶어 했다. 호스텔의 탐탁찮은 환경들 때문이었는데, 그의 말은 방 몇 개 건너 문제의 만취한 남자가 다시 내지르기 시작한 고함소리로 중단되었다. 나는 내가 하는 말을 그가 거의 알아듣지 못한다는 걸 알 수 있었다. 하지만 그럼에도 그는 얼마든 이해한다는 뜻이 담긴 미소를 보냈다. 그가 웃으며 말했다.

"나, 겨우 10퍼센트만, 당신 영어 말, 알아들어요. 나 영어, 무척 안 좋아요."

우리의 귀는 아주 기본적인 기능 외엔 서로에게 별반 소용이 없었다. 우리 사이에는 만리장성보다 길고 높은 언어의 장벽이 놓여 있었다. 하지만 희한하게도 언어를 넘어서 서로에 대한 즉각적인 이해가 작동하고 있다는 게 느껴졌다. 몇 번 잠깐 호흡을 고르는 사이에 과테말라에서 있었던 일이 떠올랐다. 나는 그들의 언어를 전혀 알지 못했고, 그곳의 아이들과 말로 소통하지는 않았다. 진정한 언어는 인간이 만들어낸 소리 너머에 있음을, 마음은 언어가 아니라 오직 진동으로 통할 뿐이라는 사실을 떠올렸다.

테츠와 나는 서로의 눈을 마주 보았다. 나는 그의 눈에서 동의의 언어를 읽어낼 수 있었다. 우리가 서로의 마음을 알아내는 수준은 거의 천리안에 가까웠다. 째깍거리는 시계가 밤이 매우 늦었음을 알려주고 있었다. 많은 이야기를 나누지는 않았지만, 나는 그의 영혼을 거의 직관적으로 이해했다. 언어가 통하지 않는데도 함박웃음을 터뜨릴 수 있다는 사실은 우리가 가까운 친구가 되었다는 걸 의미한다고 나는 믿었다.

불과 몇 분 후, 나는 며칠 만에 처음으로 꿈의 영역으로 행복하게 빠져들어 갔다.

그날 아침 불현듯 잠에서 깨어났다. 인도네시아에 가서 현지의 영적 치유자를 만나는 생생한 꿈을 꾸었다. 호스텔에서 깨어날 때 대개는 꿈이 생각나지 않았다. 거의 만족스럽게 잠을 자지 못한 때문이었다. 하지만 완전히 숙면을 취한 덕분에 그날 아침은 꿈을 기억할 수 있었고, 그것이 다음 여행지로 삼으라는 명백

한 신호라는 걸 직감했다.

계란으로 아침을 먹기 전, 옆방 사무실 컴퓨터를 이용해 그 주에 발리로 가는 비행기가 있는지를 검색했다. 그리고 바로 다음 날 골드코스트 공항에서 이륙하는 비행편을 찾아냈다. 이번에도 동시성의 신비가 어김없이 작용하고 있었다. 나는 당일 아침 일찍 비행기를 타기로 하고, 해가 뜨기 전에 호스텔을 떠날 생각이었다. 가슴이 온기로 차올랐다. 이토록 짧은 시간 안에 생각과 판단과 실행이 단숨에 진행된다는 건 쉽게 일어날 수 있는 일은 아니었다. 나는 내가 영원히 기억하게 될 순간을 향해 나아가고 있다는 걸 예감했다.

테츠가 일어났을 때, 우리는 하루 종일 함께 하이킹을 하기로 했다. 내 제안을 알아들을 때까지 나는 계속해서 물었다.

"걷기 괜찮아요? 걷는 거 어때요? 걷는 거 같이 할래요?"

대화는 여전히 원활하지 않았지만 나는 새로운 친구가 아주 편안하게 느껴졌다. 그건 마치 텔레파시로 뭔가를 공유하듯 두 영혼이 서로 소통하고, 상대를 알고 싶어 하는 것 같았다. 우리는 푸른 바다와 나란히 뻗어 있는 반짝거리는 초록빛과 영원할 것 같은 언덕길을 따라 편안히 걸음을 옮겼다. 바다는 거울이 빛을 반사하듯 햇살을 튕겨내고 있었다.

매일 풀어야 할 숙제를 내려놓고 테츠와 나는 언어가 필요하지 않은 영원한 우정의 마을로 걸어갔다. 그곳은 홀로 들어가 두 존재가 되어 나오는 실재하는 공간이었다. 우리는 전통적인 의사소통이 실패할 때마다 웃음이 폭발적으로 터지는 유쾌한 하루를 함께 보냈다.

테츠를 유심히 살펴보던 나는 어느 순간 그에게서 뿜어져 나오는 평화와 충만의 순수한 아우라를 감지했다. 진정한 마스터가 그렇듯, 그는 자신의 품행과 몸짓으로 가르침을 전하는 세련된 수준의 순수함을 지니고 있었다. 거기에는 음성으로 전달되는 어떤 전문용어도 필요하지 않았다.

몇 시간이 흐르고 해가 느릿느릿 지기 시작했다. 둘 모두 결코 잊을 수 없는 어떤 시간의 끝에 와 있었다. 나는 호스텔 가까운 해변으로 다시 연결되는 일차선 길 끄트머리에까지 걸어갔다.

"너 바지, 노굿이야!"

그가 엉터리 영어로 말했다.

나는 무슨 뜻인지 모르겠다는 표시로 눈썹을 치켜 올리며 그를 바라보았다. 내 바지가 싫다는 걸까?

나는 그가 하는 모양을 유심히 살펴봤다. 그는 웃음을 터뜨리며 나뭇가지에서 흙을 떨어낸 뒤 반으로 부러뜨리고는 자신의 엉덩이를 콕콕 찌르는 거였다.

"오, 이런!"

나는 내 청바지 뒤를 살펴본 뒤에야 진상을 알아차렸다.

청바지 엉덩이엔 오스트레일리아 상공에 뚫린 오존층보다 더 큰 구멍으로 내 속살이 드러나 있었다.

"일부러 그런 거?"

그는 마음을 가득 담아 환하게 웃으며 순진하게 물었다.

나는 고개를 가로저었다. 바지에 구멍이 나 있으리라곤 꿈에도 생각하지 못했다.

"아메리칸 패션?"

바위에 얻어맞기라도 한 듯 놀란 시늉을 하며 테츠가 물었다.

종일 지나다닌 사람들이 여든 명은 될 텐데 그들이 내 구멍 난 엉덩이를 봤을 거란 생각이 들자 폭소가 터져 나왔다.

시내로 돌아오는 동안 우리는 눈이 마주칠 때마다 낄낄거리지 않을 수가 없었다. 한숨 돌리기 위해 걸음을 멈췄다. 얼마나 웃어 댔던지 마치 격렬한 복부운동을 한 것 같았다.

발을 붉은색 바위 위에 올려놓았다. 수평선 너머로 완전히 기운 해가 우아한 연꽃 봉우리마냥 물 위에 걸쳐져 있었다. 나는 남아 있는 햇볕을 가득 담아 장미처럼 붉은빛과 황금빛이 뒤섞인, 물거품마냥 고요히 펼쳐져 있는 구름 속으로 내 마음을 밀어 넣었다. 장엄하게 밀려드는 거대한 파도에 내 꿈들을 실어 아득히 흘려보내고 싶었다. 머리를 끊임없이 까닥거리는 인형처럼 테츠가 동의한다는 듯 고개를 연신 끄덕였다. 우리는 어느새 서로의 감정을 쉽게 공유하는 데까지 발전해 있었다. 하늘에 떠 있던 생명의 불덩이가 비밀스러운 타원 속으로 잠겨 들어가는 걸 지켜보고 있을 때였다.

수평선 위에는 먼 곳의 배들이 보일락말락 체리빛 뱃머리를 반짝이며 세상의 앞날을 비추고, 밤하늘의 별들은 우리 위에서 재즈를 연주하기 시작했다. 나는 오스트레일리아 원주민들의 석궁으로 별들을 쏘아 떨어뜨리고 싶었다. 그러면 별이 지닌 힘들을 그러모을 수 있을 것 같았다. 하지만 곧 굳이 그럴 필요가 없다는 사실도 기억해 냈다. 내 안엔 이미 어떤 한계도 없는 무한한 잠재력이 가득 차 있기 때문이었다.

그날 저녁, 샤워를 마치고 시원한 옷으로 갈아입은 뒤 테츠와 저녁식사를 위해 자리를 잡고 앉았다. 나는 청바지에 구멍이 뚫린 게 떠오를 때마다 음식이 목에 걸린다는 그를 신기하게 쳐다보았다.

"네 옷들, 깨졌어."

그는 음식이 목에 걸리는 이유를 설명했다.

"넌 좋은 친구야. 친절 그 자체야!"

내가 말했다.

"엄청난 느낌, 얻었어."

그는 우리의 관계를 설명할 수 있는 더 많은 말을 찾아보려고 눈을 감았지만 불가능했다.

그렇지만 나는 이해할 수 있었다.

짐을 다 꾸린 뒤, 우리는 나란히 붙은 침대에 앉아 잠들기 전까지 다시 한 번 대화를 나눠 보려고 사투를 벌였다.

"너, 여자친구, 아메리카에 있어?"

그가 물었다.

나는 고개를 가로저었다. 그러고 나서 마음이 맞는 여자를 미국에선 아직 찾지 못했다고 설명했다.

침묵이 텅 빈 공간을 가득 채웠다.

"미국에 여자들, 모두, 맥도널드 먹지?"

그가 겸연쩍은 듯 작은 소리로 물었다.

나는 어리둥절한 표정을 지으며 조용히 질문을 이해하지 못하겠다는 뜻을 전했다. 그러고 나서 이미 충분히 예상한 일이었지만 그가 필요한 말들을 휴대용 사전에서 찾을 때까지 미소를 띤채로 지켜보았다. 몇 분쯤 뒤, 그는 뭔가를 찾은 것 같았다. 침대에서 내려서더니 제 꼬리를 잡으려고 어지럽게 돌아대는 고양이처럼 바닥을 뱅뱅 돌았다. 그러다 한 번 숨을 고른 뒤 말했다.

"네가 여자친구 없다는 말 듣고 난 이유를 생각했어. 아메리카에 사는 여자들이 패스트푸드를 먹기 때문이야!"

나는 뱃속에서부터 웃음이 터져 나오는 걸 느꼈다. 너무 많이 웃어서 앉지도 못한 채 두 손을 머리 위로 올리고 있어야 했다. 그러지 않으면 토가 나올지도 몰랐다(이런 식으로 웃는 일은 테츠 이후로 아직 한 번도 일어나지 않았다).

테츠는 강아지처럼 허공에다 발길질을 해댔는데, 몇 시간쯤 뒤에 이렇게 말했다.

"오늘보다 더 많이 웃어본 적이 없어."

그러고 나서 그는 말을 멈추고는 다시 사전을 뒤지더니 말을 이었다.

"네가 그리울 거야, 친구."

나는 고마움이 가득 담긴 미소를 보내며 똑같이 말했다. 다시 침대로 돌아와서는 시골에서 농사를 지으며 사는 일에 대해 묻고 싶었다. 하지만 내 질문들은 그저 밤하늘에 희미하게 비치는 달에게 하는 거나 마찬가지란 걸 바로 깨달았다. 물론 테츠는 단한 마디도 내 말을 이해하지 못했다. 우리는 편안한 침묵 속에서 남은 밤을 보냈다. 물론 우리의 가슴은 여전히 왁자한 웃음소리로 가득했다.

골드코스트, 2011년 2월 24일

～

진정한 언어는 인간이 만들어낸 소리 너머에 있다. 마음은 언어가 아니라 오직 진동으로 통할 뿐이다.

사랑을 배우다

믿음이 주는 힘

길이 있는 곳으로는 가지 말라. 길이 없는 곳으로 가 그대의 발자
국을 남기라.

– 랠프 왈도 에머슨

네 시에 맞춰 놓은 알람을 들으며 기분 좋게 잠에서 깨어났다.
나는 잠자리에 들기 전 미리 꾸려 놓은 배낭을 둘러메고 온화한
오스트레일리아의 아침 공기 속으로 걸어 들어갔다. 그리고 공
항으로 가는 버스를 기다리는 동안, 남겨 두고 떠나게 될 마을
을 찬찬히 둘러보았다. 내 마음에 언제나 남아 있을 아름다운
곳이었다. 특히 이 작은 도시의 남다른 점은 공기 속에 떠 있는
침묵의 노래였다. 나는 조심스럽게 그 의미를 생각해 보았다. 도
무지 부산스러움이란 찾아볼 수 없기 때문이라는 재밌는 결론
이 나왔다. 그래서인지 도시 전체가 마치 떠나는 나를 조용히

지켜보며 내가 이곳에서 시간을 보내준 것에 감사하고 있는 듯했다.

하지만 어느 젊고 매력적인 여성이 막 멈춰 선 첫 택시를 향해 돌진할 때, 그곳에서도 도시생활의 일상적인 부산스러움이 일어났다. 그날의 첫 번째 인상이 만들어지는 순간이었다. 나는 돌진하는 여성의 모습을 보면서 내가 그녀와 같은 상황에 처해 있지 않다는 생각으로 미소를 머금었다. 나는 전혀 서두를 필요가 없었다. 적어도 그때까지는 그랬다. 그리고 내가 나의 행운에 대해 생각하고 있을 때, 브레이크를 밟는 요란한 소리를 내며 버스가 정확히 내 생각 앞에 멈춰 섰다. 나는 기대에 부풀어 버스에 올랐다.

항공사 데스크에 도착한 바로 그 시각은 항공사 사무원이 오전 휴식시간을 즐기러 막 자리를 뜨려던 참이었다. 하지만 기막힌 타이밍이란 생각도 잠시, 그녀의 말에 나는 멈칫했다. 비행이 하루 정도 지연될지도 모른다는 거였다. 기계적 문제가 발생해 비행기가 움직일 수 없는 상태라고 했다. 그리고 남는 비행기 중에는 원래 배정된 비행기와 같은 크기가 없기 때문에 그날 꼭 타야 한다면 작은 비행기로 가야 한다고 했다. 그렇게 되면 예정된 승객의 절반 정도만 탑승할 수 있다는 것이다. 결국 승객의 반이 다음 날까지 기다릴 수밖에 없다는 건데, 대신 그 사람들은 오스트레일리아의 어디든 갈 수 있는 티켓을 제공받을 수 있다고 덧붙였다. 어쨌거나 분명한 사실은 기계적 문제로 적어도 일곱 시간은 비행이 지연된다는 것이었다.

지난 7주 동안 오스트레일리아가 멋진 '고향'이 되어 주긴 했지만, 이곳에 더 머물고 싶지는 않았다. 나는 어떻게든 비행기를 탈 수 있을 거라고 마음을 다졌다. 그리고 항공사 체크인 카운트 맨 앞에 진을 쳤다. 하지만 세 시간이 지나도록 직원이라곤 코빼기도 볼 수 없었다. 몇 시간이 더 흐른 뒤에야 카운트 하나가 열렸다. 뇌의 주름 사이사이로 긍정의 물줄기가 밀려들었고 흥분을 억누를 수 없었다. 속으로 '이번 비행기에 타게 될 거야'를 반복하고 또 반복했다.

"다음 분!"

사무원이 큰소리로 말했다. 자신 있게 카운터로 걸어갔다. 왠지 계속 미소 지을 수 있을 것만 같았다.

"당신의 성과 이름을 가져도 될까요Can I have your first and last name(성과 이름이 어떻게 되죠)?"

사무원이 물었다.

"너무한 거 아니에요? 제가 그걸 당신에게 줘버리면, 저는 어디 가서 찾죠?"

싱거운 농담을 던져 봤다. 그녀도 웃음으로 응대해 주었다. 하지만 그녀가 내 농담을 완전히 받아들였는지는 알 수 없었다. 그녀는 나를 바라보며 은행카드와 신분증을 요구했다. 카드와 신분증을 꺼내려고 주머니에 손을 넣으며 나는 '다시는 공항에서 농담하지 않기'를 명심 목록 제일 윗줄에 올려놓았다.

주머니 속에서 영수증 몇 장이 집혀 나왔다. 나는 다른 쪽 주머니로 황급히 손을 넣었다. 아무것도 없었다. 깊이 들이쉰 숨을 멈추고 다시 짐 꾸러미들을 뒤지기 시작했다. 지갑이 보이지 않았다. 아직 걱정하기는 이르다. 배낭 안에는 들어 있을 터였다. 나는 배낭 안의 주머니들도 샅샅이 뒤졌다. 그런데 거기에도 지갑은 없었다.

"죄송합니다만, 아가씨. 대기하고 있는 동안 지갑을 잃어버린 거 같아요. 지금 당장은 여권밖에 없는데, 이걸로 일단 체크인을 해주시면 안 될까요? 곧 돌아오겠습니다."

그녀는 알겠다는 뜻의 미소를 띠며 고개를 끄덕였다. 나는 카운터에 놓인 여권을 집어 들고는 공항터미널로 달음박질했다. 달려가는 동안에 나는 물건을 몽땅 잃어버렸을 때 뛰는 것과 걷는 것이 얼마나 큰 차이를 가지고 있는지를 확실히 배웠다. 하지만 나를 떠난 지갑은 어디서도 찾을 수 없었다. 내 처지가 우스꽝스러워서 허탈하게 웃음을 터뜨렸다. 누구도 나를 도와줄 수 없었다. 사람들이 북적거리는 곳이었지만, 나는 온전히 혼자였다. 그 사실에 기분이 묘해졌다. 나는 신선한 냄새를 쫓는 블러드하운드(사람을 찾거나 추적할 때 이용하는 후각이 발달한 큰 개)가 되어 공항을 헤집고 다녔다.

지갑을 찾을 수 없다는 걸 깨달았을 때, 나는 삶이 내게 장난을 거는 거라고, 내가 시험하던 방식으로 나를 시험하고 있다는 결론에 도달했다. 나는 이 상황과 내 처지에 대해 곰곰이 생각해 보았다. 내 수중엔 여권과 얼마 되지 않는 오스트레일리아 돈뿐이었다. 두 개 길이 내 앞에 놓여 있었다. 나는 은행카드를 재발급받을 때까지 오스트레일리아에 남아 있을 수도 있고, 주머니 하나를 몇 푼의 돈과 긍정적 사고로 가득 채운 뒤에 인도네시아로 날아가 내 행운을 계속 시험해 볼 수도 있었다.

생각에 잠긴 나는 '치밀하게 계산된 위험의 원리'를 떠올렸다.

'모든 걸 운에 맡기라. 그리고 믿음을 가지고 미지를 향해 나아가라. 그러면 우주가 너에게 보조를 맞출 것이다.'

모험에 돌입하지 않을 이유가 없었다. 영원의 눈으로 본다면 삶은 찰나에 불과했다.

카운터로 돌아온 나는 여사무원에게 내 상황을 설명했다. 그녀는 내 여권에 체크 표시를 해주고는, 인도네시아로 들어갈 때는 귀항티켓을 소지하는 게 의무사항이라고 알려주었다. 그녀는 신용카드를 확인할 필요는 없지만 해당국가에서 발행한 출국티켓 없이 비행기에 탑승할 수는 없다고 말했다.

미안해하는 얼굴을 보아, 그녀도 내가 비행기에 탈 수 있기를 바라고 있었다. 하지만 상황은 거의 절망적이었다. 오토바이의 예비연료통처럼 비축해 놓은 건 너털웃음뿐이었다. 내게는 티켓 한

장을 더 끊을 수 있는 돈조차 남아 있지 않았다. 더구나 내가 하는 여행은 돌아올 날짜를 정해 놓는 방식과는 거리가 멀었다. 출국티켓을 미리 끊어 둔다는 건 완전히 자유롭게 돌아다니고 싶은 소망에 철저히 반하는 짓이었다.

나는 구원을 청하기로 했다. 내 수중에 있는 건 오스트레일리아 돈으로 100달러도 되지 않는다, 나를 믿고 가장 싼 귀항티켓을 끊을 수 있는 돈을 빌려 달라, 그러면 계획을 바꾸더라도 그 날짜에 맞춰서 돌아오겠다! 그녀가 내 청을 들어준다면, 비싸지 않은 인도네시아의 비자 비용을 지불하고도 얼마간 현금을 남길 수 있다. 그 순간 킨 허버드의 말이 떠올랐다.

"돈을 두 배로 불릴 수 있는 방법은 지폐를 반으로 접어 주머니에 넣는 것이다."

내 인내와 성숙도와 유머감각의 수준이 시험대에 올라 있었다. 문제는 시험을 인식하는 것이 아니라 그걸 어떻게 통과하느냐였다. 한 번이라도 위기에 처해 본 적이 있다면 알고 있을 것이다. 위기의 순간 차라리 미소라도 짓고 웃음을 터트릴 수라도 있다면 적어도 미치는 건 막을 수 있다.

나는 여자 사무원의 눈에서 내 처지를 동정하는 마음을 읽어냈다. 그리고 보통은 일어나기 힘든 거래를 그녀가 성사시키려 한다는 것도 알 수 있었다. 여자 사무원은 내게 인도네시아에 도착하고 나서 한 달 후 말레이시아로 가는 60달러짜리 티켓을 끊어 주었다. 돌이켜보면 그때 컴퓨터 화면에 나타난 비행기표 값을 확인하고선 그녀 역시 나만큼 충격을 받았을 것 같다. 어쨌든, 나는 그렇게 살아났다. 물론 시한부이긴 했지만. 여전히 나에게 지갑은 없었고, 여권과 비자 비용을 지불하고 나면 남는 돈은 19달러가 전부였다. 하지만 나는 이 절박한 상황에서 얼마간의 현금으로 바꿀 수 있는 아이팟과 카메라를 갖고 있었다.

흥분이 정맥을 타고 흘렀다. 어릴 때부터 무수히 들은 말이 있었는데, 불을 갖고 놀면 그 불에 델 거라는 말이다. 그리고 들리는 모든 걸 믿어선 안 된다는 말도 똑같이 들었었다. 나는 나 자신의 능력을 믿기로 했다. 사람들로 북적거리는 공항을 둘러보고 나선, 살아 있고 믿음을 가질 수 있다면 결국 새롭고 낯선 것을 컨트롤하는 자신의 능력을 확장시켜야 한다는 것도 깨달았다. 배낭을 거머쥐고서 나는 다짐했다. 처음 안전 지대 밖으로 발을 내디딜 때는 모든 게 무서워 보일 수밖에 없다고. 그럼에도 종종 마음은 새삼스레 우리가 위험에 빠졌다고 알려 주기도 하는 거라고. 검색대로 걸어가는 동안 나는 또 하나의 깨달음을 발견했다. 정말 위험한 때는 마음에 한계가 있다는 것을 믿는 때라는 것이다.

이런 상황에 맞닥뜨렸을 때, 우리는 부모나 다른 사람들로부터 학습 받은 대로 행동한다. 다행스럽게도 부모님은 나를 제대로 가르치신 것 같다. 또한 스스로도 내가 가진 적극성과 소통의 기술을 밀고 나간다면 문제될 게 없다는 것을 믿었다. 내가 믿는 것은 두려워하지 않는 삶, 소극성을 뛰어넘는 삶이었다. 비행기로 걸어가면서 작아진 비행기에 백여 명이나 탑승할 수 없게 된 상황임에도 탑승인원에 포함된 것에 감사했다. 이제 내게 감사하는 마음은 아름다운 미래를 만들어 내는 수단이 되었다. 감사하는 마음은 우리의 에너지 수준을 자연스럽게 가장 높은 곳까지 올려 주고, 우주가 우리를 위해 풍요를 제공하도록 만든다. 이런 사실은 이미 책에서 읽기도 했지만 경험을 통해 확인한 것이기도 하다.

검색대를 통과하는 순간, 나는 잃어버린 지갑을 되찾을 기회에 영원히 작별을 고했다. 내가 지갑 없이 인도네시아로 갈 거라고 말하자 검색요원이 눈썹을 치켜 올리며 고개를 흔들었다. 그는 내가 미쳤다고 생각하는 게 분명했다. 나는 꽤 지쳤고 되도록 빨리 쉬고 싶었지만, TSA(교통보안청) 엑스레이 투과검사를 거절하고 시간이 더 많이 걸리는 탐문검사를 선택했다. 암을 유발하는 광선을 쏘이고 싶지는 않았기 때문이다.

TSA 요원은 마치 내가 마약 밀매범이라도 되는 듯 배낭을 샅샅이 뒤졌다. 나는 조그만 악기에 마약을 숨기고 다녔던 조니 캐쉬(미국의 싱어송라이터)라도 되는 듯 하모니카까지 자세히 들여다보는 그녀에게 미소를 지어 보였다. 어쩔 수 없었다. 긴 머리에 엑스레이 투과검사까지 거절했으니 혐의를 벗기 전까진 의심받을 수밖에 없었다. 어쨌든 나는 거리낄 게 없었다. 모든 게 즐거웠다. 그리고 마침내 자유로워졌다.

또다시 출발이 한 시간이나 지연된 비행기를 찾아 부지런히 게이트로 갔다. 같은 비행기를 타고 가게 된 승객들의 얼굴엔 조바심이 가득했다. 출발 지연은 나에게도 기분 좋은 일은 아니었다. 비행기는 자정이 지나서야 착륙할 것이고, 묵을 곳이 없을 테고, 아는 사람도 있을 턱이 없다. 나는 행운의 여신이 내게 구원의 키스를 보내리라는 믿음을 꽉 끌어안았다. 그리고 걱정을 멈추면 비로소 모든 것이 작동된다는 사실을 다시 한 번 떠올렸다. 눈을 감고 모든 것이 마법처럼 펼쳐지는 장면을 상상했다.

비행기에 오른 나는 비상구 쪽의 자리를 받은 것에 감사했다. 그러고 나서 747이란 이름을 가진 금속 새가 땅을 박차고 오르기도 전에 이미 잠에 곯아떨어졌다. 거의 스무 시간 동안 깨어 있었던 덕분이다. 머릿속에 잃어버린 지갑은 더 이상 남아 있지 않았다. 콧물을 훌쩍거리긴 했지만 눈을 감으면서 나는 확신했다. 병이 난 건 아니라고. 믿음은 믿음을 낳고, 의심은 의심을 낳는 법이다. 플라시보 효과(가짜 약이라도 약을 먹었다는 사실만으로 병세가 호전되는 효과)도 있지만, 반대로 어떤 '병'에 대해 부정적인 생각을 지나치게 많이 하면 진짜로 몹시 아프게 되고, 심지어 죽을 수도 있는 노시보 효과라는 것도 있다.

잠에 곯아떨어지기 전, 나는 세포생물학자인 브루스 립튼 박사의 "우리의 세포 하나하나는 신체감각이란 것을 통해 신체가 처한 환경을 자각한다."라는 말을 떠올렸었다. 놀랍게도 자각의 사전적 개념과 똑같다! 결국, 우리의 고유한 자각이 세포 및 생물적 행위를 컨트롤한다는 것이다.

내가 잠 속으로 빠져드는 동안, 내 정신은 모든 것이 잘 될 거라고 말했다. 나는 이것이 미래의 어느 날 침대맡에서 내가 내 손주들에게 들려주게 될 이야기 중의 하나라는 사실도 알았다.

비행기가 활주로에 닿은 건 자정이 넘어서였다. 나는 입국카드에 가짜 호텔 주소를 적어 넣었다. 어디에 머물지 알 수 없으니 당연했다. 바다 가까이에 있는 나라란 것 외엔 인도네시아에 대해 내가 아는 건 하나도 없었다. 입국장에서 빠져나오자 현지인 남자 둘이 다짜고짜 내 소유의 물건들을 잡더니 앞쪽으로 가져갔다.

'이런 세상에! 정말 매력적인 나라인데! 저 사람들은 누구 것이든 짐을 옮겨 주는가 보지. 정말 이렇게나 멋질 수가 있다니!'

나는 그들이 내 짐들을 갖다 놓은 공항 입구로 걸어갔다. 그런데 남자가 손을 불쑥 내밀었다. 돈을 달라는 것 같았다. 내가 말했다.

"죄송해요, 아저씨. 19달러가 제가 가진 전부예요."

그의 얼굴엔 어떤 놀라움도 동정도 드러나지 않았다. 마지못해 나는 5달러를 그의 손에 넘겨주었는데, 그는 2달러를 더 내라고 억박질렀다. 나는 낯선 어둠을 더듬어 공항 수위가 가르쳐준 인근의 숙박안내 센터를 찾아갔다. 카운터에는 두 명의 젊은 여자가 근무 중이었는데 모두 유창하게 영어를 구사했다. 나는 두 사람에게 시시껄렁한 장난을 걸었다. 유감스럽게도 시간은 너무 늦었고 빈 방도 거의 없었다. 그래도 그 와중에 8달러로 조식을 할 수 있는 호텔을 구했다. 이제 수중에 남게 될 돈은 4달러. 숙소까지 무료로 태워 준다는 오토바이 택시를 기다리는 동안, 둘 중 한 여자가 물병과 빵이 담긴 바구니를 들고 카운터 뒤편에서 나왔다. 유혹하는 듯한 웃음을 던지는 걸로 보아 내게 관심이 있는 게 분명했다.

"당신 거예요."

그녀는 돈 한 푼 없이 자신의 나라에 입국한 내가 웃기기도 하고 놀랍기도 하다는 표정을 지으며 말했다.

그녀의 친절에 멍해졌다. 아무 말 없이 나는 그녀를 격하게 끌어안았다. 가까이 있던 그녀의 동료가 미소를 머금고 있었다. 두 사람은 인도네시아 말로 몇 마디를 주고받더니 웃음을 터뜨렸다. 제정신인지 아닌지 의아해하는 것 같다는 생각이 들었다. 그들을 따라 나도 시끌시끌하게 웃어댔다. 내 정신이 온전한지 의심받은 건 그게 처음이 아니었다. 물론 나는 멀쩡했다.

택시가 도착했을 때는 그냥 그들과 있고 싶었다. 나는 두 사람에게 고마움을 전하고는 대담하게 그들을 끌어안았다. 그들은 허를 찔린 듯했다. 백인 관광객들은 보통 지역민들에게, 특히 여성들에겐 포용을 하지 않을 거란 생각이 들었다. 법을 어긴 건 아니겠지만 확실히 드문 일일 터였다. 어쨌든 나쁘지 않다는 듯 두 사람은 환하게 웃었다.

화석연료를 사용하는 '바퀴 세 개짜리 수송수단'을 타고 가는 기분이 묘했다. 오토바이 택시 운전수는 영어를 거의 하지 못했다.

"밥 말리, 좋아하세요?"

내가 미소를 지으며 물었다. 과테말라에서 어색함을 푸는 데 아주 유용했던 질문이었다.

그는 무슨 말인지 이해하지 못한다는 듯 두 팔을 들어 올리며 웃어 보였다. 돈이 얼마 없으니 그에게 팁을 줄 수가 없다. 나는 활짝 웃으며 내 상황을 설명해 보려고 애썼다. 언어장벽이 있는 곳에서 말은 역시 무용지물이다.

"여자? 호텔방에 이곳 여자 보내 달라고?"

"아니, 아닙니다! 죄송해요. 제 말은 그게 아닙니다. 그런 거, 원한 게 아닙니다!"

나는 거의 발작을 하듯 웃음을 터뜨리며 그가 내 말을 이해해 주길 빌었다. 그리고 차가 멈췄을 땐 제발 그런 여자가 서 있지 않기를 바랐다.

그 뒤로 그와 나 사이엔 침묵만이 흐를 뿐이었다. 내가 한 말을 그는 전혀 이해하지 못했다. 얼마 뒤, 밥 말리의 노래가 그가 틀어 놓은 라디오에서 흘러나왔다. 나는 노래를 따라 부르기 시작했다. 그는 여전히 입을 다물고만 있었다. 나는 지금 라디오에서 나오는 노래가 아까 물어봤던 가수의 노래라는 말을 이해시키려고 애썼지만 끝내 성공하지 못했다. 내가 할 수 있는 말은 만국공통어인 웃음뿐이었다.

이야기가 끊어진 뒤론 음악 말고는 그저 침묵만이 흐를 뿐이었다. 나는 차창 밖으로 어둠에 싸인 조그맣고 하얀 가게들을 내다보았다. 오가는 사람은 많지 않았다. 보이는 건 오토바이뿐이었다. 오토바이는 꽤 많았다. 5분쯤 뒤 택시가 호텔에 도착했고, 세 시가 다 돼 있었다. 체크인을 하고 방으로 들어온 나는 침대로 직행했다. 희미하게 전등이 켜져 있었지만 잠 속으로 빠져들어 가는 데는 전혀 방해가 되질 않았다.

잠에 빠져들어 가는 동안 나는 내 상황을 곰곰이 생각했다. 다음 날은 금요일이다. '맞나? 맞아. 분명히 금요일이야. 주말엔 은행이 문을 닫을 거고 월요일이 돼야 업무를 시작할 텐데…….' 선택할 게 별반 없었다. 엄마에게 전화를 걸 수는 있었다. 수중에 남은 현금으로 전화비는 낼 수 있을 것이다. 엄마가 돈을 부쳐 주더라도 찾으려면 월요일까지는 기다려야 한다. 아니면, 거리로 나가 인도네시아 여자들을 위해 '봉사'할 수도 있었다. 농담이다. 그런 일은 상상할 수도 없는 일이다. 하지만 피식 웃음이 났다. 내게는 웃음이 필요했다. 지금 당장은 선택할 수 있는 게 없다. 우주가 나를 위해 세워 놓은 계획을 지켜보는 수밖에. 그걸 부여잡는 순간, 거침없이 잠으로 빨려 들어갔다.

골드코스트 공항, 2011년 3월 1일

모든 걸 운에 맡기라. 그리고 믿음을 가지고 미지를 향해 나아가라. 그러면 우주가 너에게 보조를 맞출 것이다.

사랑이라는 구원

주여, 저를 돌보아 주소서. 아니면 당신의 손으로 저를 거두어주
소서.

― 헌터 톰슨

다섯 시간 후, 퀴퀴한 곰팡이 냄새에 잠에서 깨어난 나는 내가
바가지를 썼음을 직감했다. 게다가 비누도 없는 비좁은 욕실에서
찬물로 샤워를 한 뒤 아침을 먹으러 내려갔는데, 음식은 더 형편
없었다. 식사를 하는 동안에는 인도네시아의 다른 섬에서 여자
친구와 휴가를 온 내 또래의 인도네시아 청년을 만났다. 커플이
모두 영어를 잘했기 때문에 우리는 꽤 많은 이야기를 나눌 수 있
었다. 두 사람도 다른 사람들처럼 내 상황을 무척 재밌어했는데,
나의 무모함을 존경한다고도 했다. 사람들을 웃게 만들 수 있다
는 건 여러 모로 도움이 된다. 감탄하게 하는 데도 유용했지만,

나를 도와주고 싶도록 하는 데도 성공한 것이다. 두 사람은 자동차로 시내에 데려다주겠다면서 시내에 가면 지금 내게 가장 필요한 걸 찾을 수 있을 거라고 용기를 줬다. 짐을 꾸리는 동안에는 내게 담배를 권하기도 했는데 그건 거절했다. 대신 그들에게 담배는 사람의 생명을 단축시키고, 생명이 단축되는 건 결국 삶에서 아주 중요한 부분을 잃는 것이라고 말해 주었다.

자동차를 타고 가는 동안 두 사람은 내가 바가지를 쓴 게 분명하다고 했다. 그리고 얼마 지나지 않아 쿠타 광장에 도착했고 그곳에 나를 내려 주었다. 내가 내린 곳은 발리 섬의 쿠타 시 중심지였다. 온몸에서 땀이 흘러 옷이 등에 척척 달라붙었고, 이마에서 흘러내린 땀이 눈으로 흘러들어 갔다. 겨우 몇 발짝이나 떼었을까, 뭔가를 팔려는 듯 현지인 남자 몇 명이 내게로 다가왔다. 내가 말했다.

"이봐요, 난 빈털털이에요. 미안하지만, 지갑을 잃어버렸다고요."

하지만 내 말을 믿는 것 같지 않았다.

남자들 중 하나가 내 팔을 끌어당겨 팔짱을 끼더니 그들이 앉아 있던 가로등 근처로 나를 데려갔다. 마흔 살쯤 돼 보이는 남자는 덩치가 나의 절반에 불과했는데, 까마귀처럼 새까만 콧수염에 짧게 자른 머리, 사람 좋은 미소에 순수한 눈을 가지고 있었다. 그가 자신은 '루디'라며 이름을 밝혔다. 나도 내 이름을 말해 주었다. 그가 물었다.

"뭘 찾고 있어?"

내가 뭘 찾고 있는지는 나도 몰랐다. 다만 내가 뭘 좇고 있는지를 알 뿐이었다. 삶과 사랑과 웃음. 내가 설명했다.

"정말 몰라요."

그러고 나서 덧붙였다.

"비행기를 타기 전에 지갑을 잃어버렸어요. 그래서 돈이 거의 없어요."

처음엔 내 말에 발작적으로 웃어 젖히더니, 다시 냉정한 표정으로 물었다.

"지갑을 잃어버렸는데 여기는 왜 온 거야? 주말에 은행 안 연다는 거 몰랐어?"

나는 고개를 저었다. 모르진 않았지만 그냥 온 거라고 대답했다. 그때 다른 남자가 돈이 될 만한 걸 가지고 있냐고 물었다. 나는 카메라와 아이팟이 있다고 말했다.

"잘 들어, 제이크. 자넨 좋은 친구야. 난 알 수 있어."

루디가 내 어깨에 손을 올려놓고 편안한 자세로 서서 말했다.

"자넨 다른 관광객들이랑은 다르군. 돈 한 푼 없이 이리로 오는 사람은 아무도 없어. 자네 모친이 자네한테 송금을 할 때까지 내가 자넬 보호해 주겠네. 음식이 필요하면 내게 말해. 이동할 수단이 필요하든, 뭐든 필요한 거 있으면 나한테 말하라고. 전화가 필요하든 뭐든. 여기 있는 동안 우린 가족이야. 알겠어?"

내가 들여다본 루디의 눈에는 나를 도와주겠다는 의지 말고는 어떤 것도 보이지 않았다. 이 새로운 나라에서 맞이하는 기회의 바람이 전해 주는 첫 번째 선물이 루디임을 나는 확신했다. 미소를 주고받으며 몇 분이 지난 뒤, 나는 그의 오토바이 뒷자리에 올랐고, 그는 나를 자신이 아는 사람의 호텔로 데려갔다. 주인과 협상을 끝낸 루디는 원래 숙박비보다 쌀 뿐 아니라 돈이 들어올 때까지 숙박비를 지불하지 않아도 된다는 거래까지 성사시켰다.

나는 지독한 더위와 연신 흘러내리는 땀에서 벗어나기 위해 어깨에 걸쳤던 가방을 내려놓았다. 그러고 나서 온몸으로 그에게 감사를 표시했다. 이런 날씨에 현지인들은 어떻게 온종일 거리에서 일을 할 수 있는지 이해가 되질 않았다. 사우나를 방불케 하는 그곳의 날씨가 사람들을 초인으로 보이게 만들었다.

새 둥지를 잡고 난 뒤, 나는 다시 루디의 오토바이 뒷자리에 올라타 시내 광장으로 돌아갔다. 그는 나를 다른 친구들에게 소개해 주었는데, 한결같이 내 상황을 비웃는 것 같았다. 그들은 나의 무모한 '오디세이'를 두고 이러쿵저러쿵 논박을 펼치고 질문을 퍼부으며 야단법석을 떨었다. 또 루디는 내게 배가 고프냐고 묻지도 않고 나시nasi(쌀밥), 텔루르telur(계란), 삼발sambal(고추) 같은 현지 음식이 가득 든 기름종이 가방을 내밀었다. 우리는 쿠타 광장 중앙의 경계석에 앉아 그것들을 먹기 시작했다.

아무도 사고 싶어 할 것 같지 않은 온갖 물건을 팔고 있는 헤아릴 수 없이 많은 가게들이 인도에 줄지어 있었는데, 우리가 있는 곳은 사방이 나지막한 콘크리트 벽으로 둘러싸여 있었다. 음식을 먹는 사이에 나는 수백 대의 오토바이가 둥글게 원을 그리며 시내를 통과해 나가는 모습을 지켜보았다. 길 양편으로 걸어가고 있던 관광객들은 이따금 빠른 속도로 내달리는 오토바이를 황급히 피하곤 했다. 오토바이가 경쟁을 벌이듯 내달리는 한가운데에 내가 앉아 있을 거라곤 상상한 적도 없지만, 그때의 나는 그게 어떤 건지를 생생히 체험하고 있었다.

나는 그곳에서 현지 사람들의 동정과 호의만이 아니라 관광객들 중 그 누구도 현지인들과 교류하는 데는 관심이 없다는 사실을 새삼 확인할 수 있었다. 양손 가득 쇼핑백을 든 채 무표정한 얼굴로 걸음을 옮기던 관광객들은 현지인들과 함께 지저분한 흙바닥에 앉아 있는 나를 못마땅한 눈으로 힐끔거렸다. 나는 그들에게 미소를 지어 보였다. 내가 굳이 그들의 태도를 심각하게 받아들일 필요는 없었다. 내 삶을 즐기는 건 그들이 아니라 나니까.

점심을 먹은 뒤, 루디가 데려간 곳은 전화서비스 센터였다. 거기서 휴대폰과 심카드를 사라고 알려줬다. 나는 그 친절에 감동해 덥석 그를 끌어안았다. 그리고 그는 나를 비웃어 주었다.

"자넨 내 친구야, 제이크. 내가 만약 자네 나라에서 빈털터리 꼴이라면, 자네도 똑같이 했을 거라고."

나도 똑같이 했을 거라는 생각이 들기는 했다. 그러기를 바랐다. 하지만 나의 마음 씀씀이가 과연 그의 마음 씀씀이에 비할 수 있을지, 장담할 순 없다. 모르긴 해도 그의 마음 씀씀이는 내 상상을 훨씬 넘어서는 거였다.

나는 그의 어깨에 손을 얹고는 부드럽고 꾸밈 없는 목소리로 고맙다고 말했다. 그는 나를 보며 더 이상 고맙다는 말은 하지 말라고 했다. 어떤 보상도 기대하지 않고 주는 행위를 그들은 당연한 의무처럼 받아들이는 듯했다. 그렇다면 고맙다고 하는 게 오히려 예의가 아니었다.

루디는 휴대폰 가게에서 나오면서 이번엔 자신의 집으로 갈 거라고 말했다. 왜 나를 집으로 데려가겠다는 건지 도무지 감이 잡히질 않았지만, 샌디에이고에서 내가 할 수 있는 것과는 꽤 많이 다르다는 건 분명했다. 나는 다시 오토바이 뒷자리에 엉덩이를 얹었다. 오토바이가 주택가로 들어섰을 때, 한눈에도 가난에 찌든 동네라는 걸 알 수 있었다. 집들은 과테말라에서보다 훨씬 작았고, 시멘트로 지어져 있는 건 똑같았다. 구조도 과테말라에서 본 것과 비슷했다. 현관은 대개 가게나 식당으로 쓰이고 있었고, 뒤쪽은 가족들이 거주하는 공간인 듯했다. 많은 집이 길가에 빨랫줄을 매고 옷들을 걸어 말리고 있었다. 거리를 지나가는 동안 나는 가게 앞 경계석에 앉아 있는 현지 사람들에게 미소를 지어 보였다. 대부분이 미소로 답했다.

루디의 오토바이가 멈춘 곳은 관광객들은 전혀 드나들지 않는

지역이었다. 하지만 나는 전혀 두렵지 않았다. 루디를 만난 순간 거의 본능적으로 느낀 것은 내가 안전한 사람에게 맡겨졌다는 사실이었다. 거리를 걸어가는 동안 마주치는 발리 사람들은 더러는 미소를 보내기도 했지만 더러는 뚫어지게 쳐다보기도 했다. 처마를 맞대고 있거나 나란히 붙어 있는 시멘트로 지어진 오두막집들 사이에는 낡은 담요가 걸려 있었는데, 집과 집을 나누는 경계 구실을 했다. 흙길 양쪽으로는 방 하나짜리 '아파트'들이 길게 늘어서 있었다. 노는 데 정신이 팔려 있던 아이들은 나를 발견하고 나서 계속 우리를 쫓아다녔다. 나는 서른 번의 포옹과 하이파이브를 해야만 했다. 어떤 아가씨는 가던 길을 멈추고 휴대폰으로 아이들과 나를 찍기도 했다. 그들은 나만큼이나 즐거워하고 신이 났다. 인도네시아에 도착하고 나서 내가 경험한 가장 인상적인 장면 중 하나였다. 지갑을 잃어버리지 않았다면 이런 장면을 연출할 수 있었을까. 정말 가까워지려면 그들의 문화 속으로 녹아들어야 한다. 가끔 드는 생각은 손해 보는 것 같더라도 위대해지는 게 선이라는 생각을 버려야 한다는 것이다.

드디어 루디의 집에 도착했다. 그의 아내와 세 아이 그리고 친구 두 사람이 밖에까지 나와 반갑게 맞아 주었다. 그들은 거의 영어를 하지 못했다. 루디와 내가 소통하는 방식과는 달랐지만 우리에겐 웃음이라는 언어가 있었다. 계단을 통해 집으로 들어섰다. 문은 없었다. 창문도 없었다. 에어컨도 없었다. 값 나가는 서양 물건은 아무것도 없었다. 루디는 앞쪽에 드리워진 담요를 끌어당겼고, 집 안의 모습이 드러났다. 사방 2.5미터 정도 되는 회색 시멘트 방에는 아름다운 발리의 그림들이 걸려 있었다. 우리는 금방 청소한 듯한 바닥에 다닥다닥 붙어 앉았다. 루디는 나를 자신의 아내와 친구들과 아이들에게 일일이 소개하고 나서 "음식 좀 넉넉히 내와요." 하고 말했다.

배가 고프진 않았지만 거절하는 게 예의가 아니란 생각이 들었다. 하기야 저녁 사먹을 돈이 수중에 없으니 두둑히 먹어두는 것도 나쁘진 않았다. 접시에 담긴 음식이 뭐로 만들어졌는지는 모르겠지만 어쨌든 나는 먹기 시작했다. 그러다가 결국 채 다 먹기 전에 궁금증을 못 이기고 무엇으로 만든 건지 물었다.

루디가 미소를 지으며 고개를 들었다.

"코코넛 기름에 튀긴 암소랑 물고기. 물고기가 자네 보기에도 신선하지? 여전히 눈이 살아 있잖아."

내가 채식만 하기 시작한 건 발리로 오기 8개월 전부터다. 코코넛 기름에 튀긴 암소와 눈이 살아 있는 물고기가 채소가 아닌 건 확실하다. 하지만 상관없었다. 일생에 단 한 번 찾아온 기회였다. 식사를 하면서 나는 발리 사람들과 맘껏 웃고 많은 이야기를 나누었다. 루디는 자신의 가족들과 문밖에서 지켜보는 이웃들이 나를 아주 재밌어한다고 말해 주었다. 그리고 어떤 관광객도 그들의 음식을 먹지 않는다는 말도 덧붙였다.

"백인들은 늘 맥도널드를 먹지."

그가 소리 내 웃으며 말했다. 낯선 지역의 음식 한 접시를 더 비워 내며 나도 따라 웃었다. 외계인이 된 듯한 느낌은 여전했지만, 내가 있는 곳은 나를 존중해 주고 아량을 베풀 줄 알며 내게 흥미를 가진 사람들이 사는 행성이었다.

"잠은 어디서 주무세요?"

내가 방을 둘러보며 물었다.

"자네가 지금 앉아 있는 곳. 가족들 모두가 여기서 자지."

그의 설명에 나는 더 이상 입을 뗄 수가 없었다. 그들의 삶을 재는 유일한 저울은 사랑이었다. 낮 동안에는 서로를 웃게 만들다가 밤이면 다닥다닥 붙은 채로 잠이 드는 풍경이 눈에 선했다. 나는 믿기지 않아 콘크리트 바닥을 내려다보았다.

얼마쯤 더 머문 뒤, 우리는 다시 시내로 돌아가기 위해 집을 나섰다. 루디의 집을 떠나 거리를 걷던 중에 나는 그 짧은 시간에 친해진 동네 아이들로부터 상처 입은 사슴을 제물로 삼는 사자와 같은 기세등등한 '공격'을 받았다. 그들은 내 갈비뼈를 움켜잡고, 나를 껴안고, 그러고 나서 후다닥 달아났다. 그러다가 다시 돌아와 나를 와락 껴안았다. 나는 웃음이 터져 나오는 걸 참을 수가 없었다. 아이들과 루디의 얼굴에서도 웃음이 떠나지 않았다. 나는 사랑과 호의라는 술에 완전히 취해버렸다.

광장으로 돌아왔을 때, 루디의 친구들은 내게 왜 보통의 관광객처럼 굴지 않는지 물었다. 나는 고개를 저으며 그들에게 말했다. 당신들과 함께 있는 건 내가 도저히 포기하고 싶지 않은 멋진 경험이라고. 그러면 그들은 감사함으로 충만한 내 영혼의 창을 가만히 들여다보고 나서 미소 지을 뿐이다. 나는 그들이 나와 마찬가지로 나와 함께 있어서 행복해한다는 것을 알 수 있었다.

"자네가 날 너무 좋아해서 말인데……."

루디의 친구 중 한 사람이 말했다.

"자네가 내 일을 좀 도와주면 어떨까? 나는 여행사 전단지를 관광객들에게 나눠 주는 일을 하고 있어. 자네한테 이익의 반을 주겠네. 전단지에는 긁는 복권이 있는데, 당첨된 관광객은 발리에서 공짜 휴가를 즐길 수 있지. 단 조건이 하나 있는데, 스물다섯 살에서 마흔다섯 살까지라는 거."

나는 웃음을 터뜨리며 경계석에서 뛰어내렸다. 그리고 기꺼이 도와주겠다고 말했다. 우리는 몇 시간 동안 머리를 휘날리며 관광객을 상대로 뛰어다녔다. 하지만 소용없었다. 관광객들이 현지인에게 보여주는 냉담함이 놀라울 뿐이었다. 어쨌든 우리는 두 사람이 함께 사용 가능한 복권을 팔기 위해 전력을 다했다. 긁는 데 돈이 드는 것도 아니고, 긁어서 당첨만 되면 교통비에 숙박비에 식비까지 모두 공짜로 제공되는 주말여행을 즐길 수 있었다. 그 절호의 기회를 잡으려는 사람이 없었다. 우리는 타는 듯한 무더위 속에 남은 하루를 거리에서 보냈다. 모르긴 해도 습도가

95퍼센트는 될 것 같았다.

"아저씨, 하루 종일 여기서 일해야 겨우 입에 풀칠이나 할 거 같은데, 안 그래요?"

나는 이마에 흐르는 땀을 훔쳐 내며 좀 독하게 말했다.

"맞아, 제이크. 그게 인생이지. 우린 아름다운 곳에 살고 있어. 사랑하는 친구들이 있고, 돈은 중요하지 않아. 안 그래? 돈은 그저 먹을 만큼만 있으면 돼."

그는 잠깐 입을 다물고는 미소 띤 얼굴로 나를 바라보았다. 그러고는 분주하게 걸음을 옮기는 관광객들을 둘러보았다.

"저건 진짜 현실이 아니라네. 컴퓨터 안의 숫자 같은 거지."

그러더니 말을 이었다.

"서양 사람들은 이해 못해. 돈은 환상이야. 그런데도 진짜처럼 믿어. 소설을 진짜처럼 믿듯이. 안 그런 사람이 드물지."

그는 더 크게 웃었다.

"사람들이 존재한다고 말한다고 그게 정말 존재하는 게 되는 건 아니야. 진짜로 존재하는 건 사랑과 우정이고, 그게 더 위대하지. 사랑 없이 돈에서 영원한 마음의 평화를 찾아내는 건 불가능해. 발리 사람들은 돈은 없지만 누구나 꿈을 가지고 있어. 세상에서 가장 단 꿈, 사랑 말이야. 좋은 음식, 미소 그리고 친구들. 지금 당장 내 수중에 있는 돈은 4만2천 루피아뿐이지만, 이 정도면 우리 집 식구들 모두가 생활할 수 있어."

거기서 그는 말을 끊고는 얄팍한 지폐 뭉치를 꺼냈다. 달러로 환산하면 겨우 6달러에 불과한 돈이었다. 나는 침을 꿀꺽 삼켰다. 4달러를 가진 나는 걱정이 태산인데, 그는 6달러로 온 가족이 함께 살아가고 있었다!

"내겐 아내가 있고, 세 아이가 있어. 돈이 없다고 문제될 건 없어. 돈이 다 떨어지면 친구들 중 하나가 내게 빌려줄 거야. 그걸 준다고 문제가 생기진 않아. 다들 만족해. 우리 가족은 모두 여기 발리에 살고 있지. 가난이라는 배에 함께 타고 있는 거야. 그러니 우린 서로에게 손을 내밀어. 삶이란 게 이런 거야. 그렇지 않아? 아무런 보상을 기대하지 않고 남에게 주는 것."

나는 그의 말에 전적으로 동의했다. 나도 미소 말고는 어떤 대가도 바라지 않았다.

우리는 계속 복권을 긁어 줄 중년의 관광객 커플을 찾아 헤맸지만 성공하지 못했다.

"얼마나 이런 낚시에 걸려들죠?"

내가 물었다.

"아주, 아주 드물게. 얼마나 드무냐? 관광객들이 나한테 미소를 지어 보이는 것만큼."

그는 폭소를 터뜨렸다. 장사가 안 되는 건 어느새 잊어버린 듯했다.

"마지막으로 걸려든 게 아마 지난달일 거야. 그래도 난 이 일을 계속하고 있지. 너도 알다시피, 이게 삶이야. 재미있잖아. 우린 웃어야 해. 그렇지 않으면 괴물한테 완전히 잡아 먹혀버릴 테니까."

그는 남은 오후 내내 그리고 저녁에도 나와 이야기를 나누었다. 지나가는 친구들을 일일이 불러 세워 나를 소개시키기도 했다. 힘든 하루를 보낸 뒤 우리는 루디와 친구들이 모여 있는 광장의 경계석으로 돌아갔다. 오토바이들이 레이싱을 하듯 우리를 스쳐갔다. 꽤 늦은 때였지만 나는 시간이 어떻게 흘러갔는지도 모르고 있었다. 루디가 내게 오토바이 헬멧을 던져 주고는 나를 호텔까지 데려다주었다. 나는 그에게 고맙다고 말했고, 그는 아침 일찍 전화하고 데리러 오겠다고 말했다.

그는 아침마다 여섯 시에 전화를 하고 나를 데리러 호텔로 왔다. 그렇게 이틀을 보내는 동안 나는 나의 새로운 가족들을 더 잘 이해할 수 있었다.

그 주 월요일, 나는 웨스턴 유니온(미국의 전보회사)에서 인도네시아 루피아로 된 전신환을 받을 수 있었다. 일단 현금을 확보한 나는 루디와 친구들에게 그 돈을 주었다. 그들은 거절하면서 돈은 원하지 않는다고 말했다. 사랑과 나만 있으면 그만이라는 거였다. 그들이 원한 것은 오직 하나, 나를 열대우림에 있는 평화로운 도시 우붓(인도네시아 발리 섬 중부에 있는 마을)으로 보내는 거였다. 결국 나는 짐을 꾸리고 작별의 인사를 나누었다. 인도네시아를 떠나기 전에 꼭 돌아오겠다는 약속을 남긴 채.

새 친구들을 사귄 건 진정한 축복이었다. 아무것도 아는 게 없는 나라에 빈손으로 들어왔다는 건 변하지 않는 사실이다. 그런데 그게 바로 행운이었다. 그 행운은 편안한 곳에 안전하게 숨어 있는 것보다 더 큰 보상을 가져다주었다. 어느 한순간에 갑자기 삶이 끝나버릴 수도 있는 것이다. 그래서 나는 더욱 뭔가를 찾고, 꿈 꾸고, 모험에 뛰어들 용기를 가지지 못해 후회하는 일은 하고 싶지 않았다. 너무 늦기 전에 모든 걸 감행하고 싶었다. 심장이 멈추려 할 때, 나는 내가 해 보지 못한 일이 무엇인지 묻지 않을 것이다. 대신 나는 사랑과 모험의 삶을 살았음을, 그리고 두려움과 자기도취의 삶은 살지 않았음을, 분명히 그랬음을 떠올릴 것이다. 그것이 유일한 선택이므로.

쿠타 광장, 2011년 3월 2일

진짜로 존재하는 건 사랑과 우정이고, 그게 더 위대하지. 사랑 없이 돈에서 영원한 마음의 평화를 찾아내는 건 불가능해. 발리 사람들은 돈은 없지만 누구나 꿀을 가지고 있어. 세상에서 가장 단 꿀, 사랑 말이야.

매일 질문하라, 나의 꿈은 무엇인가?

나는 이상주의자다. 나는 기적을 믿는다.

— 웨인 다이어

원숭이를 걷어차면 안전하지 않다는 걸 배우는 데는 그리 오랜 시간이 걸리지 않는다. 동물보호구역을 통과해 걷고 있던 나는 한 아이가 발을 버둥거리고 있는 걸 보았다. 원숭이에게 물린데다 배설물로 가득한 땅바닥과 씨름을 하고 있었다. 그리고 얼마 뒤 아이를 발견한 엄마가 구해 주었다. 원숭이들을 유심히 살펴보던 나는 언젠가 텔레비전에서 보았던 정치토론 장면을 떠올렸다.

어쨌든 나는 그런 생각을 하면서 현지 음식을 파는 식당으로 들어갔다. 바닥이 돌로 된 식당에 자리를 잡고 앉았는데, 그 식당에 있는 갈색 대나무 탁자들은 모두 다리가 하나짜리였다. 대나무 탁자 위에 손을 올려놓고 한숨 돌리는 동안 벽에 붙은 토속 그림들을 살펴봤다. 그러고 나서 주문은 채소국수로 하고, 미리 나온 차를 마시며 주위를 둘러보았다. 식당은 대나무로 지어져 있었지만, 회색 돌로 된 거리와 연결된 토대는 콘크리트였다. 그리고 희끗한 머리를 허리까지 기른 현지인 남자가 층계 가까이로 걸어 올라와서는 "안녕 친구, 난 데위라고 해." 하고 말했다.

나는 따뜻한 인사로 응답하고는 물었다.

"발리에 사세요?"

그가 고개를 저었다.

"난 모든 곳에 살아. 태어난 건 여기 인도네시아지만, 전 세계와 연결되어 있지."

나는 이해한다는 뜻으로 고개를 끄덕였다. 그가 말을 이었다.

"부분은 모두 전체를 포함하고 있지. 우리 모두도 그렇게 연결되어 있어."

데위의 미소에는 상냥함과 지혜로움이 담겨 있었다. 그뿐 아니라 그는 놀랍도록 낙천적인 사고방식을 보여주고 있었다. 곧 알게 된 사실이지만, 그는 내 고향 샌디에이고에서 무려 10년이나 살았는데, 사립중학교에서 발리음악을 가르쳤다고 한다. 그는 아주 독특하면서도 뛰어난 영어를 구사했고, 우리는 어쩌다 명상에 대해 이야기하게 되었다. 그는 마을에서 의사 노릇을 하고 있는데 병이 들었거나 다친 사람을 치료한다고 했다. 나는 데위를 만나 무척 흥분됐지만 사실 그리 놀랍지는 않았다. 나는 언제나 마음을 끄는 사람을 만날 거라는 기대를 가지고 있었고, 내게는 매번 실제로 그런 일이 일어났기 때문이었다. 기대를 하고 있으면 거기에 부응하는 일들이 기다렸다는 듯 일어나는 건 여행을 하는 동안 한두 번 일어난 일이 아니었다. '동시발생'은 더 깊은 단계로 들어가면서 생기는 삶의 틈을 메워 주는, 보이지 않는 존재(날개 없는 천사 같은)가 보내는 메시지였다. 말하자면 일종의 징조였다.

데위는 식사를 마친 뒤 함께 명상을 하자며 나를 자신의 집으로 초대했다. 나는 기꺼이 그의 초대를 받아들였다. 그의 빛나는 두 눈에서 나는 그의 영혼이 울리는 메아리를 들을 수 있었다. 그의 두 눈 깊은 곳에는 강력하고 마술적인 뭔가가 숨어 있었다. 나는 그를 좀 더 알고 싶었다.

그가 오토바이를 주차하는 동안 나는 주위를 둘러보았다. 집들은 쿠타에 있던 루디의 집보다 두 배쯤 큰 듯했다. 하지만 회색 시멘트와 돌로 지어진 것은 다르지 않았다. 다만, 루디의 집과는 달리 나무로 된 문이 달려 있었다. 거리는 몹시 좁았는데, 미국에서 흔하게 볼 수 있는 SUV 한 대가 겨우 다닐 수 있을 정도의 너비에 불과했다. 데위의 집으로 들어가고 나서 나는 곧 편안해졌다. 방 안에선 향냄새가 풍겨 왔다. 벽은 남신과 여신 들을 그린 아름다운 그림으로 가득했다. 나는 그가 뮤지션이면서 치료사일 뿐 아니라 화가이기도 하다는 걸 금세 알아챘다. 그는 성냥을 그어 더 많은 향에다 불을 붙였다.

"무슨 느낌이 들어?"

그가 물었다.

"편안해요. 몸과 마음이 풀리기도 하고. 집에서처럼."

내가 대답했다.

"당신은요?"

"무無와 같은 것."

그는 입을 자주 열지 않았고, 수시로 눈을 감았다. 나도 마찬가지였다. 그가 낮은 소리로 말했다.

"연기처럼 바람이 부는 대로 떠다니는 기분이 드는군."

데위는 몸이 몹시 말랐고 걸을 땐 약간 다리를 절기도 했다. 말소리는 부드러웠다. 그의 음성은 플루트처럼 편안했다. 우주는 삶에 대한 이해를 더 먼 곳까지 가져가고 싶어 하는 내 갈망에 응답하고, 나는 그 우주의 선물에 완전히 취해 있었다. 내 몸이 어떤 힘에 휩쓸리면서 무엇이든 이룰 것 같은 느낌이 들었다. 데위가 말했다.

"우리가 살아가는 건 타인의 삶을 더 나은 삶이 되도록 하기 위해서야. 그렇지 않다면 우리 삶은 의미가 없어."

나는 실눈을 뜨고 피어오르는 연기를 지켜보았다. 계속 이야기해 달라는 뜻으로 나는 고개를 끄덕여 보였다. 그가 경이로 가득한 표정으로 말했다.

"용기가 없다면 누구도 운명을 알아차릴 수 없지…… 사람들이 기다리는 건 대체 뭘까?"

대나무 자리 위 안락의자에 앉아 있던 나는 활짝 웃었다.

다시 침묵이 흘렀다. 나는 콘크리트 벽을 둘러보며 떠다니는 향 연기를 지켜보았다. 내가 물었다.

"어떻게 하면 불안정한 세계를 변화시킬 수 있을까요?"

그리고 덧붙였다.

"아니면, 언제 우리 모두 우리 자신의 열정을 따르기 시작하고, 우리 자신의 능력을 자연스럽게 자각하게 될까요?"

침묵.

나는 향에서 피어나는 연기를 계속 주시했다. 그가 미소를 짓더니 눈을 감았다.

"만족했을 때 그러하듯이 욕심이 생길 때도 그냥 내버려 두라."

그는 거기서 잠깐 말을 끊고는 더 환하게 미소 지었다. 그러고 나서 말을 이었다.

"우리는 모두 인과의 법칙에 매어 있어. 우린 우리가 한 행동과 생각에 책임을 져야 한다네, 제이크. 지구를 발전시키는 방법은 네가 변하는 거야. 너의 열정을 찾아. 우리 모두 그렇게 해야 해."

나는 고개를 끄덕였다. 그는 미국에 있는 많은 사람들이 그들의 가슴을 따르기를 바란다고, 그래야만 세상이 변화할 수 있다고 말했다.

"그 사람들을 도울 수 있도록 자네가 한 여행 이야기를 책으로 쓰도록 하지."

그는 몹시 진지하게 말했다. 나는 미소만 지을 뿐 아무 말도 하지 않았다.

"넌 할 수 있어."

그의 목소리는 부드럽지만 열정적이었다.

"삶은 단순해. 지금 우리는 우리 자신이 지닌 더 나은 면들을 자각하기 시작했어. 꿈꾸는 자가 깨달음에 이르는 거야. 깨달음에 동참하라, 인류를 도우라!"

나는 깨어나고 있었다. 여행을 통해 나는 순수가 살아 있는 곳으로부터 물음을 끌어올릴 때 비로소 원하는 무엇이든 받아들일 수 있다는 것을 두 눈으로 보았다. 마음을 열어 놓고 기꺼이 받아들임으로써 나는 풍요를 내 삶으로 끌어오고 나를 다양한 모습으로 변화시킬 수 있었다. 그리고 데위의 집에서 다시 한 번 똑같은 일을 경험하고 있었다.

데위의 말이 이어졌다.

"가장 중요한 것은 아침에 일어날 때 자신에게 이렇게 묻는 거야. 어떻게 하면 나를 잘 사용할 수 있는가? 내가 살아가는 이유는 무엇인가? 어떻게 하면 나의 잠재력을 극대화할 수 있는가? 내가 바라는 것과 나의 꿈은 무엇인가?"

그가 들려준 질문들은 앞으로 내가 살아가는 동안 매일매일 던지게 될 질문이었다.

우붓, 2011년 3월 17일

삶은 단순해. 지금 우리는 우리 자신이 지닌 더 나은 면들을 자각하기 시작했어. 꿈꾸는 자가 깨달음에 이르는 거야. 깨달음에 동참하라, 인류를 도우라!

오랜 친구들과의 첫 만남

우리가 서로의 눈을 바라보는 것보다 더 위대한 기적이 있을까?

— 헨리 데이비드 소로

데위와 명상을 하고 시를 쓰면서 마지막 주를 보낸 뒤, 나는 항구도시 파당바이로 향했다. 피시방에서 만난 여행객들에게 들은 이야기는 배를 타고 아름다운 섬 길리로 갈 수 있다는 거였다. 뭔가가 나를 그곳으로 부르고 있었지만 그게 뭔지는 알 수 없었다. 그저 부르는 소리를 들었을 뿐이었다.

나는 인도네시아의 길리 트라왕간에 닿았고, 해변으로 풀쩍 뛰어내렸다. 발리 해안을 떠나고 나서 두 시간쯤 뒤였다. 수정처럼 흰 모래는 천국의 이미지를 떠올리게 했다. 평화로운 초록의 산들을 가진 가까운 섬들은 우주의 마음이(시공에 존재할 수 있다면) 지극한 행복을 그림으로 표현해 놓은 듯 황홀하게 펼쳐져 있었다. 현지인들이 보내는 미소는 그들의 말이 내 귀에 익숙해지기 전에 이미 내게 뭔가를 말해 주고 있었다.

어깨에 걸친 가방의 무게가 느껴지지 않았다면 나는 꿈을 꾸고 있는 것인지 현실인지 구별하지 못했을 것이다. 나는 이곳저곳 옮겨 다닐 때마다 끌고 다니는 소유물들이 얼마나 내 자유를 제한하고 있는지를 중얼거렸지만, 그런 생각들마저 빠르게 지나가버렸다. 내 앞에 펼쳐진 천국의 이미지는 좀체 현실로 되돌려지지 않았다. 돌로 된 도로 위로 또각거리며 지나가는 말발굽 소리가 일시에 내 백일몽을 날려버렸다. 자동차가 보이지 않았다. 어떤 기계음도 들리지 않았다. 어떤 오염물질도 없었다. 생각이 그대로 창조의 한 부분이 되는 땅이었다. 모터가 달린 탈것을 가지는 건 그 섬에선 법을 어기는 일이었다.

시와 분, 생각과 이름 들이 직경 3킬로미터에 불과한 조그만 섬을 걸어가는 동안 이 세상의 것이 아닌 속도로 한데 섞이기 시작했다. 나는 예전의 내가 정체를 찾기 위해 가방 속에 꼭꼭 여며 두었던 이 재료들을 던져 놓을 곳을 찾고 있었다.

'짐들을 모두 내던져버리고 발가벗은 채로 바다로 뛰어들면 사람들은 나를 쳐다보겠지?' 나는 궁금했다.

분명 그럴 터였다. 나는 당시의 내 상태를 다시 생각해 보았다.

나는 바나나 홈스테이에 조식을 포함한 하루 7달러짜리 방을 얻었다. 고작 1분이면 바다에 닿을 거리였다. 재빨리 가방을 내려

놓고는 뒤편 계단을 타고 밖으로 나갔다. 내가 처음 다가갔을 때 너무도 친밀하게 대해 주었던 현지인들과 이야기를 나누기 위해 홈스테이 뒤쪽 테라스의 딱 한 그루 서 있는 나무 아래로 갔다. 천년 전에 이미 그들을 알고 있었다는 기시감이 거칠게 밀려들었다. 매혹적인 노래가 기이하게도 내 발을 한순간에 쓸어 넘겼다. 어느새 내가 물 위에 떠 있다는 느낌이 들어서 깜짝 놀랐다. 나는 나를 둘러싸고 있는 자연의 음악에 열정적으로 빨려들기 시작했다.

"자네의 두 눈에는 생명이 가득 차 있군."

그때는 몰랐지만 나중에야 이름이 '두엘'이라는 걸 알게 된 인도네시아 남자가 말했다.

"당신 영혼의 창으로 비쳐나오는 빛이 제 눈에도 보이네요."

그의 멋진 시에 나 역시 시로 받으며 미소를 지어 보였다.

그 역시 미소로 답을 했는지는 확실치가 않았다. 어쩌면 그의 존재가 발하는 빛이 내 시력을 완전히 삼켜버렸을지도 몰랐다. 미소도 빛도 모두 가능한 일이었다. 두엘은 팔을 뻗어 내 어깨를 감싸고는 몇 미터 떨어지지 않은 곳으로 나를 데려갔다. 현지인들이 가득 앉아 있었다. 대나무 울타리가 처져 있는 그곳에서 음악이 흘러나왔다. 나는 하모니카를 꺼냈다. 그러고 나서 오래 전에 형제였던 사람이 만들어 내는 마술적인 리듬에 맞추어 하모니카를 불었다. 나중에 알게 된 그의 이름은 '아리'였다. 대화를 나누기 전에 우리의 영혼이 먼저 춤을 추었다.

"당신은 대부분의 여행객들과는 다르군요, 제이크?"

함께 어울리던 현지인 한 사람이 내게 말했다. 그 질문은 전혀 놀랍지 않았다. 이미 수없이 들은 거였다. 내가 설명했다.

"저는 경험하려고 왔어요. 여러분의 문화를 배우려고요."

그러고 나서 덧붙였다.

"이상해 보이면, 절 그냥 방랑자 또라이 녀석이라고 봐 주세요."

웃음소리가 구름처럼 내 귀로 몰려들었다. 그때 어떤 사람의 말소리가 감지됐다.

"여행객들이란 그저 술을 마시고 일광욕을 즐길 뿐이야."

아리의 사촌 조니였다. 아리가 그의 말을 내게 영어로 옮겨 주었다.

"그 사람들은 우리를 무시해. 우리가 이상한 만화라도 되는 듯 여긴다고."

나는 서양 사람들에 대한 그들의 생각을 내가 바꿔 줄 수 있기를 바랐다. 사실 내 관심은 그 정도가 아니었다. 그 이상이었다. 나는 잊고 있던 가족을 다시 찾은 것 같았다. 이번 생에선 비록 만난 적이 없었지만, 나는 그들을 알 수 있었다. 그건, 어떤 사람들이 한 지붕 아래 수년을 살면서도 실제로 만난 적은 한 번도 없는 것과 같다. 너무도 기이해서 쉽게 상상할 수조차 없다. 실제로 그들은 단번에 서로가 오래전 친구란 사실을 알아봤다.

그날 밤, 나는 침대에 누워 하늘에 떠 있는 별들을 바라보며 다시 한 번 그것이 사실임을 확신했다.

'이런 세상에, 천장이 어디에 붙은 거야?'

나는 깜짝 놀랐다.

여러 날이 순식간에 지나갔다. 시간의 조각들은 홈스테이 울타리 바로 곁에 사는 현지인들과 보낸 시간들로 채워졌다. 60센티미터쯤 되는 울타리 몇 미터 뒤에는 대나무 벤치와 탁자들이 있었는데, 여러 달 동안 돌아다니며 만났던 것 가운데 정말로 제대로 된 와룽(노점)이 있었다.

대개의 인도네시아 음식들은 1달러에서 2달러 정도였는데, 이 와룽의 음식은 그 반값밖에 되지 않았다. 사실 여행을 하면서 내가 먹는 건 그저 끼니를 채우는 정도에 지나지 않았다. 위생 상태가 그리 좋지는 않아서 나는 가능하면 적게 먹었었다. 어쨌든 그곳은 섬 주민들이 값싼 음식을 먹을 수 있는 최적의 장소였다. 나는 그곳의 월평균 소득이 미국 돈으로 20달러가 채 되지 않는다는 걸 대화를 통해 알게 되었다. 내 또래인 십대들의 상황은 더 열악해서 20달러를 벌려면 두세 달은 꼬박 일을 해야만 했다. 그렇게 일단 돈이 생기면 그들은 가족들이 사는, 배로 한 시간 정도 떨어진 롬복 섬으로 갔다. 그러고 나서 다시 일을 하기 위해 길리 트라왕간으로 돌아왔다.

길리가 고향인 사람은 아무도 없었다. 그들은 관광사업으로 생긴 일자리를 찾아, 때로는 여섯 살 정도의 어린 나이에 길리에 오기도 한다. 대부분은 롬복 섬 태생이다. 롬복은 너무 가난해서 경제적 안정을 전혀 누릴 수 없는 곳이다. 어떤 가정들은 아이들을 길리 섬으로 보낼 수 있는 돈을 마련하기 위해 일을 하기도 한다. 그들은 가족을 도울 수 있을 만큼의 현금이 있을 때에야 비로소 고향인 롬복 섬으로 돌아갈 수 있다. 그런 그들에게 길리는 고향이나 다름없다. 부유한 관광객에게 그들의 이 끔찍한 생활방식은 전혀 관심 밖의 일이다. 이것은 끼니도 제대로 때우지도 못하고, 셔츠 한 장으로 벌레와 비를 가리면서 잘 곳도 없이 지내는, 인도네시아의 아름다운 섬 길리에 사는 그 사람들만의 문제였다.

나는 가족의 생계를 위해 낯선 곳으로 가 돈을 벌어야 하는 여섯 살짜리 아이를 상상해 봤다.

내가 가진 유일한 소유물은 다리를 가리고 있는 바지뿐이다. 돈을 버는 유일한 방법은 섬으로 오는 관광객들을 상대하는 것이다. 하지만 나는 그들이 쓰는 말을 모른다. 나는 한데서 잠을 잔다. 잠이 오지 않을 때 음악을 들려주는 아이팟이 없다. 그래서 대신 내 몸을 울게 만들어 음악이 되게 한다. 눈물은 자장가가 된다. 훤히 드러난 내 몸을 모기들이 마구 공격해 생긴 미친 듯한 가려움이 배고픔을 잊게 한다. 빗물이 내 몸 위로 떨어진다. 비를 피할 수 있는 나무는 모두 베어졌다. 대신 그 자리에는 관광객들을 위한 숙박시설이 지어졌다. 나무가 없으니 불을 피울 수도 없다. 나는 모래와 자갈밭을 침대 삼아 동그랗게 몸을 만다. 조금이라도 편히 잘 수 있을까 시도해 보지만 빗물이 뒤섞인 진흙은 그런 바람을 허락하지 않는다. 아침이 찾아온다. 하지만 어디에도 나를 기다리는 식탁은 없다.

마침내 나는 기꺼이 함께할 친구를 만난다. 우리 둘은 다음 날 아침을 해결할 수 있는 돈을 벌기 위해 실로 뜬 팔찌가 가득 들어 있는 배낭을 메고 하루 종일, 밤까지 섬을 돌아다닌다. 이따금 누군가 팔찌를 산다. 하지만 팔찌를 산다 해도 반값으로 깎으려 들기 일쑤다. 그나마 팔찌를 판 돈은 친구와 나누어야 한다. 배낭과 팔찌를 제공한 사람에게도 일정한 값을 치러야 한다. 나와 똑같은 물건을 파는 사람들이 1킬로미터 안에 백여 명이다. 겨우 몇 루피아라도 벌면 나는 저녁밥 한 그릇을 먹을 수 있다.

몇 해가 섬광처럼 지나간다. 나는 나이가 들었다. 스물세 살이다. 영어도 익혔고, 거리에서 생존할 수 있는 방법도 터득했다. 나는 이제 홈스테이에서 관광객들을 상대로 일을 한다. 잠은 테라스 타일바닥 위에서 잔다. 나는 배를 몰고 섬과 섬을 오가며 가능한 한 빨리 주머니를 채운다. 어떤 돈이든 상관없다. 그렇게 번 돈은 내 가족들에게 줄 수 있다.

"안 달면 바나나가 아니지. 과일 없으면 무슨 재미."

친구들과 나는 아무것도 아닌 일에도 웃음을 터뜨린다. 웃음은 가난으로부터 생겨나는 모든 비참함을 걷어가는 마약 같다. 어떤 사람들은 태어나면서부터 가난을 물려받는다. 그때 그는 누군가의 주머니를 채워 주는 하나의 생산품이 된다. 나는 모든 사람이 받기만 할 뿐 주는 이는 아무도 없다는 걸 안다. 나는 주지만 어떤 것도 가지고 있지 않다. 내가 가진 건 사랑뿐이다. 그래서 나는 사랑을 두 배로, 미소를 세 배로 건넨다. 나는 생각한다.

'사랑과 가능성을 왜 세계의 기축통화로 삼을 수 없는 걸까? 만약 그렇게 한다면 나는 틀림없이 백만장자가 될 거야.'

나는 치미는 분노를 지우려 애쓴다. 이따금 분노를 잊기 위해 마리화나 몇 모금을 빤다. 열기 때문에 탈수증이 일어난다. 집중력이 흐트러지기도 한다. 주머니는 불룩한데 지갑은 비어 있다. 내 가족의 은행잔고도 똑같이 비어 있다. 사랑은 넘치도록 가득 차 있지만. 나는 미소로 물값을 치르려고 해본다. 하지만 탐욕의 세계에선 누구도 미소를 받고 물병을 내주지 않는다.

어느 날 기다란 금발에 밥 말리 티셔츠를 입은 백인 관광객 하나가 내가 일하는 홈스테이로 다가온다. 우리의 눈이 마주치고 나는 그가 나와 비슷한 종류의 인간이란 걸 직감한다. 그는 몇 달러를 내 주머니에 찔러 주고 방을 하나 얻는다. 그는 내게 "천국에 사는군요." 하고 말한다. 나는 미소를 지으며 속으로 중얼거린다.

'당신이 만약, 우리가 어떻게 하루하루를 살아가고 있는지 알고 있는 유일한 사람이라면……'

그는 내가 방에다 쏟아 놓아 본 적이 없는, 한 번도 내게 제공된 적이 없는 옷과 물건들로 가득 찬 가방들을 내려놓는다. 그는 내게로 돌아와 미소를 지으며 내 어깨를 팔로 감싼다. 그는 뭔가 다르다는 걸 감지한다. 나는 알게 된 지 몇 분밖에 되지 않지만 그가 이미 가족이라는 걸 느낀다. 나는 그의 푸른 눈을 들여다보며 말한다.

"당신의 눈에는 생명이 가득하군요."

그는 내 말에 미소로 답한다. 그리고 제이크 듀시라고 자신을 소개한다. 그는 내게, 내가 자신의 친구이며 나의 문화를 배우러 온 거라고 말한다. 가까이 있는 내 친구들의 음악소리가 말보다 먼저 우리 둘에게 다가온다. 나의 새로운 친구와 나는 마치 내 가슴에 이야기를 들려주듯, 음악의 초월적 영역으로 들어선다.

길리 트라왕간에서 보낸, 한 편의 시 같은 일주일

～

내가 가진 건 사랑뿐이다. 그래서 나는 사랑을 두 배로, 미소를 세 배로 건넨다.

진정한 삶을 산다는 것

오늘이 인생의 마지막 날이라면 당신은 무엇을 할 것인가?

– 커트 블랙슨

한없이 자유로이 아침을 노래하는 무지개새들을 시샘하며 잠에서 깨어났다. 여러 날 동안 내가 침대에서 빠져나오는 이유는 그저 친구들과 시간을 보내기 위해서였다. 우리는 달콤한 어쿠스틱 멜로디를 배경으로 너무도 다른 환경에서 어떻게 살아왔는지를 가지고 서로를 채워 주었다. 거의 대부분의 시간을 기타를 치며 보내던 내 친구 아리는 그곳 사람들과는 달리 영어로 교육을 받았었는데, 그래서인지 내가 가진 삶의 방식에 무척 흥미를 느꼈다.

그는 내게 미처 대답할 시간도 주지 않고 속사포처럼 질문들을 쏟아 냈다.

"미국에서 여자관계는 뭐에 비유할 수 있을까? 경제적 자유를 누린다는 건 뭐라고 할 수 있는 거지? 그 멋진 캘리포니아에 살면서 여긴 왜 온 거지?"

아리가 내 생활방식에 대해 그랬던 것처럼 나 역시 그의 생활방식에 일종의 경외심을 갖고 있었다. 대여섯 명의 사람들과 함께, 때로는 다른 현지인들도 함께 내 방 테라스에 하릴없이 앉아 노닥거리는 사이에 며칠이 훌쩍 지나갔다. 대개 통역은 아리가 담당했다.

"관광객 모드로 다니지 않는 이유가 대체 뭐야?"

그들은 정말 궁금해했다. 나는 발작적으로 웃음을 터뜨리며 그들에게 말했다.

"여행자가 된다는 건 멋진 식당이나 술집이 아니라, 자신이 가고 싶었던 곳의 문화와 생활방식에 스스로 완전히 빠져들어야 하는 거라고 생각해요."

재빨리 인도네시아 말로 통역되긴 했지만, 의사소통은 매번 어려웠다. 다른 지역에서도 그랬듯 미소와 웃음은 어쨌든 명사와 동사와 형용사보다 더 큰소리로 전해졌다. 아리의 통역을 거쳐 대화를 나누는 동안 나는 그곳 사람들이 다른 지역 사람들만큼이나 힘겹게 생활하고 있음을 알았다. 친구들 몇몇은 일고여덟 명의 가족들을 부양하고 있었다. 그들이 받는 스트레스는 상당한 것이었다. 내가 가슴이 그리워하는 곳으로 비행기를 타고 날아갈 만큼의 돈을 가지고 있다는 사실에 새삼 감사한 마음이 들었다. 우리는 수돗물 같은 단순한 것들을 포함한 특권들을 가지고 태어나지만, 자주 그런 특권들을 별것 아닌 것처럼 생각한다는 사실을 깨달았다.

어느 이른 아침, 친구들 중 하나가 테라스로 다가왔다. 그의 이름은 윌이었다. 그의 머리는 원래 갈색이었는데 붉게 물들어 있었고 눈엔 핏발까지 서 있었다. 내가 물었다.

"아파 카바르Apa kabar? 괜찮아요? 대체 머리에 무슨 일이 일어난 겁니까?"

"자네 '아이스'가 뭔지 알지?"

그는 지친 표정으로 미소를 지으며 근사한 영어로 답했다. 하지만 나는 고개를 저었다. 무슨 뜻인지 이해할 수 없었다. 그러자 그가 말했다.

"필로폰을 한 거야…… 잠을 잘 수가 없어서…… 잠잘 집이 없어서."

"그게 빨간색으로 염색한 거랑 무슨 상관이죠?"

나는 어색하게 침을 한 번 삼키고는 물었다. 그가 말한 '아이스'는 '필로폰'을 뜻하는 마약의 별명이었다.

"와룽에 페인트가 잔뜩이야."

그의 말은 현지 식당에 붉은색 페인트가 칠해져 있었다는 뜻이었다. 그는 붉게 변해버린 머리칼에 손가락을 넣고는 어색하게 미소를 지었다.

나는 그런 모습으로 하루를 시작한 윌을 골똘히 바라보았다. 필로폰을 주사하는 건 아주 안 좋은 결정이라고 그에게 말해 주고 싶었지만 그렇게 할 수 없었다. 간단한 문제는 아니었다. 나는 그가 정말 안되긴 했지만 '범죄자'라고 생각하고 싶지는 않았다. 필로폰을 사용한 게 잘한 일일 수는 없었다. 그러나 그들이 살아가는 방식에 대해 어떤 식으로든 판단하는 것도 편하지는 않았다. 더구나 가난의 고통은 그들이 처한 심각한 현실이었다. 그것은 특권이 주어진 내 삶을 소중하게 생각하도록 만들었다. 그리고 섬에다 학교를 세워서 현지인들의 삶이 나아질 수 있도록, 마약에 의지하지 않고 살아갈 수 있도록 해주고 싶게 만들었다. 내가 고통스러운 마음으로 그를 지켜보고 있는 동안, 질문 하나가 일어났다.

'과연 한 인간으로서 다른 누군가의 선택을 판단할 권리가 내게 있기는 한 것일까?'

며칠 동안 밤이면 깊고 무거운 생각으로 지새우고, 낮이면 그 생각들을 몸으로 체험하며 보냈다. 나는 가난과 우정, 음악, 소박함, 사랑, 감사를 온몸으로 받아들였다. 나는 가난의 진짜 모습을 생생히 목격했을 뿐 아니라, 가장 순정한 형태의 우정 또한 체험했다. 누군가와 우애를 나눈다는 건 학교에서는 배울 수 없는 무엇이다. 우애의 나눔을 이해하지 못한다면, 진정으로 배울 수 있는 건 아무것도 없다. 우리는 어떤 형태로든 보상을 기대하지 않은 채 서로에게 모든 것을 주었다. 기대하는 건 오직 상대의 얼굴에 그려지는 미소뿐이었다.

나는 이것이 특별한 경우에만 일어나는 게 아님을, 오히려 인도네시아 사람들에겐 하나의 보편적인 생활방식에 불과하다는 것을 깨닫기 시작했다.

"들어봐, 제이크."

가족에게 줄 수 있을 만큼의 돈을 모은 두엘이 롬복으로 돌아간 어느 날, 아리가 내게로 왔다.

"내 사촌 조니가 우리 고향 롬복 섬으로 자넬 초대하고 싶어해. 나도 같은 생각이야. 우리가 사는 곳도 보고, 우리 가족들도 만나보고. 우리가 제일 좋아하는 폭포도 보고, 뒷마당에 있는 나무에서 과일도 따먹고. 자네가 좋다면 내일 떠나는 배로 갈 수 있어."

나는 그들의 초대에 우쭐해졌다. 진정으로 그들의 가족이 된 것 같은 기분이 들었다. 나는 분명 집을 떠나 있었지만, 또한 집에 있었다. 나는 기꺼이 그들의 초대에 응했다.

"자네를 손님으로 모시게 되어서 영광이네. 우리 섬을 여행하는 동안에는 다른 백인은 단 한 명도 볼 수 없을 거야. 온통 인도네시아 사람들뿐이지."

아리가 내 반응을 궁금해하며 웃음을 터뜨렸다.

나는 그에게 멋진 여행이 될 거라고 말했다.

귀뚜라미 울음소리가 해가 지기 시작했음을 알리고 있었다. 아리와 그의 사촌 조니를 따라 그들의 고향 마을로 가는 여행은 그렇게 결정되었다. 나는 그들의 가족들과 만날 것이고, 그들의 집들을 보게 될 것이고, 그들의 생활방식이 가진 아름다움을 체험하게 될 터였다.

다음 날 아침이 여느 때와 다름없이 순식간에 밝았다. 배를 타고 가며 산들을 유심히 지켜보는 시간이 수평선을 지나고 있었다. 나는 기막힌 사진 속에 들어앉아 있는 듯한 느낌이 들었다. 지금 여기까지 나를 이끌어온 모든 순간이 실제로 존재하지 않은 듯 느껴졌다. 나는 스스로에게 물었다.

'지금 이것이 존재해야만 하는 까닭이 있을까?'

우리가 탄 조그만 나무배가 롬복의 해안에 닿았다. 조그만 아스팔트 위에는 말이 끄는 마차택시들과 낡은 밴 몇 대가 있었다. 나는 주위를 둘러보았다. 내게 말을 거는 사람이건 그렇지 않은 사람이건, 대부분의 사람들로부터 온화함과 호의가 뿜어져 나왔다. 나는 많은 사람과 미소를 주고받았고, 편안함을 느꼈다.

섬의 속도는 한없이 느렸다. 나는 그걸 즐겼다. 나를 둘러싼 모든 것과 함께 시간을 만들어 나갔다. 그런 느낌은 처음이었다. 내걸음은 너무 느려서 계단을 따라 걷고 있다는 것 자체를 거의 의식하지 못했다. 나는 아침식사를 음식이 아니라 웃음으로 채우던 나의 새 친구들을 지켜보았다.

풍경도 빠트리지 않고 보았다. 조그맣고 하얀 나무로 된 건물들, 음식을 실어 나르는 수레를 끄는 말들, 부두에 내린 사람들을 태우고 오는 몇 대의 하얀색 밴, 해안에서 마을까지 우리가 걸어왔던 한 줄기로 길게 뻗은 검은 아스팔트 도로. 내 시선은 이제 밀려드는 비구름을 배경으로 펼쳐진 거대한 초록의 산 너머로 건너갔다.

아리가 마을까지 타고 가려고 하얀색 밴 한 대를 세웠다. 우리는 트럭바닥에 깔린 갈색 나무판 위에 자리를 잡고 앉았다. 도로를 달리다 구멍 난 곳을 지나갈 때면 이따금 덜컹거리긴 했지만, 마을로 가는 길은 편안했다. 마을에 도착해 밴에서 내리는 사이에 이런저런 생각들이 모두 달아나버렸다. 나를 본 사람이면 누구나 하던 일을 멈춘 채 이리저리 살펴보았다. 나는 그들에게 내가 얼마나 평화로운지를 보여주려고 한껏 미소를 지었다. 미소는 고스란히 되돌아왔다. 이따금 그렇지 않은 경우도 있기는 했는데, 그들의 눈에 내 모습이 너무 이상하게 보였던 게 틀림없었다. 우리는 레게 바를 스쳐 지나갔다. 안에 있던 '사내 녀석'들이 샤카사인(엄지와 새끼손가락을 펼치고 다른 세 손가락으로는 주먹을 쥐어 보이는 것으로, 긴장을 풀고 여유를 가지라는 뜻이다)을 보냈다. 나는 환영받았다.

"슬라맛 소레Selamat sore! 안녕하세요?"

내가 큰 소리로 말했다.

인도네시아 말로 인사를 하는 내게 사람들이 고맙다는 듯 미소를 지어 보였다. 우리는 집과 집을 나눠 놓은 콘크리트로 된 담 사이의 흙길을 따라 내려갔다. 길은 몇 킬로미터나 곧게 뻗어 있었는데, 길 양편으로 집들이 있었다. 꽤 많은 집들이 방치되어 있는 듯 보였다. 과테말라의 주택들보다는 대체로 큰 편이었지만 우붓에 있는 데위의 집보다는 작았다. 하지만 하나같이 콘크리트 담과 지붕을 가진 아주 낡은 회색 구조물들이었다. 몇몇은 그들의 가난을 차단한다는 듯 철문을 달고 있었지만, 그나마 대부분 부서져 있었다.

"여기서 돌아가면 우리 집이야. 우리 가족들이 사는."

조니가 흥분해서 말했다. 조니의 영어는 마치 물방울이 떨어지는 듯했다. 그래서 의사소통이 완전하지는 않았지만 웃음과 보디 랭귀지만으로도 서로의 마음을 이해하는 데는 충분했다.

나는 모든 게 내 안으로 들어오도록 깊이 숨을 들이켰다. 계단을 밟고 올라가자 집 뒤편의 콘크리트 테라스가 나타났고 조니의 모친이 나를 와락 껴안았다. 조니의 여자 형제들도 한 사람씩 내게로 오더니 사랑이 가득 담긴 포옹을 해주었다. 한 번, 두 번, 세 번, 네 번.

나는 인도네시아 말로 내 소개를 했다.

"시야 나마Siya nama(제 이름은), 제이크."

"우리 말을 할 줄 알아요?"

영어를 공부하고 있다는 조니의 여동생이 놀라며 물었다.

아주 조금밖에 할 줄 모른다는 내 말에 그녀가 즐거워하며 웃어댔다.

우리는 딱딱한 테라스 바닥에 앉아 있었는데 조니의 모친이 내게만 방석을 가져다주었다. 나는 그들의 귀중한 손님이었다. 혼자만 방석에 앉는 게 미안해서 사양했지만 아리가 그러는 건 예의가 아니라며 확실히 못을 박았다. 사람들의 눈이 모두 나를 향해 있었다. 나는 숨을 좀 고르려고 화장실에 간다며 자리에서 일어났다. 그런데 문을 열고 들어가니 아무것도 없었다. 물도 없고, 좌변기도 없었다. 그저 콘크리트 바닥에 구멍만 뚫려 있을 뿐이었다. 구멍 안에는 앞서 본 '볼일'들이 가득 차 있었다. 세균과 병균이 그대로 노출돼 있는 상황이 믿기지 않았다. 나는 숨을 들이키고는 한숨을 내쉬었다.

다시 사랑이 넘치는 자리로 돌아온 나는 더 환하게 미소를 지어 보였다. 말보다 내가 느끼는 고마움을 더 크게 표현할 수 있는 건 역시 미소뿐이었다. 바로 그때, 아리가 나를 돌아보며 말했다.

"조니의 어머니가 자네랑 같이 오토바이를 타고 점심을 사러 마트에 가고 싶다는군."

나는 그러겠다고 고개를 끄덕여 보였다. 슬슬 웃음이 솟아나기 시작했다. 조니의 모친과는 말이 거의 통하지 않을 거라는 생각이 들었기 때문이었다. 오토바이 뒷좌석에 올라앉을 때도 여전히 내 얼굴에선 웃음이 떠나지 않았다. 전혀 생각해 본 적 없던 경험을 하는 순간이었다. 거리 여기저기에 앉아 있는 마을 사람들이 뒷자리에 앉아 균형을 잡으려고 애쓰는 나를 마치 텔레비전을 들여다보듯 유심히 지켜보았다. 나는 그들에게 손을 흔들어 보였다. 졸지에 나는 마을에 나타난 그날의 구경거리가 되어 있었다. 오토바이를 타고 가는 동안 조니의 모친 레아스는 인도네시아 말로 뭐라고 연신 중얼거렸는데 나는 한마디도 알아들을 수 없었다. 내 대답은 그저 웃음뿐이었다.

낯선 곳이란 느낌이 전혀 들지 않았다. 여전히 집에 와 있는 것 같았다. 서양 사람들이 보이지 않는 지역으로 들어갈 때의 위험에 대해서는 다양한 여행객들로부터 수많은 이야기를 들어 왔었다. 하지만 나는 최소한의 두려움도 느낄 수 없었다. 나는 내가 안전하다는 것을 본능적으로 알고 있었다.

오토바이에서 내리고 나는 다시 현재의 순간으로 나를 돌려놓았다. 우리는 마트로 갔다. 나무로 지어진 조그마한 가게였는데, 뒤쪽에 가족들의 침실로 보이는 4분의 1 크기의 방이 있었다. 마을 사람들은 영어를 전혀 하지 못했다. 내가 겨우 익힌 인도네시아 말 몇 마디를 이용해 그들에게 나에 대한 이야기를 들려주었다. 물론 미소를 더 많이 활용했지만.

조니의 모친과 나는 나무로 된 피크닉탁자에 앉아 음식이 나오기를 기다렸다. 내 또래의 십대 하나가 내게 다가와 하이파이브를 했다. 그도 밥 말리 티셔츠를 입고 있었다. 가게를 나가던 그에게 말했다.

"뜨리마 까시Terima kasih! 고마워."

나는 신선한 쌀순대와 자주색 타로토란 그리고 여러 가지 채소를 썰고 있는 여자들을 지켜보았다. 그들은 대각선으로 썬 채소들을 순서대로 수북이 쌓아 나갔는데 내 눈길을 완전히 사로잡았다. 이따금 조니의 모친이 내게 인도네시아어로 말을 걸어왔다. 알아듣진 못했지만 나는 그저 고개를 끄덕였다.

포장이 끝난 음식은 열 명이 먹고도 남을 만큼 푸짐했다. 음식 값은 내가 지불했다. 그래봐야 5달러 정도에 불과했다. 관광지가 아니라 그런지 보통의 절반 값이었다. 우리는 집으로 향했다. 집으로 돌아와 음식보따리를 풀었다. 나는 네 봉지 가운데 두 봉지를 해치웠다. 자주색 음식에 거의 중독돼버린 내 모습에 소년들이 웃음을 터트렸다.

배를 잔뜩 채운 뒤 조니와 아리 그리고 조니의 여동생과 나, 그렇게 넷은 폭포를 보러 가기로 했다. 조니와 조니의 여동생이 오토바이에 시동을 걸었다. 아리는 조니의 뒤에 타고, 나는 조니의 여동생이 모는 오토바이 뒷자리에 올라탔다. 다시 장정이 시작되었다. 얼마 지나지 않아 내 눈에는 더 이상 사람들이 들어오지 않았다. 나는 초록색 열대우림에 넋을 빼앗기고 말았다. 벼가 자라는 들판이 산자락을 따라 펼쳐져 있었다. 구름이 천천히 이동했다.

가볍게 내리기 시작한 비가 얼굴을 때렸다. 싫지 않았다. 빗줄기는 마치 느낌표를 찍듯 논과 풀밭으로 떨어졌다. 오토바이가 나선형을 그리며 산을 올라가는 동안 숲이 우거진 산자락 초입에 형성되어 있는 조그만 마을을 스쳐 지나갔다. 가게 앞에 나와서 앉아 있던 사람들이 오토바이를 타고 가는 우리에게 손을 흔들었다. 나는 오토바이 뒷자리에서 열광적인 환호를 되돌려 주었다. 고도가 높아질수록 빗줄기가 더 거칠어졌다. 하지만 얼굴을 때리는 빗줄기는 오히려 더 시원하게 느껴졌다. 산정까지 올라간 우리는 대나무로 지은 문 닫은 가게 앞 처마 아래에 오토바이를 세워 놓았다. 빗방울은 계속 굵어졌다. 우리는 흙길을 벗어나 등산로가 따로 없는 암반지역으로 들어섰다.

친구들이 내 신발과 배낭을 들어 주어서 그나마 집중하며 걸음을 옮길 수 있었는데, 바위를 타고 물이 끊임없이 흘러내렸다. 하지만 어느새 자신이 붙어 가파른 곳을 올라갈수록 오르기가 수월했다. 원시 상태 그대로의 바위에 줄지어 있는 젖은 이끼에 이따금 미끄러지기도 했지만, 나는 생각보다 꽤 유능한 등반 실력을 선보였다. 사실 산행을 하다가 제대로 넘어져서 부상을 심하게 당했던 사람을 나는 알고 있었다. 돌들이 아래쪽 물길 속으로 굴러떨어졌다. 내 친구들은 등반에 아주 탁월했고, 또 나에게는 등반이 그리 간단한 일이 아니란 걸 전혀 모르고 있는 것 같았다.

아리가 농담을 던졌다.

"제이크, 좋아. 자넨 거북이처럼 올라가는 유일한 인간이야. 덕분에 우린 원숭이가 됐군. 한숨 자고 가게 생겼어."

아리의 가벼운 농담에 긴장은 풀렸지만 나는 그에게 이번 산행은 아주 못된 발상이라고 말했다. 이제껏 들어본 적 없는 우렁찬 폭포 소리가 아득히 들려왔다. 두려움에서 벗어나자마자 나는 신비로운 원더랜드(루이스 캐럴의 『이상한 나라의 앨리스』에 등장하는 마법의 나라)에 와 있다는 걸 깨달았다. 열대의 숲은 폭포를 악기 삼아 어머니 대자연의 완벽한 음악을 연주하고 있었다. 나는 수정처럼 맑은 물이 초록색 이끼로 뒤덮인 거대한 바위들 아래로 떨어져 내리는 소리를 듣기 위해 이따금 움직임을 멈추었다. 저 먼 곳에 인간의 손이 닿지 않은 오아시스가 있었다. 존재하지 않을 것만 같은 곳이 가져다주는 안온함이 점점 증폭될수록 나도 모험의 속도를 높이기 시작했다. 그리고 마침내, 우리는 목적지에 다다랐다. 폭포의 거대한 물줄기가 우리가 서 있던 곳으로 떨어져 내렸고, 오염되지 않은 하얀 물웅덩이로 뛰어드는 친구들의 모습이 눈에 들어왔다. 나도 그들을 따라 폭포 속으로 뛰어들었다. 내 온 영혼이 젖어버리는 듯했다. 빗줄기는 더욱 굵어졌고,

요란한 소리가 이제 우리 머리 위의 바윗덩어리를 뚫으며 메아리 쳤다.

멈춰버린 시간이 상상조차 하지 못했던 문명 속으로 데려다준 것만 같았다. 우리는 폭포 아래서 헤엄을 치고, 빗줄기 안에서 물장구를 치며 놀았다. 몇 분이 몇 시간이 되고, 해가 산 위의 비구름 너머로 기울기 시작했다. 한낮이 저녁으로 이동하는 모습을 지켜보는 동안 아리가 야간에 운행하는 배를 타야 한다는 걸 상기시켜 주었다.

우리는 낙타 모양을 한 산의 안장에 해당하는 부분에서부터 하산을 시작했다. 그 사이 등반에 자신감이 꽤 많이 붙은 나는 내 배낭을 더 이상 친구들 손에 맡겨 놓지 않았다. 비는 전보다 훨씬 세차게 얼굴을 때렸다. 나는 웃음을 터뜨리며 혀를 날름거리며 비의 맛을 즐겼다. 한 방울, 두 방울…… 백만 방울.

나는 속으로 중얼거렸다.

'그래, 이제 그만 내려줘.'

그 순간, 이끼 위에 닿았던 왼쪽 발이 쭉 미끄러졌다. 그동안 등반의 파트너였던 초록 친구가 무자비한 적으로 돌변하는 순간이었다. 어쩌면 어머니 대자연을 향해 웃음을 터뜨리며 혓바닥을 내밀어서인지 몰랐다. 순식간에 내 몸이 바위에 부딪쳤고, 물길을 향해 뒹굴기 시작했다. 조그만 바위들이 촘촘하게 모여 있는 곳으로 굴러떨어지던 내가 얼마 되지 않아 널따란 바위 위로 내동댕이쳐질 순간이었다. 잡아야 한다는 생각을 하며 돌출부를 향해 손을 뻗었지만 젖은 표면에 닿았던 손은 순식간에 미끄러져 나갔다. 그렇게 나는 계속 떨어지고 있었다. 본능적으로 몸을 웅크리며 머리를 감쌌다. 바위 위로 내팽개쳐지는 건 시간 문제였다.

죽음이 나를 내려다보고 있었다. 그런데 이상하게도 무섭지 않았다. 여러 달에 걸친 모험이 섬광처럼 지나갔고, 내가 한 선택들에 단 하나의 후회도 없었다. 나는 내가 가진 능력을 모두 끌어내 내 운명을 창조했으며, 지금 이것 또한 어쨌든 내 운명의 일부였다. 나는 그 상황을 받아들였다. 내 몸이 허공을 날았고, 영원히 떠 있을 것 같았다. 그때, 모든 것이 잘될 거라는 목소리 하나가 귓속을 파고들었다. 그리고 또 다른 목소리는 말했다. 금방이라도 재난이 닥칠 것만 같은 아슬아슬한 순간으로 나를 이끌어 간 것은 다른 게 아니라 바로 내 가슴이라는 거였다. 맞는 말이었다. 내 몸이 바윗덩이 위로 요란한 소리를 내며 내동댕이쳐졌고, 다시 바닥으로 떨어져 내렸다. 강물로 떨어지는 순간 나는 엄청난 물줄기 속으로 빨려들어 갔다. 그리고 거기 문명의 변방에 무력하게 누워 있었다. 완전히 홀로.

조니 여동생의 비명소리에 눈이 번쩍 뜨였다. 오른쪽 정강이와 팔꿈치에서 피가 흐르고 있었다. 등에 통증이 느껴졌다. 생각들이 빠르게 내달렸다. 부러진 곳이 하나도 없다는 확신이 들었다.

머리를 깨트리고도 남을 만큼의 높이에서 떨어지긴 했지만 머리를 감싼 팔이 충격을 충분히 흡수해 준 덕분이란 생각이 들었다. 나는 나를 안전하게 지켜준 우주에 감사를 표했다. 강력한 치유의 힘이 정맥을 타고 흐르며 일시적으로나마 통증과 아픔을 달아나게 했다. 나는 몇 번이나 깊은 숨을 들이쉬었다. 4~5미터쯤 위쪽에 조니가 보였다. 그는 절망적인 표정으로 나를 내려다보고 있었다. 아마도 나를 살려낼 수 있는 이런저런 방법들을 궁리하고 있는 게 분명했다. 하지만 가장자리로 뛰어내리는 것 말고는 내게로 올 수 있는 방법이 없었다. 내 눈이 조니의 여동생을 찾고 있었지만 그녀는 보이지 않았다. 미끄러지지 않기 위해 바위들을 돌아서 오고 있을 거라는 생각이 들었다.

"제이크, 괜찮아? 괜찮은 거야?"

아리가 넋이 나간 목소리로 소리를 질렀다. 그 소리가 텅 빈 길을 따라 15미터쯤 미끄러져 내려왔다. 그리고 그런 느낌이 드는 순간, 그가 바위에서 뛰어내리는 게 보였다. 눈 깜빡할 사이의 일이었다. 그의 몸이 나를 지나 멀리 물속으로 가라앉았다가 떠올랐다. 그의 용기에 눈물이 터져 나왔다. 참으려 했지만 멈출 수가 없었다. 그는 조그만 웅덩이를 지나 내게로 달려왔다. 하지만 바위들로 막혀 있어서 10여 미터 이내로는 접근할 수가 없었다.

내 뒤편으로 뛰어내리던 아리의 모습은 영원히 내 기억 속에 남아 있을 것이다. 그것은 내 두 눈으로 본 가장 멋진 희생이었다. 그는 나를 돕기 위해 스스로 위험 속으로 뛰어든 것이었다. 어쩌면 나는 이 거대한 열대의 숲 밖으로 그의 시신을 옮겨야 할는지도 몰랐다. 하지만 그들이 내 시신을 옮기는 편이 더 쉬울 터였다. 몇 초 동안 엉엉 소리 내 울던 나는 이제 웃음을 터트렸다. 아리는 초인이었다. 그 누구도 따라갈 수 없는.

일단 감각들을 모아 집중하자, 이 상황이 타인을 위하는 마음을 가르쳐 주는 우주의 학습이란 사실을 알 수 있었다. 나는 미소를 지으며 조니를 올려다보았다. 그는 닿기에는 너무 높은 곳에 있었다. 나는 팔을 심하게 다쳐서 올라갈 수가 없었다. 나는 그보다 키가 30센티미터는 더 컸고 체중은 적어도 20킬로그램은 더 나갔다. 내가 점프를 해서 그의 팔을 잡는다 해도 그가 나를 끌어올리진 못할 터였다. 만에 하나 그가 떨어지기라도 하면 더욱 난감한 상황에 빠지고 말 것이었다. 조니가 아리에게 강 아래쪽은 안전하니 그쪽으로 가라는 신호를 보냈다. 나는 나를 가로막고 있는 바위 위로 올라가려고 시도를 해보았다. 하지만 디디고 올라갈 수 있는 것도 없었고, 비는 우리를 완강히 거부했다. 연신 얼굴을 때려대는 거친 물줄기에 시야는 흐려져 있었다.

결국 조니가 나를 끌어올리는 것 외엔 달리 선택할 수 있는 방법이 없었다. 그가 내게로 팔을 늘어뜨렸다. 나는 굴러떨어지지 않고 닿을 수 있도록 안간힘을 쓰는 그의 얼굴에서 절박함을 보았다. 온 신경을 모으느라 그의 두 눈은 사시처럼 가운데로 모아져 있었다. 그는 내 무게 때문에 곤두박질치는 일이 일어나지 않도록 엉덩이를 최대한 뒤쪽으로 뺐다. 내가 그의 손을 잡는 건 아무래도 좋은 생각 같지 않았다. 결국 그를 끌어내리게 될 거라는 걱정이 앞섰다. 하지만 정작 우리 둘 사이의 거리가 너무 멀었다. 잔뜩 부풀어 오른 팔꿈치를 밀어 올리려는 시도 자체가 무모할 정도였다. 그새 빗줄기는 더욱 거칠어져 눈앞을 뿌옇게 가려 버렸다. 이제는 그의 손도 보이지 않았다. 긍정적인 생각을 잃지 않으려고 나는 계속 미소를 지었다. 그러다 나는 뛰어올랐고, 그의 팔을 잡는 데 성공했다.

먼저, 왼쪽 발을 땅바닥에서 떼어냈다. 그런 다음 오른쪽 발을 뗐다. 더 이상 바닥을 딛고 무게를 지탱하는 건 불가능했다. 허공에 대롱대롱 매달린 상태가 된 것이다. 그는 나를 끌어올리겠다는 일념으로 헤라클레스의 힘을 쏟아냈다. 마치 그가 헤비급 선수가 되고 내가 라이트급 선수가 된 것 같은 형국이었다. 나는 깔끔하게 구출되는 장면을 연상하기가 힘들었다.

하지만 내 두 발은 평평한 바위에 맞닿았고, 마침내 안전한 바닥으로 들어 올려졌다. 나는 이 믿을 수 없는 사실에 살을 꼬집어 볼 수밖에 없었다. 미소를 지으며 그를 와락 껴안았다. 부여잡은 그의 어깨로 피가 흘러내렸다. 살면서 나를 위해 가장 큰 용기를 보여준 사람이 그라는 걸 말해 주고 싶었다. 하지만 나는 적절한 말을 찾을 수가 없었다. 혀가 굳어버린 것 같았다. 말 대신 그의 눈을 깊이 응시하며 내 눈빛에 담긴 마음을 보여주었다. 그런 뒤에야 나는 그에게 말을 건넬 수 있었다. 나는 뒤편에 서 있는 조니의 여동생에게도 가벼운 미소를 보냈다. 그녀는 여전히 공포에 싸여 있었다.

"당신이 제 생명을 구했어요. 아리! 조니가 제 말을 알아들을 까요?"

내가 위쪽을 향해 큰소리로 외쳤다.

"조니가 제 생명을 구했어요!"

"그래, 제이크. 조니도 알아."

5미터쯤 건너에서 아리의 목소리가 들려왔다. 그는 손님으로 나를 데려왔다가 사고를 당하게 한 것에 큰 충격을 받은 것 같았 다. 그가 말했다.

"얼른 조니 집으로 가서, 배를 타기 전에 자네를 씻기고 치료도 해야겠어."

내 다리는 온통 피로 범벅이 돼 있었다. 진흙이 마구 이겨 붙 은 셔츠를 벗어버렸다. 더 이상 입을 수 있는 옷도 아니었다. 나 는 거의 개미처럼 앞으로 움직였다. 두 팔꿈치는 부풀대로 부풀 었고 시퍼렇게 멍이 들어 있었다. 상처를 내려다보던 나는 '노시 보효과'를 떠올리곤 모든 게 잘 될 거라고, 상처도 오래지 않아 낫게 될 거라고 중얼거렸다. 나는 친구들이 보여준 우정과 용기 에 거듭 감사했다. 감사하는 마음이 일자 통증도 줄어드는 느낌이었다. 물론 충격이 완전히 사라진 건 아니었다. 호흡에 집중할 수 있게 되었을 때, 비로소 뛰어오르던 가슴이 진정되었다.

나는 손상된 것들이 있는지 배낭을 열어 보았다. 배낭은 완전히 물에 젖어 있었다. 카메라는 부서졌고, 인도네시아어를 연습하는 데 사용하던 종이뭉치도 더 이상 쓸 수가 없는 상태였다. 하지만 나는 괜찮았다. 지금 당장은 다시 추락하는 일 없이 그곳을 빠져나와야 했다. 나는 내 상태가 괜찮다는 확신의 미소를 친구들에게 보냈다. 오토바이를 타고 집으로 돌아오는 동안 나는 줄곧 멘탈게임을 벌였다. 호흡을 자각하고 내 안의 에너지를 느끼며 통증과 고통을 막아내는 게임. 호흡을 할 때마다 폐가 최대치로 차올랐다.

나는 진정효과를 얻기 위해 친구들에게 농담을 던졌다. 그들은 이런 식의 공포로 손님을 몰아넣은 것에 적잖은 충격을 입은 게 분명했다. 일단 내 생명을 구하고 나자 사고를 유발시킨 것에 대한 자책이 밀려든 것이다. 하지만 나는 알고 있었다. 이 일이 일어난 이유는 단 한 가지 때문이라는 것을. 더 있다고 해봐야, 두세 가지를 넘지 않을 터였다.

그러나 그 이유가 무엇이든 내가 확실히 아는 건 아무것도 없었다. 그저 삶이 꾸는 꿈, 삶이 스스로 내리는 해석일 뿐이었다. 그럼에도 한 가지만은 분명했다. 내가 한 경험은 내 삶에 영원히 각인될 거라는 사실.

속도를 높여 조니의 집으로 돌아온 덕분에 나는 배가 떠나기 전에 그의 모친으로부터 치료를 받을 수 있었다. 그녀는 초록색 가시가 박힌 멜론을 으깨어 내 상처를 씻어냈다. 그걸 지켜보면서 나는 코코넛 과즙을 마셨다. 그녀가 말했다.

"자네 어머니가 여기 없으시니 내가 자네 어머니야."

나는 고마움의 미소를 지어 보였다. 그들의 눈에 가득 고인 사랑에 눈물이 났다. 조니가 근처의 코코넛 나무에 다시 올라가 신선한 녀석으로 하나를 더 베어냈다. 그 즙을 마시게 하려는 거였다. 그들은 나를 위험한 상황에 빠뜨린 걸 거듭 사과했고, 나는 괜찮다는 말을 반복해야만 했다. 나는 살아 있었다. 그것으로 족했다.

조니의 모친이 의사 같은 능숙한 솜씨로 치료를 모두 끝내자 우리 셋은 부두로 돌아갈 채비를 하고 집을 나섰다. 폭포를 보고 와서 하기로 했던 계획들은 모두 취소되었지만 배를 타고 돌아가는 데는 문제 될 게 없었다. 우리는 마지막 수상택시에 급히 올랐다. 보트에 오른 뒤, 무슨 일이 있었느냐는 어떤 사람의 질문에 내가 대답하는 걸 들은 현지인 여자 한 분이 내 눈을 보며 유쾌하게 웃어댔다.

"바다 중에서도 길리 섬이 가장 깨끗해요. 거기서 수영을 하면 상처에 좋을 겁니다. 그냥 웃어요. 아픈 것도 생각하지 말고, 두려워하지도 걱정하지도 말아요."

그녀가 내게 해준 말이다.

나는 그녀의 충고에 미소로 감사를 표했다. 그녀의 말이 사실이란 걸 나는 알고 있었다.

아리가 나를 돌아보았다. 그의 손에 휴대폰이 들려 있었다.

"망가졌어. 강으로 뛰어들 때 이게 주머니에 있다는 걸 까먹었지 뭐야. 여기 사람들 중에 휴대폰을 가진 몇 안 되는 사람 중에 하나였는데, 흐흐. 영어학과 졸업선물로 받았었지. 뭐, 상관없어. 자네가 무사하기만 하면 이런 건 천 개가 망가져도 괜찮아."

하지만 그의 얼굴에 드리운 충격은 여전히 가시지 않은 상태였다. 나는 팔을 뻗어 그의 어깨를 감싸고는 내가 꼭 새 휴대폰을 선물해 줄 거라고 약속했다. 그들은 내가 만난 누구와도 같지 않았다. 그들의 선함은 세상 어떤 것에도 견줄 수 없었다. 그가 말했다.

"진정한 친구라면 서로를 위해 기꺼이 목숨을 내놓을 수 있다고 믿네. 그렇지 않다면 진정한 친구라고 할 수 없지. 타인을 위해 기꺼이 자신의 생명을 내놓지 못한다면 진정한 삶을 살아간다고 할 수 없어."

나는 미소에 존경을 담아 보냈다. 나는 어떻게 대답해야 할지를 몰라 그저 그의 어깨를 두드렸을 뿐이다. 배가 해안에 닿았다. 우리는 자주색 별들이 반짝이는 하늘을 올려다보며 서둘러 홈스테이로 향했다. 돌아오자마자 나는 곧장 방으로 들어가 침대에 쓰러졌다. 하루를 꼬박 누워 있어도 모자랄 것 같았다.

얼마쯤 지났을 때 문을 두드리는 소리가 나를 깨웠다. 조니였다. 인도네시아어와 영어를 반반씩 섞어서 말했다.

"제이크, 넌 사실 네가 생각하는 것보다 상처가 심해. 네가 걷는 걸 보면 알 수 있어. 등이랑 다리에 통증이 있으니까, 부디 내 뜻을 좀 알아줬으면 해. 내가 통증이 가라앉게 할 수 있어. 관광객들한테 줘봐서 알아."

나는 웃음을 터뜨리며 그의 제안에 동의했다. 그는 내게 쌀로 빚은 인도네시아 술을 한 잔 주었다. 나는 통증을 달래 준다는 그걸 마셨다. 일고여덟 사람이 함께 정신을 고양시킨다는 파이프 담배를 피우고 앉아 있자니 꼭 내가 현지인이 된 듯한 기분이 들었다. 베개에 머리를 얹고 누웠을 때, 내 마음은 정상적인 방법으로는 다다를 수 없는 산정을 향해 안온과 평화의 계단을 밟아 오르기 시작했다. 불안함이 내 몸에서 빠져나가고 그 자리를 위안이 채워 주었다. 이따금 슬픔이 밀려들기도 했다. 은행카드를 재발급 받기 위해 곧 발리로 가야 했기 때문이었다. 그건 친구들과 헤어져야 한다는 걸 의미했다. 그의 치료법이 끝났을 때, 나는 완전히 지친 채로 곧장 잠으로 빨려 들어갔다.

몇 군데 통증이 있긴 했지만, 살아있다는 사실과 내가 받은 우정에 감사하는 마음으로 다음 날 나는 침대에서 일어났다. 밝은 햇살 속으로 걸어 나와 해먹으로 올라갔다. 나는 엄마에게 전화를 하는 것으로 아침을 시작했다. 가족들이 보고 싶었다.

"제이크, 괜찮아?"

엄마가 걱정스런 목소리로 물었다.

"어제 저녁 여덟 시쯤인가, 네가 위험하다는 으스스한 느낌이 들더라. 그래서 막 울었어."

엄마는 말을 멈추고는 숨을 몰아쉬었다.

"너한테 전할 말이 있는지 알아보려고 네 형한테도 전화를 했었는데…… 괜찮은 거야?"

여행을 떠나오기 전에 읽었던 ESP(초감각적 지각)와 관련된 책이 문득 생각났다. ESP라는 용어를 처음 만들어낸 사람은 리처드 버턴Richard Burton 박사다. ESP는 인간이 오감뿐 아니라 깊은 내면의 정신에서 정보를 얻어 내는 것까지 포함한다. 이것은 종종 여섯 번째 감각, 직관, 예언, 직감 등으로 표현되기도 한다. 나는 '불가능한' 초감각적 지각에 대한 수많은 사례가 문서화되어 있다는 사실에 큰 관심을 가지고 있었다. 엄마의 직관은 아직은 증명되지 않은 어떤 강력한 에너지로 우리 모두가 연결되어 있다는 것에 대한 소중한 사례였다. 내가 과테말라의 페르난도와 우붓의 데위에게서 배운 모든 게 정확히 들어맞은 것이었다. 내 얼굴에 미소가 떠올랐다.

나는 웃음을 터뜨리며 엄마에게 괜찮긴 하지만 심각한 공포에 휩싸였던 게 사실이라고 말해 주었다. 내 친구들이 보여준 용감한 행동이 나를 얼마나 감동시켰는지를 전하려고 애썼지만, 말을 자꾸 하다 보면 자칫 비웃음을 살 수도 있겠다는 생각이 들었다. 감정에 치우친 말들은 너무 빨리 증발되어버리곤 한다. 지금이 그런 때라는 생각이 들었다. 남는 건 명확한 느낌, 분명한 감각이었다. 아직 믿기지 않는 얼떨떨함과 사랑이 마구 뒤섞여 정맥을 타고 흘렀다. 이미 사랑과 가족과 기회에 대해 새로운 시각을 얻었다고 생각했었는데, 다시 나에게 완전히 새로운 또 하나의 차원이 열렸다.

엄마가 오히려 걱정이라고 말할 수도 있었지만, 나는 또한 알고 있었다. 내 여행이 엄마와 나, 두 사람 모두 머잖아 이해하게 될 더 큰 목적을 가지고 있다는 걸 엄마도 이해하기 시작했다는 사실을. 엄마는 내게 현지인들과 여유 있게 지내라고, 하이킹보다는 조용히 머무는 게 좋겠다고 은근히 압박했다. 나는 엄마에게 사랑한다고, 엄마 말대로 할 거라고 말했다. 그렇게 통화가 끝났다.

통화를 끝내고 나는 곧장 아리와 조니가 있는 옆집 와룽으로 갔다. 나는 그들에게 새삼 고맙다는 인사를 하고 싶었다. 그들에게로 가는 동안, 하늘의 구름이 마치 태양을 삼키려고 진군하는 병사들처럼 빠르게 흘러가고 있었다. 나는 비쩍 마른 나무 아래서 기타를 치고 있는 아리와 조니에게로 다가가 포옹을 했다. 나는 그들의 눈을 바라보았다. 내 눈에서 주르르 눈물이 흘렀다.

나는 그들이 내 눈물의 의미를 이해하고 있다는 걸 알고 있었다. 그때, 조니가 목에 걸고 있던 밥 말리의 조그마한 초상이 새겨져 있고 검정 실을 꼬아 만든 목걸이를 벗었다. 여러 달 동안 모은 돈으로 전날 구입한 거였다. 그는 목걸이에 가볍게 입을 맞추고는 내게 건네주며 말했다.

"받아주게, 나의 형제여."

나는 몇 번이나 고맙다는 말을 하고는 목걸이를 내 목에 걸었다. 그가 환하게 미소 지었다. 두 사람의 우정이 내게 얼마나 큰 의미인지 그들 또한 알고 있었다.

"자네는 우리가 만났던 그 어떤 여행객과도 같지 않아."

조니의 말을 아리가 옮겨 주었다. 그가 한걸음 물러나 내 목에 걸린 자신의 목걸이를 경건한 눈으로 바라보았다.

"자넨 우리를, 우리들 삶의 방식을 진정으로 알려고 한 사람이야. 우리의 목적은 다른 사람들을 위해 사는 데 있어. 그렇게 할 때, 우리의 삶이 충만해진다네. 자넨 우리에게 만족을 주었네. 그리고 자넨, 자넨 우리의 가족이야."

나는 그저 함께할 수 있는 기회를 준 것에 감사하다는 말 외엔 뭐라 할 말이 없었다.

몇 분쯤 더 이야기를 주고받다가 그들은 다시 기타를 치기 시작했다. 기타 소리가 멀리멀리 퍼져 나가 내게 기꺼이 도움을 주었던 다른 많은 인도네시아 사람들의 귀를 적셨다. 우리는 둥그렇게 앉아 귀를 기울였다. 많은 사람이 파이프 담배를 피웠다. 우리는 다함께 음악이라는 우주의 언어를 받아들였다. 어쿠스틱 멜로디가 시간에 대한 나의 감각을 지웠다. 그곳에서의 마지막 밤이었다. 이튿날 아침이면 나는 파당바이 우체국에 가서 은행카드를 만들어야 했다. 나는 나의 두 번째 가족을 떠나고 싶지 않았다.

친구들에게 잘 있으라는 인사만큼 하기 싫은 말도 없다. 예닐곱 명이 내 방에 모여 있었다. 나는 그들에게 한두 벌만 남겨 놓고 내가 가지고 있던 티셔츠와 수영복을 모두 주었다. 조니가 내 어깨에 팔을 두르고 말했다.

"자넨 진정한 친구야, 제이크."

나는 미소를 지었다. 그러고 나서 어릴 때 산타클로스 할아버지로부터 크리스마스 선물을 받았을 때 내가 지었던 것처럼, 내가 준 옷들을 쥐고 있는 친구들의 따뜻한 눈길을 하염없이 바라보았다.

아리와 나만 남았을 때, 나는 전신환으로 받은 100달러 가운데 50달러를 그에게 주었다. 그걸로 망가진 휴대폰을 새 것으로 바꾸고, 남으면 필요한 것을 사라고 말했다. 되돌려 준다는 건 기분을 좋게 했지만, 더 많은 걸 줄 수 없다는 게 안타까웠다.

아리가 나를 바라보더니 힘껏 껴안으며 울음을 터뜨렸다. 나는 미소를 지으며 그의 등을 토닥토닥 두드려 주었다.

이튿날 아침, 그는 나와 조금이라도 더 있고 싶다며 보트까지 배낭을 들어 주겠다고 고집을 부렸다. 여전히 멍자국이 남아 있었지만 도움을 받아야 할 만큼은 아니었다. 하지만 친구의 고집을 꺾을 마음은 전혀 없었다. 그도, 나를 너무도 가깝게 대해 주었던 사람들도 그리울 것이다. 보트에서 나는 친구에게 작별의 포옹을 하며 가능하면 꼭 다시 오겠다고 약속했다. 슬픔이 밀려들었지만 언젠가 그들을 도울 날이 있을 것이고 그때가 반드시 오리라는 것을 가슴속에 새겼다.

발리로 돌아온 나는 우체국에서 신용카드를 받은 뒤 고이 집어넣고는 이메일을 확인하기 위해 피시방으로 향했다. 오스트레일리아의 캠핑장에서 만났던 자유로운 영혼을 가진 여자 조엘리가 주말에 태국의 수랏타니에서 예정된 명상 수련과 관련해 이메일을 보내기로 했었다.

직감은 정확히 맞아떨어졌다. 한 달짜리 비자 기한도 주말까지였고, 다음 목적지는 자연스럽게 태국으로 정해졌다. 예약도 재빨리 해치웠다.

다음 날, 나는 만원버스를 타고 공항으로 향했다. 나는 감사하는 마음 외엔 다른 감정은 완전히 마비된 상태에 놓여 있었다. 나의 목숨을 구했고, 내가 가진 '특권'에 대해서도 새로운 인식을 얻었다.

롬복, 2011년 3월 29일

우리는 어떤 형태로든 보상을 기대하지 않은 채 서로에게 모든 것을 주었다. 기대하는 건 오직 상대의 얼굴에 그려지는 미소뿐이었다.

5 태국

나를 만나다

이미 기적은 일어났다

이미 기적은 일어났으며 우리의 기도도 이미 응답 받았음을 느낌으로써 삶에 대한 인식을 바꾸는 것, 응답을 요청하는 기도를 올리기보다는 이미 존재하는 것에 감사하며 기도하는 것, 이것이 진정한 삶을 사는 비결이다.

– 그렉 브레이든

나는 발목까지 물에 잠긴 수랏타니 공항의 주도로를 터덜터덜 걸어가고 있었다. 배낭이 젖지 않도록 근처 처마 아래로 들어가 비를 피하면서 지나가는 차를 향해 연신 엄지손가락을 치켜 세웠다. 시내까지 얻어 탈 생각이었다. 입국하는 비행기들은 아직 남아 있었지만 버스는 모두 운행을 중단한 상태였다. 아마 몇 시간 전 공항에서 조엘리와 다시 만나지 않았다면 그날은 정말 완전히 대혼란에 빠진 하루가 되었을 것이다. 하지만 비슷한 마음을 가진 사람과의 여행은 모든 것을 편안하게 만들었다. 감사한 일이었다. 그렇긴 해도 60킬로미터 이상 떨어진 사원과 우리 사이엔 수백만 리터의 물기둥이 놓여 있었다.

지난 몇 개월 동안 너무 많은 경험을 한 뒤라 나는 무엇보다 두 눈을 감은 채 명상에 빠져들고 싶은 마음이 간절했다. 내 바람은 미국으로 돌아갔을 때도 여전히 내가 살아가게 될 삶에 감사의 마음을 가지는 일이었다. 아직 시작도 하지 않은 상태였지만, 이미 이 책은 내 가슴과 영혼 안에서 완성되어 있었다. 그때 나는 만트라 독경을 읊는 것만으로 종양을 치료할 수 있었던 티베트 수도승에 관한 이야기를 떠올렸다.

그들이 읊은 만트라는 이런 것이었다.

"이미 일어났으며, 이미 이루어졌도다."

수도승들의 논리는 간단했다.

"무엇이든 가능하다. 이미 일어난 것을 단지 상상하기만 하면 된다."

나는 시각화를 통하면 무엇보다 높은 선을 이룰 수 있음을 실제로 경험했다. 하지만 당장 홍수가 난 도시에서 신성한 성으로 갈 수 있는 방법을 찾아내지는 못했다. 조엘리와 나는 태국 역사상 최악의 폭우가 쏟아지고 있는 현장으로 들어와 있었다. 꽤 오랜 시간이 지난 뒤, 유리창에 선팅을 한 세단 한 대가 멈춰 섰다. 마흔 살가량의 태국 여성이 운전을 하고 있었는데 영어는 거의 하지 못했다. 어쨌든 그녀는 우리를 차에 태우고는 빈방도 있고 가격대도 적당한, 그 지역에 하나밖에 없는 호텔 앞에다 내려 주었다. 우리는 그녀에게 정중하게 고맙다는 인사를 건넸다.

도시는 완전히 비에 점령당한 상태였다. 우리가 있던 주도로만이 홍수를 겨우 면한 듯 보였다. 농부들은 유일한 희망이라도 되는 듯 카누를 타고 농지를 살피고 있었다. 한때는 비옥했을 농토는 이미 작은 바다가 돼 있었다.

호텔에서 우리를 맞은 여자의 첫 마디는 어쩌면 도시를 빠져나가는 것도 불가능할지 모른다는 거였다. 비행기 티켓은 모두 판매가 되었거나 취소된 상태였다. 당장은 비에 완전히 갇힌 상태인 듯했다. 문득, 수십 년 넘게 우리가 환경을 대해 온 형편없는 태도에 대한 지구의 복수라는 생각이 들었다. 전과는 비교할 수 없을 정도로 기묘한 형태의 기상변화가 빈번하게 일어나는 것이 사실이었다. 그날도 그랬다. 여름이었고, 원래 섭씨 40도에 가까운 기온이어야 했다. 하지만 비가 퍼붓는 탓에 냉기마저 느껴졌다. 전공은 아니었지만 기후학을 공부하면서 한 가지 배운 사실이 있다면, 대기 중에 탄소의 비중이 증가하면서 기온이 상승했고 그것은 결국 심각한 호우를 동반한 태풍이 더욱 잦아지게 한다는 것이다.

비가 퍼붓고 있던 태국 수랏타니의 밤, 조엘리와 나는 12달러에 베드 두 개짜리 방을 얻었다. 우리의 관계는 '플라토닉' 그 자체였으므로 남녀 사이에 일어날 수 있는 어떤 일도 일어나지 않았다. 우리가 함께 여행을 하려는 목적은 로맨스나 섹스를 뛰어넘는 것이었다.

침대에 누워 빗소리에 귀를 기울이던 나는 귓속으로 흘러드는 페르난도의 목소리를 생생히 들을 수 있었다.

"변화는 미래를 위한 방을 마련하는 일이고, 그것은 우리의 생활방식에서 만들어져야만 합니다."

비는 그날 밤에도, 다음 날 낮에도 그치지 않았다. 우리는 비에 젖을 일 없는 호텔 방에 몸을 숨긴 채, 백기를 흔들며 하염없이 지나가고 있는 오전의 시간들을 멍하니 바라보고 있었다. 그건 사원으로 갈 수 있는 방법을 포기했다는 뜻이었다. 대신 우리는 주도로 너머로 가보자는 데 합의했다. 일단 공항행 버스에 올랐다. 아무것도 없는 주행을 시작한 우리는 지난 48시간 동안 얼마나 피해가 심해졌는지 눈으로 확실히 볼 수 있었다.

수랏타니를 떠나려는 사람들로 버스는 만원이었다. 족히 스물다섯 명은 되었는데, 운전기사는 넘쳐흐르는 물길을 어떻게 헤쳐나갈지 몰라 허둥거렸다. 하지만 버스 안의 사람들은 놀란 눈으로 창밖을 내다보며 사진을 찍어댔다. 실제로 자동차들이 물 위를 떠다니고 있었다. 버스 안의 다른 불안해하는 사람들에게는 미안한 일이었지만 나는 어떤 공포심도 일지 않았다. 불과 며칠 전에 인도네시아에서 생사를 넘나드는 경험을 한 탓이었다. 눈앞에 벌어지고 있는 재난은 엄연한 사실이었지만, 나는 아무 일도 일어나지 않을 거라는 걸 확신했다. 주도로의 차선 하나가 물에 잠기기 시작했고, 공항으로 수 킬로미터를 가는 동안 오직 남은 한 개의 차선만을 이용할 수 있었다.

내가 사는 마을과 집과 농지가 며칠 사이에 파괴되어버리는 걸 나는 상상할 수 없었다. 나는 혹시나 곡식들을 살릴 수 있을까 싶어 바다를 이룬 흙탕물을 헤치며 다니는 농부들을 지켜보았다. 집들은 겨우 지붕만 물 밖으로 드러나 있었다. 나는 창문에서 눈을 떼지 못했다. 내 가족들에게는 아직 이런 엄청난 규모의 재난이 닥치지 않았다는 게 축복이라는 생각이 들었다.

조엘리가 갑자기 태국 북부에 있는 치앙마이에 가고 싶다고 했다. 그녀는 치앙마이에 대한 정보를 많이 읽기도 했지만, 사실 남부보다는 처음부터 거기에 가려는 마음이 더 컸다고 말했다. 우리는 만약 비행편이 있다면 함께 치앙마이로 가자고 마음을 모았다. 우여곡절 끝에 버스가 공항에 닿았다. 버스에서 내린 우리는 발목까지 차오른 물길을 헤치고 공항으로 들어섰다. 안으로 들어선 나는 숨을 고른 뒤 젖은 재킷을 벗고 가방에서 마른 옷을 꺼냈다.

잠시 뒤 우리는 항공사 카운트로 갔다.

"알겠습니다. 두 분을 오늘 오후 스물세 번째 대기자로 등록해드리겠습니다. 모든 비행편이 예약된 상태라 죄송합니다."

항공사 직원의 말은 그다지 낙관적이지 못했다.

"걱정 마, 제이크. 우린 다음 비행기에 타고 있을 거야."

카운터를 떠나며 조엘리가 확신하듯 말했다.

"난 알아. 상상하는 대로 이뤄진다는 거."

그녀는 몇 미터쯤 떨어진 빈 체크인 카운트에 등을 기대며 다시 한 번 확신이 가득한 얼굴로 말했다.

온통 걱정으로 가득한 얼굴들이 도드라져 보였다. 우리는 스물세 번째였지만 걱정은 없었다. 나는 신발을 벗고 조엘리가 있는 곳으로 걸어갔다. 우리는 나란히 앉아 다음 비행기를 탄다는 걸 시각화하자는 데 합의를 보았다. 그리고 우리의 긍정적인 생각이 미래에 직접 영향을 미치길 바라며 조용히 눈을 감았다. 자신이 처한 곤란한 상황에만 집중하고 자신의 상황을 더욱 과장하고 있는 여행객들은 그들의 걱정을 강화함으로써 오히려 상황을 더 힘들게 만들 뿐이라는 생각이 들었다. 나는 이 비밀을 그들과 공유하고 싶었다.

"제이크 듀시, 조엘리 맥닐!"

눈을 감고 명상에 들어간 지 10분이 채 지나지 않아 우리를 부르는 소리가 들려왔다.

"티켓 카운터로 오시기 바랍니다."

우리는 뭔가 이루어질 거라는 생각으로 풀쩍 뛰어올랐다.

"다음 비행편을 예약한 승객들이 물에 잠긴 도로를 건너올 수가 없다는군요."

항공사 직원의 설명이었다. 나는 깊게 숨을 들이쉬며 잔뜩 기
대를 하고 그녀의 다음 말을 기다렸다.

"40분 뒤에 탑승할 수 있는 비행편이 있다는 말씀을 드리게 돼
서 기쁘네요."

조엘리와 나는 우리가 지을 수 있는 가장 밝은 미소를 주고받
았다.

이 낯선 '인류'와 더 가까워지는 느낌이 드는 순간이었다. 우주
어디에나 닿는 천상의 손이 나를 위해 작동하고 있었다. 그것은
부정할 수 없는 사실이었다. 우리는 걱정으로 가득한 사람들을
스쳐 지나면서 차마 미소 지을 수는 없었다. 우리는 그렇게, 나로
서는 아무것도 아는 바가 없는 태국 북부의 도시 치앙마이로 향
했다.

금속으로 만들어진 새가 덜컹거리는 소리를 내며 땅을 박차고
날아오를 때 조엘리는 어느새 바닥 모를 잠에 빠져들어 있었다.
우리는 한밤중이 지나야 여장을 풀 수 있을 거라 예상하고 동틀
무렵에 가장 가까운 명상센터를 찾아볼 계획을 세워 놓고 있었
다. 석 달 전, 콜과 콜턴이 집으로 돌아간 이후로 줄곧 혼자서만
돌아다녔던 나는 함께 여행할 친구가 생긴 게 기뻤다.

나는 명상을 통해 마음을 맑게 씻어 낼 수 있길 기대했다. 또
한 여행에서 경험한 것들을 어떻게 글로 쓸지에 대해 더 명료

해지기를 희망했다. 비행기가 오렌지 빛 하늘을 수놓고 있는 솜
털 구름을 뚫고 높이 솟구쳐 오르는 동안 나는 깊이 생각에 잠
겼다.

비행기가 지상에 닿았을 때, 달빛이 환해 창밖을 선명히 볼 수
있었다. 비는 보이지 않았다. 나는 안도의 숨을 내쉬었다. 맑게
갠 날씨 역시 우리가 마음으로 그렸던 장면이었다. 피라미드와
같은 거대한 두 개의 신비로운 산이 비행기를 빠져나온 우리를
맞았다. 그게 바로 치앙마이의 산들이었다.

우리가 도착한 시각은 이미 해가 떨어진 뒤였다. 다른 곳에서
도 이미 여러 번 겪은 일이다. 그것은 곧 좋은 호텔을 구할 수 있
는 특권은 상실했음을 의미한다. 우리는 호텔 숙박센터에서 침대
두 개짜리 방을 예약했는데, 방을 소개해 준 남자직원의 태도가
왠지 미심쩍었다. 내 의심은 호텔에 도착하자마자 숙박비를 너무
많이 지불했음을 알아차리면서 확인됐다. 방에서 나는 냄새가
유난히 불쾌했다. 나는 냄새를 없애 보려고 향 몇 개에 불을 붙
였다. DNA 이중나선구조 모양을 하며 올라가는 연기가 우리를
잠으로 몰아갔다.

오래 자진 못했다. 그래도 기분은 좋았다. 우리가 찾으려는 명상
센터를 꼭 찾게 될 거라 생각하니 하루를 시작한다는 것 자체가
흥분되었다. 조엘리는 벌써 샤워를 하고 있었다. 나는 침대에 앉
아 명상에 들었다. 두 눈을 감고 숨이 오르내리는 것에 집중했다.

조엘리가 샤워를 마치고 나왔을 때, 나는 그녀가 이미 우리에게 가장 적합한 불교사원을 찾아냈다는 걸 알았다. 노던 인사이트 메디테이션Northern Insight Meditation. 나는 지혜로운 사람과의 여행이 주는 혜택을 실감하며 진심으로 감사를 표했다. 조엘리가 찾아낸 것은 비용이 전혀 들지 않는 무료 프로그램이었다. 지갑이 얇은 내겐 딱이었지만, 한편으론 부실할지도 모른다는 게 신경이 쓰였다. 하지만 달리 방법이 없었다. 우리는 14일 동안의 위파사나 명상 프로그램에 참가하기로 결정했다. 내가 아는 위파사나는 '있는 그대로를 본다'는 뜻으로 2,500년 전부터 균형이 깨진 심신을 바로잡는 보편적인 치료법으로 전수되어 온 명상법이다. 육체적 감각과 생각을 들여다보는 관조 혹은 내면의 성찰을 통해 자기변환의 길에 이르는 것이 위파사나 명상의 목적이라는 게 내가 아는 전부였다.

그날 오후 엄마에게 전화를 걸어서 앞으로 14일 동안은 연락이 되지 않을 거라고 전했다. 형과 아버지와도 연락을 할 수 없다고 대신 전해 달라는 말도 남겼다. 전화를 끊으려는데 엄마가 내 결정을 이해하지 못할는지도 모른다는 생각이 들었다. 엄마는 아마도 물질 세계에 살면서 내가 보름씩이나 명상을 하며 지내고 싶어 하는 이유가 무엇인지 궁금할 터였다. 그래서 나는 엄마에게 세상을 조금이라도 바꾸고 싶다면 강한 영적 토대가 필요하고, 나의 고유한 육체와 정신과 영혼이 실제로 어떻게 작동하느지를 이해하는 것이 그 토대에 이르는 유일한 방법일지 모른다고 말했다. 엄마는 나와는 생각이 달랐지만 이의를 제기하지는 않았다. 나는 엄마에게 사랑한다고, 14일이 생각만큼 오랜 시간은 아닐 거라고 말했다.

수랏타니, 2011년 4월 1일

～

"이미 일어났으며, 이미 이루어졌도다."

무엇이든 가능하다. 이미 일어난 것을 단지 상상하기만 하면 된다.

14일 동안의 침묵

천 번의 전투에서 천 사람을 정복할 수 있다. 하지만 가장 위대한
정복자는 '나'라는 단 한 명을 정복한 사람이다.

― 붓다

사원 진입로로 들어선 순간, 돌이킬 수 없는 길에 들어섰음을
직감했다. 그 순간 나의 모든 의심과 두려움, 판단과 맞닥뜨리게
될 것을 알았다. 나는 인간의 정신이 미칠 수 있는 가장 먼 곳을
찾기 위해 떠나왔다. 하지만 안내소 책상 앞에 이르렀을 때, 나
는 감옥에 들어온 것인지 천국에 들어온 것인지 분간할 수 없었
다. 300명에 이르는 외국인과 현지인 들이 모두 하얀 옷을 입고
있었다. 더 이상 밥 말리 티셔츠를 고수할 수는 없는 곳이었다.

"여긴 아주 고약한 곳이야…… 여기 있어야 할 이유가 하나도
없어…… 미국 집으로 당장 돌아가."

말을 해서도 안 되고, 사원을 나가서도 안 되며, 쓰는 일 또한 하지 않는다는 동의서에 서명을 하는 순간 내 안에서 겁에 질린 음성이 들려왔다. 나를 위축시키는, 에고가 내지르는 소리였다. 하지만 나는 우리의 문화가 포장해 놓은 길이 아니라 자신만의 길을 닦으려는 곳에 서 있었으며, 내가 서 있는 시간은 원한다면 어떤 사람이건 될 수 있다는 천상의 약속을 하는 시간이었다. 사회적으로 얼마나 받아들여질지는 상관할 필요가 없었다. 나는 나 자신이 될 것이었다. 나에게 필요한 것은 '나'와의 본격적인 만남이었다. 그것이 얼마나 가능한지 알 수는 없었지만. 그러나 내가 나와 똑같은 옷을 걸치고 있다는 사실을 알고 있듯, 본격적으로 첫 인사를 나누진 않았지만 우리가 공통의 무언가를 가지고 있음도 알고 있었다.

나는 두려움을 토해내듯 동의서에 적힌 조항을 읽었다.

"14일 동안 묵언. 단, 승려와의 대화는 제외함."

읽고 나서 동의서에 내 이름을 적었다. 나는 고개를 흔들며 에고로부터 쏟아져 나온 걱정을 털어내고는, 가지고 있던 물건들을 사무실에 맡기며 작별을 고했다. 얼마 있지 않아 머리를 깎은 태국 승려가 다가왔다. 그의 머리는 유난히 반짝거렸다. 오렌지색 승복에 검정 샌들을 신은 그는 한 차례 미소를 지어 보이고는 곧 진지한 표정으로 돌아갔다.

"겁먹지 마세요."

그가 다시 미소를 지었다. 그러고 나서 덧붙였다.

"다치기 전에 우는 사람은 없지요. 우리 인간에겐 고독과 침묵을 확장시키는 기본적인 능력이 결여돼 있습니다. 정신적인 개발, 혹은 명상은 지극히 개인적인 경험입니다. 당신이 불교도이든, 기독교인이든, 무신론자이든, 유대교인이든, 무슬림이든 상관없습니다."

나는 그 말에 어떤 식으로든 신체적인 표현을 드러내지 않았다. 그의 말에 동의한다 해도 마찬가지다. 나는 조엘리를 포함해 프로그램을 함께 시작한 다섯 명을 둘러보았다. 캐나다에서 온 조엘리를 제외하고, 네 사람은 유럽과 오스트레일리아에서 온 사람이었는데, 한 명만 남자고 나머지 셋은 여자였다. 커플로 보이는 두 사람은 걱정스러운 얼굴을 하고 있었다. 숙소는 남자와 여자가 분리되어 있었는데, 사원의 양쪽 끝에 있었다. 그건 조엘리와 많은 시간을 보낼 수 없다는 뜻이었는데, 웃음보를 터트리며 관계를 진전시킬 수 있는 기회가 줄어들었다는 것에 다소 기세가 꺾였다.

사원의 고풍스런 풍경은 붉은 돌로 된 1미터가 넘는 위엄 있는 담장으로 둘러싸여 있었는데, 돌 하나하나가 마치 수천 년 동안 거기에 있었던 것 같았다. 중앙의 마당에는 회색 자갈이 깔려 있고, 산책로에는 키가 큰 나무들이 열을 지어 서 있었다. 사원 앞쪽 가까이에 있는 명상건물 바깥채에는 황동 부처상들이 놓여 있었다.

뜰 한가운데에는 커다란 흰색 법당이 자리하고 있었다. 나무로 된 문들마다 복잡한 문양이 새겨져 있었는데, 사방으로 가는 금색 테두리가 둘러져 있었다. 법당은 물론 법당을 둘러싼 풍경 모두에서 신성함이 느껴졌다.

간단하게나마 주위를 훑어본 우리는 자갈이 깔린 예스런 산책로를 따라 나무 울타리로 구분되어 있는 명상센터 안뜰로 천천히 걸음을 옮겼다. 마당에는 깨달음을 상징하는 은으로 만든 부처상이 놓여 있었다. 나는 사무실에서 받은 푸른색 방석 위에 앉아 호흡에 집중했다.

내면의 자아가 이름 모를 새의 노랫소리를 즐기는 동안, 외부의 자아는 담 바로 바깥에 있는 거대한 구리로 만든 종을 가만히 주시하고 있었다. 그 종은 매일 밤 열 시에 우리를 잠들게 하고, 매일 새벽 네 시에 우리를 깨울 것이다. 나는 14일 동안의 명상을 꼭 해야만 하는 것인지, 해낼 수는 있는지를 생각했다. 두려웠다.

"침묵하십시오, 침묵하십시오, 침묵하십시오!"

내가 '미스터 몽크'라고 이름을 붙인 수도승이 말했다. 그의 목소리는 낮지만 단호했다.

"알아차리십시오. 알아차리십시오. 알아차리십시오! 여기에 모두 모여서 시작을 하지만, 여러분은 각자 지속하는 시간을 서로 다르게 가져갈 수 있습니다."

그는 우리 모두에게 명상하는 시간을 확인할 수 있는 작은 검정색 타이머를 하나씩 나눠 주었다. 거의 완벽에 가까운 영어로 미스터 몽크가 한 설명에 따르면, 우리가 하게 될 위파사나 수행은 감각에 집중하는 것으로, 핵심은 우리의 경험 가운데 '행복과 고통의 중간 상태'를 응시하는 거였다. 즉, 행복을 인식하는 것과 어떻게 행복한 사람이 되는가를 아는 것, 혹은 불행을 인식하는 것과 어떻게 불행한 인간이 되는가를 아는 것, 혹은 행복도 불행도 아닌 중립적인 감각을 인식하는 것을 말했다. 몽크 씨는, 이런 인식은 곧 우리에게 자유를 가져다준다고 말했다. 이유는 간단했다. 그동안의 우리는 우리의 감각을 억압하고 부정하는 데 길들여져 왔다는 것이다. 물론 명상을 하는 동안 우리의 마음이 부정적인 것을 생각할 수도 있다고 했다. 하지만 그때 우리는 부정적인 것에 대한 생각을 '생각하고-생각하고-생각하고 있다'는 사실을 깊이 인식함으로써 그 부정적 생각을 명상에 대한 순간적 집중으로 돌려놓게 된다. 중요한 것은 마음이 무슨 생각을 하느냐가 아니라, 몸이 어떻게 느끼는가에 집중하고, '생각'하고 있다는 사실을 자각하는 것이다.

"15분 주기로 실시하고, 점차 늘려 나가게 될 겁니다. 타이머가 울리면, 걷기와 앉기를 바꾸도록 하십시오."

그는 마치 실제로 그런 사람이 존재할지 모르겠지만, 깨달음을 얻은 훈련조교처럼 말했다. 만약 그런 사람이 존재하지 않는다면 몽크 씨가 최초의 훈련조교일 것이다.

우리는 모두 똑바로 서 있었고, 눈은 뜬 상태였다. 다섯 시간에 걸친 수행의 첫 15분이 시작되었다. 나는 타이머를 작동시켰다. 타이머는 일종의 구원자인 셈이었다. 나는 신경안정제를 복용한 달팽이보다 더 느린 속도로 시작하는 사람들을 지켜보면서 잠깐 주춤했다. 갑자기 도망치고 싶었다. 집으로 돌아가고 싶었다. 하지만 나는 천천히, 참을성 있게 걸었다. 한…… 번에…… 한…… 걸음…… 씩. 이따금 집중력이 흐트러져 연기가 피어오르는 향을 보았고, 멀리 있는 나무를 보았다. 하지만 나는 빠르게 평정심을 찾고는 나 자신에게 끊임없이 일렀다. 편안해질 때까지 훈련을 계속 받게 될 거라고.

오른쪽 발이 올라가고, 허공을 가르고, 떨어지고, 바닥에 닿고, 왼쪽 발을 올리고, 허공을 가르고, 떨어지고, 바닥에 닿고, 다시 오른쪽 발……. 각각의 걸음은 한쪽 발이 땅바닥에 떨어진 나뭇잎에 닿기 전까지 적어도 5초는 걸렸다.

"혼란, 판단, 걱정을 당신의 존재로부터 내뱉고, 새로운 삶의 방식을 빨아들이십시오. 스스로 자신을 완전히 이해할 수 없다면, 당신은 타인을 완전히 도울 수도 이해할 수도 없습니다."

몽크 씨는 거기서 말을 끊고는 강력한 집중력을 발휘해 우리를 응시했다. 그러다가 이따금 정신이 흐트러진 사람들의 이름을 부르곤 했다.

"부처님이 묻습니다. 모든 문제가 마음으로부터 일어난다면, 그 것이 변하였을 때 무엇이 남는가?"

초월적인 면에서 몽크 씨는 명상과 수행 외엔 어떤 것에도 관심이 없는 듯했다.

나는 수행에 완전히 몰입한 상태를 유지하기 위해 애쓰며, 걸음과 걸음 사이에 놓인 단단한 자갈들에 집중했다. 내가 느끼기에 움직이는 속도는 저마다 달랐다. 몇몇은 아주 빠르게 걸었고, 몇몇은 나만큼 느렸다. 조엘리도 나와 비슷한 속도로 움직이고 있었다. 순간적으로 나는 또다시 집중력이 흐트러지면서 발이 닿는 바닥이 아니라 부처상을 보고 있는 나 자신을 발견했다. 그럼에도 내 움직임은 실제로 점점 더뎌지고 있었다.

어느 순간 마침내 목적과 의도를 가진 여행의 중요성을 깨달은 것에 감사하는 마음이 일어났다. 그러자 곧 정신의 이중성이 작동하면서 내게 이 수행이 얼마나 어려운지, 2주가 끝나기 전에 이곳을 떠나 집으로 돌아가는 게 낫다는 생각이 일어났다. 하지만 내 마음은 알고 있었다. 머지않아 꿈을 가득 안고 미국으로 돌아가게 될 것이며, 내게는 무엇이든 완수해낼 힘이 있음을. 어떤 것도 해낼 수 없을 만큼 어려운 건 없었다.

나는 세계가 바뀌고 있음을 느낄 수 있었다. 그런데 바뀐 게 나였을까…… 둘 모두 바뀐 걸까?

타이머의 "삐-" 소리가 다정하게 울렸다. 그 소리는 앉아서 하는 수행과 서서 하는 수행을 바꾸라는 신호였다. 두 다리가 이전엔 겪어 보지 못한 아픔을 호소하고 있었다. 그나마 앉은 자세로 명상을 하는 동안 두 다리는 바닥에서 쉴 수 있었다. 나는 좌선이 더 좋았다. 나는 불안으로부터 나를 끌어내 눈꺼풀 뒤편에서 일렁이는 환상적인 빛으로 이끌어가는 소리에 귀를 기울였다.

"명상은 여러분의 마음에 찌든 먼지와 부정적인 면모를 깨끗이 빨아들이는 진공청소기입니다. 귀뚜라미 우는 소리를 들을 수 있나요? 여러분이 집중해야 할 것은 여러분의 생각과 걱정이 아니라 여러분의 귀에 들리는 소리입니다."

나는 복부가 올라가고 내려가는 것을 계속 주시했다. 앉아서 하는 좌선이 걸으면서 하는 포행보다 비교할 수 없을 만큼 좋았다. 내면의 힘 안으로 더 깊이 들어갈 수 있도록 해주기 때문이었다. 나는 내면의 가벼움에 집중했다. 시간과 공간의 빛은 단지 생리학적으로 존재할 뿐, 내면의 빛은 전혀 다른 주파수를 가지고 있다. 내면의 빛은 우리를 이끌 수 있는 힘이며, 우리는 그것을 잡을 수 있다.

나는 이 빛이 내 마음의 자기장에 불꽃을 일으키는 것을 상상했다. 마음의 자기장은 정신의 자기장보다 훨씬 더 넓다(실제로 두 개의 장은 뇌전도EEG와 심전도ECG로 측정할 수 있다).

마음이 열리고 있음을 느끼면서 나는 누군가에게 마음으로 살아가라고 말해 주는 것이 상투적인 표현이 아니라는 자각이 일어났다. 그것은 실제로 가능한 일이다! 그때, 내 집중력이 따끔거리는 왼쪽 발바닥으로 옮겨 갔다. 그 순간 나는 내 몸 전체에 진동하는 에너지의 활력을 느꼈다. 그 활력은 정신이 생각과 경주를 벌일 때 너무도 자주 간과된다.

좌선과 포행을 번갈아 하며 몇 시간이 흘러갔다. 그 사이에 불안과 걱정이 사라지고 내 깊숙한 곳에 자리하고 있던 충만감이 스스로 모습을 드러냈다. 나는 우주가 나를 인식하고 있음을, 나로 하여금 내 운명을 자각하도록 도와주려고 계획하고 있음을 알았다.

첫날의 마지막 한 시간 동안, 내 정신이 처음 명상을 시작하던 때에 했던 그 말을 똑같이 반복했다.

"난 네가 해낼 수 있다고 생각하지 않아."

존재하는지조차 알 수 없는 정신의 차원을 찾아내기 위해 의심과 싸우고 육체적 불쾌감과 싸웠다. 타이머가 연민 어린 표정으로 삐-소리를 울렸다. 하지만 나는 분 단위의 수행을 시 단위로 늘릴 수 있을 거라고 장담할 수 없었다. 우리의 궁극적 목표는 하루 여덟 시간에서 열두 시간까지 명상에 드는 것이었다. 첫날 명상이 끝났을 때, 우리는 단지 다섯 시간을 채웠을 뿐이었다. 하지만 내 몸은 딱딱하게 굳었고, 통증을 호소했다. 위장은 배고픔으로 꼬르륵거렸다. 나의 에고는 떠나기를 원했다.

내 방으로 걸어오는 동안 밤하늘에 반짝이는 푸르고 붉은 별들이 내게 영감을 던져주었다. 귀뚜라미가 평화롭게 울었고, 나는 멀리 치앙마이의 산들을 보며 미소를 지었다.

그날 밤, 약에 취한 듯한 느낌으로 나는 마음에 쏙 드는 하얀 시트가 깔린 조그만 하얀 방에 앉았다. 나는 커다란 하얀 옷을 벗어 하얀색 옷걸이에 걸었다. 그러고 나서 1센티미터 남짓한 두께의 매트리스에 누워 '나는 꿈을 꾸고 있는 거야, 아니 이건 꿈이 아니야' 하며 실랑이를 벌였다. 얼마 뒤, 나는 현실에 대한 감각을 잃어버린 채 매혹적인 미래의 공상에 빠져들었다. 상상 속의 나는 종이 울릴 때까지 남아 있었다.

치앙마이, 2011년 4월 2일

～

나는 나 자신이 될 것이었다. 나에게 필요한 것은 '나'와의 본격적인 만남이었다.

의식은 영혼의 신호이다

내가 명상이라 부르는 것은 이런 것이다. 단지 초연히 서서 구름이 수평선 너머로 사라져 맑고 투명한 하늘만 남게 되듯, 마음이 사라지는 걸 보고 있으면 된다. 그러면 그 상태에서 그대의 의식이 영광과 축복 가득한 존재로 솟아오를 것이다.

– 오쇼 라즈니쉬

아침을 알리는 불친절한 모닝콜이 울려 퍼졌다. 해가 뜨려면 아직 몇 시간은 더 있어야 하지만, 정지 버튼이 없으니 매처럼 기상해 하루의 날개를 펼치는 수밖에 없다. 이 상황과 싸우기보다는 남은 13일 동안 혼자 지내야 한다는 사실을 받아들였다. 매일 한 번, 오후 네 시에 수도원장이나 훈련 담당 승려에게 일과 보고를 하는 예외가 있긴 했지만.

나는 사원의 거대한 나무문을 끌어당겨 활짝 열었다. 각각의

문에는 사원의 역사가 담긴 옛 일화가 정교하게 조각되어 있었다. 나는 내 안의 나와 처음으로 인사를 나누었다. 불만과 피로가 나의 경험을 또렷하게 드러냈다가 서서히 사라졌다. 그때 페르난도가 해준 말이 떠올랐다.

"의식은 영혼의 신호랍니다. 의식이 흐려지지 않도록 정신을 맑게 유지하세요."

그날 아침 식사를 알리는 벨소리가 그렇게 반가울 수 없었다. 흥분은 음식을 보는 순간 가라앉았다. 물에 만 쌀밥이 양철식판에 찰랑거렸다.

'음…… 쌀밥이 온천욕을 즐기고 있군.'

내게 던지는 셀프 농담이었다. 아무리 우울한 때라도 유머는 나를 배신한 적 없는 유일한 친구니까.

나는 빈 탁자에 앉아 있었다. 그때 한 여자가 알아들을 수 없는 언어로 내게 욕을 하기 시작했다. 그녀는 키가 작았고 나는 그녀의 말을 이해하지 못해 한동안 그녀의 눈을 피했었다. 그러는 사이에 목소리가 점점 커졌고…… 한순간, 나는 내가 앉으면 안 되는 곳에 있다는 생각이 들었다. 승려들만 앉을 수 있도록 지정된 자리인 듯했다. 나는 웃음이 터졌고, 내 웃음은 그녀가 찾고 있던 최고의 반응이었다. 어쩔 수가 없었다. 지켜야 할 규칙이 너무 많았고, 매번 혼란을 일으키는, 아니 어느새 어겨버린 법칙도 허다했다. 나의 여정은 혼자 가야 하는 길이고, 나만을 생각할 뿐이다. 온전히 혼자라고 생각할 때, 우리는 진정으로 내면의 안내를 받을 수 있다. 자각할 것은 이것뿐이다.

마당에 있는 동안, 나는 영원히 사원에서 살아갈 것 같은 불제자들을 보았다. 다섯 살에 처음 승려 생활을 시작한 조그만 어린 아이들을 포함해 모든 연령대의 사람들이 장난스럽게 웃어 주었다. 그런 모습에 나는 미소 지을 수 있었다. 다섯 살이란 나이에 스님이 되는 수행을 온전히 해낸다는 게 믿어지지 않았다. 그들은 내가 살면서 보아 온 그 어떤 사람과도 같지 않았다. 걱정스런 표정을 하고 있는 사람도, 그날 안에 꼭 일을 마치려고 안달하는 사람도 없었다. 나는 이 세계에 존재하면서도 존재의 다른 차원에 있었다. 그곳은 정신의 개발과 의식의 자각을 위해 세워진 완전한 마을이었다.

조엘리에게 미소를 보냈다. 그녀도 미소로 답했다. 나는 주위를 살피는 일을 중단하고 식사 전에 외는 독경 리듬에 보조를 맞췄다.

"식사를 시작하기 전 우리는 이 음식에 대해 깊이 숙고해야 합니다. 탐욕스럽게 먹지 말아야 하며, 우리가 먹는 것이 몸을 유지하고, 몸에 영양을 주며, 단순함과 평화를 위하고, 물리적 배고픔과 고통으로부터 자유로워지기 위한 것임을 알아야 합니다. 현자는 오래도록 건강과 행복, 밝음과 지혜를 받아들이고 나누는 사람입니다."

단맛과 짠맛, 그 외 여러 가지 자극적인 맛에 익숙한 내게 설익은 듯한 쌀밥은 처음에는 도저히 먹을 수 없는 것을 씹는 기분이었다. 하지만 혀가 충분히 맛을 느낄 수 있도록 곱씹었더니 전에는 전혀 상상해 본 적이 없는 맛을 음미할 수 있었다. 확실히 내가 아는 맛들과 비슷한 점이라곤 단 하나도 없는 독특한 맛이었다. 그때 불현듯 내가 몸을 움직이기 위한 연료로써가 아니라 그저 맛을 즐기기 위해 음식을 먹어 왔다는 생각이 떠올랐다. 그동안 나는 몸이라는 사원을 제대로 가꾸지 않고 있었다. 무엇이 좋은 것인지 몰랐기 때문이다. 나는 먹는 것을 주의 깊게 살필 뿐 아니라, 먹는 것을 제한함으로써 명상수행이 얼마나 깊어질 수 있는지를 깨달았다는 사실에 몹시 흥분했다.

시간이 지날수록 나의 본성은 더 높아지고 확장되었다. 꿈의 분자에 불이 일어나고, 세계가 에너지로 인식되기 시작했다. 나는 이전보다 더 바르게 걸었고 더 자유로웠다. 그러다 갑자기 가족과 삶, 떠남에 대한 생각에 이르자 슬픔이 밀려들었다. 가족이 나의 반쪽이라는 생각에 고통스러운 눈물이 흘렀다. 너무 오랜 시간 가족과 떨어져 지냈다. 그날은 아버지의 생일이었지만 집에 전화를 할 수는 없었다.

그럼에도 본성은 더욱 확장되어 갔다. 특히 음식을 줄이는 것에 그랬다. 밤에는 물론 낮에도 일어나는 꿈의 체험은 모든 환상이 사라진 또렷한 의식의 성역으로 나를 이끌었다. 이런 와중에 문득 의문이 들었다.

'벌써 7일째인가? 아직 이틀째? 삶은 실재하는 걸까? 그저 꿈이 아닐까?'

나는 영원하지 않은 것의 실체를 보았다. 그 순간 외로움과 피로감, 우울감이 밀려들었다. 그러다 채 몇 분이 지나지 않아 이전에는 경험하지 못한 생명력을 느꼈다. 내가 스스로 고통을 만들어 내고 있다는 게 의식되었다. 나의 생각과 인식이 현실을 만들어 냈다. 불편한 느낌이 커질수록 더 불편해질 수밖에 없었다. 나는 모든 것을 흘러가는 대로 내버려 두었고, 내 정신의 무한한 에너지를 믿음으로써 지혜를 얻을 수 있었다.

치앙마이, 2011년 4월 3일

온전히 혼자라고 생각할 때, 우리는 진정으로 내면의 안내를 받을 수 있다. 자각할 것은 이것뿐이다.

진실을 기억하다

사람들은 홀로 되기를 싫어한다. 하지만 성인은 홀로 됨을 이용한다. 우주와 함께 있음을 느낄 수 있기 때문이다.

— 노자

사흘째 오후 서너 시쯤, 나는 처음으로 현실에서 삐져나온 충격파를 목격했다. 공기는 눅눅했고, 열기는 허기져 있었으며, 내 마음은 내달리는 중이었다. 두 다리가 휘청거렸다. 나는 혼자였고, 흐트러짐 없이 그 순간에 집중하는 것에 거부감이 일었다. 나는 주지스님의 방으로 들어갔다. 방은 조용했고 수백 송이의 꽃이 그려진 벽에서 아우라가 뿜어져 나오며 방안을 감싸고 있었으며, 내 몸의 피로를 빨아들였다.

나는 짙은 갈색을 띠는 스님의 나무책상 가까이에 깔아 놓은 커다란 자홍색 융단 위에 앉았다. 그리고 프라 아잔 수판 스님에게 지금 이 순간에 완전히 머물러 있기 때문에 어떤 고통도 느껴지지 않는 고요한 수행을 하고 있다고 했다. 하지만 그 순간 나도 모르는 사이 내가 가지지 못한 것에 대한 생각 속으로 빠져들면서 다시 괴로워지기 시작했고, 심지어 눈물까지 쏟을 것 같았다. 나는 거의 대부분의 시간을 가족을 생각하며 보내고 있었다. 나는 스스로도 의식하지 못한 채 고통을 만들어 내고 있다는 것을 깨달았다. 하지만 멈추기가 힘들었다. 아직 모든 생각을 그저 응시하는 것만으로, 단지 흘러가도록 내버려 둔 채 인식하는 것만으로도 고통을 줄일 수 있다는 깨달음에는 이르지 못했다.

오렌지색 승복은 프라 아잔 수판 스님의 몸 전체를 가리고 있었다. 스님은 내가 말하는 동안 마치 내 말을 인정한다는 듯 크게 웃었다.

"그래요, 영원하지 않은 것이 삶이고 세상의 법칙입니다. 상황은 바람처럼 왔다가 가지요. 사랑하는 모든 것을 앗아가는 것은 바로 당신 자신이고, 그것을 통해 당신은 사랑하는 것들에 더 감사하는 법을 배우게 됩니다."

내 얼굴이 고요해지고 침착해지자 스님은 더는 내 표정을 주시하지 않았다.

"명상을 통해 우리는 더 이상 선한 것과 악한 것에 대한 판단으로 스스로를 재단하지 않을 수 있습니다. 그보다는 지금 자신의 진실한 모습을 우리가 찾고 있다는 것을 기억하려고 애씁니다. 그렇게 마음에 흐트러짐이 없다면 비로소 볼 수 있는 것이지요. 이것이 바로 몸과 감정과 정신과 자신이 하고자 하는 바에 대해 깊이 생각하는, 마음 챙김이라는 훈련입니다."

나는 고개를 끄덕이며 스님이 뭔가 쓰다가 멈춘 사이에 방을 둘러보았다. 방에는 과일이 가득 담긴 바구니들이 놓여 있었는데, 마을 사람들이 스님에게 좋은 말씀을 듣고 그 보답으로 갖다 놓은 것들이 아닌가 싶었다. 나는 스님 바로 뒤편, 회색 돌로 연못처럼 만들어 놓은 곳에 진홍색 꽃 한 송이가 떠 있는 걸 유심히 바라보았다.

"당신의 가족은 지금 여기에 있지 않아요. 하지만 계속 명상을 한다면 그들은 당신이 경험하는 삶을 자랑스러워하고 그 삶에 만족을 느끼게 될 겁니다."

스님의 말씀은 거기서 끝났다.

그의 뒤편에서 비쳐 나오는 빛을 지켜보는 동안 마치 나를 씻어내는 마법과도 같은 감화가 일어났다. 나는 미소를 지었고, 왼쪽 벽을 뒤덮고 있던 수백 송이의 꽃들이 내뿜는 향기를 맡았다. 나는 원장스님의 코 끝에 걸린 동그란 안경을 유심히 바라보았다. 스님은 단지 몇 분만에 불편함을 제거할 수 있는 완벽한 힘을 내게 주었다. 타인을 도움으로써 자신의 삶에 일어나는 장애를 걷어내는, 자아를 깨친 사람들만이 할 수 있는 일이었다.

그날 밤, 나는 정원을 거닐며 자갈밭과 접한 곳에 피어 있는 수많은 이국의 식물들을 감상했다. 그 식물들 사이에 몸을 숨긴 채 찌르륵거리며 울어대는 귀뚜라미 소리가 나를 여유롭게 해주었다. 나는 사원 입구를 장식하고 있는 황금 코끼리를 넋을 잃고 바라보았다. 그러고 나서 매순간 자신의 위엄을 내뿜고 사랑을 설파하는 달빛 아래 자홍색 그림자를 드리우고 있는 한 무리의 꽃을 보며 크게 웃었다.

나는 타이머를 한 시간에 맞추어 놓은 뒤 눈을 감고 명상에 들었다. 몇 분이 지나가고, 눈꺼풀 안쪽에 빛이 새들었다. 마치 에너지가 발산되면서 전에 없던 자신감이 만들어지는 것 같았다. 신이 내 시야에 손가락으로 그림을 그리고 있는 것이 아닐까 싶었다.

"삑- 삑-!"

한 시간으로 맞추어 놓은 타이머가 마치 나를 우주로 날려버리기라도 할 듯 현실의 안전벨트를 풀어버렸다.

나는 시간과 공간을 가득 채운 농밀한 기운을 내뿜으며, 명상 시간을 늘린다는 것에 의문이 일었다. 더 멀리로 떠나갈 수 없다는 걸 알았기 때문이다. 하지만 내 감각에 맞게 조정하고 났을 때, 나는 모기들이 다른 계획을 가지고 있음을 깨달았다. 나는 반짝거리는 사원의 대리석 법당으로 걸음을 옮겼다. 마지막 시간에 느꼈던 도취감을 좀 더 느끼고 싶었다. 눈을 감았을 때, 나선형 에너지가 보였다. 팔과 다리는 잠에 빠져들었지만 정신은 여전히 각성 상태에 있었다. 감각은 이미 마비 상태였고, 정상과 비정상 너머에 있었다. 나는 세계를 만들어 내는 잠재적 상태에 잠겨 있었다.

'신이시여, 저로 존재함에 감사드립니다!'

무지개를 비롯해 뭔지 알 수 없는 이미지들이 저마다 빛을 발하고 있었다. 문득 나비 한 마리를 보았다는 생각이 들었는데, 거기에 이름을 붙이자 형상이 사라져버렸다. 내 정신이 나를 떠올렸다.

'그대가 내게 이름을 지어 붙이는 순간, 그대는 나를 없애는 것이다.'

나는 허리케인과도 같은, '기' 혹은 '프라나prana'라는 내면의 에너지가 일어나는 것을 느꼈다. 그것은 내가 먼지와 같음을 드러냈고, 그러고 나서 무지개 뱀의 형상이 생겨났다. 내 몸이 지혜의 진동으로 폭발했는데, 내가 나중에 깨달은 바로는 그 떨림은 쿤달리니(인간 안에 잠재된 우주 에너지)의 상승, 무의식중에 깨어난 유체 에너지였다. 나는 시공을 떠나 완전히 조화를 이룬 차원에 있었다. 무슨 일이 일어났는지를 생각하는 순간 현실을 향해 흘러갔지만, 그저 호흡만 하고 있으면 더욱 가벼워지면서 더 멀리로 여행을 떠났다.

내 안의 더 높은 수준이 말했다.

'두려움이나 걱정 혹은 의심 안에서 산다는 것은 스스로를 완전한 존재로부터 잘라내는 것이다. 이것은 자신의 완전한 능력을 인식하지 못함으로써 한 부분으로만 존재하기 때문이다. 여기에는 사랑과 두려움, 두 종류의 자각이 있을 뿐이다. 사랑은 궁극적 성장과 진보적 의식이지만, 두려움은 정반대편에 있다. 사랑을 가지고 꿈을 따르라. 그러면 꿈을 실현하기 위한 세상이 펼쳐질 것이다.'

나는 내 몸이 내 생각들로 이루진 세상으로 전파를 보내는 방송국 송신탑처럼 느껴졌다. 그리고 한편으로는 육체적 경험과 감성을 받아들였다. 생각이 육체적인 것과 순수한 느낌으로 이루어져 있다는 걸 알았다. 그때 나는 내가 누구인지, 내가 원하는 것이 무엇인지 진정으로 알 수 있었다. 나는 삶이 복잡하지 않다는 걸 깨달았다. 삶은 단순하다. 우리는 모두가 위대하며, 그 위대함에서 왔으며, 다름 아닌 그 위대함을 누릴 자격을 가지고 있다.

그 순간 나는 우리 모두가 해야 할 일은 바로 우리가 누구인지, 우리가 추구해야 할 것이 무엇인지, 우리가 어떻게 시작하게 될 것인지를 자각하는 것임을 알았다. 그리고 그때 어떤 구원의 힘을 지닌 선택이 이루어진다. 삶은 우리의 의지에 반응한다. 내가 완전한 자각에 이르렀을 때, 그동안 나의 삶이 온전하지 않았으며, 여전히 날마다 반복되고 있다는 사실은 나를 고민에 빠뜨렸다.

'왜 그럴까?'

나는 의문이 들었다. 그때 아주 신중하게 스스로에게 물었다.

'엄마로부터 떨어져 나오는 것이 어떻게 아이의 탄생이 될까?'

중요한 건 이 시스템에 있다.

위대함은 우리 안에 있는가, 우리의 바깥에 있는가? 우리의 시스템이 위대함이란 우리 자신과 떨어져 존재한다고 믿게끔 우리를 이끌었다는 사실을 나는 깨달았다.

재잘거리는 소리가 감각을 육체가 속한 현실로 되돌려 놓았다. 나는 내가 처한 상황을 받아들였고, 다시금 정신을 호흡에 집중시켰다. 이해할 수 없는 소리가 더 많아지면서 귓속으로 밀려들었다. 손가락 하나가 내 왼쪽 어깨를 두드렸다. 나는 명상에 잠긴 채 몸을 돌렸다. 눈을 뜨고 방을 바라보았다. 마치 만화경을 들여다보는 것 같았다. 에너지를 품은 빛깔들이 스크린에 확대되어 비추어졌고, 현실은 명확하지 않았다. 내 몸이 평소보다 훨씬 민첩하게 느껴졌다. 승려 한 분이 내 앞에 서 있었는데, 그의 몸이 마치 높은 주파수를 가진 빛처럼 보였다.

"죄송합니다만, 제 말을 좀 들어 주셨으면 합니다. 열 시가 지났습니다. 문을 닫아야 할 시간입니다."

그의 목소리는 부드러웠다.

나는 행복감에 젖어 크게 웃으며 시계를 보았다. 물리적 현실 너머에 있는 동안 어느새 두 시간이 흘렀다. 그동안 모든 피로와 불편함, 외로움을 이겨냈다. 그리고 이 경험을 통해 깨달았다. 정신은 의심의 여지없이 어떤 것이든 받아들일 수 있다는 것을. 그날 밤, 우주는 내게 은밀히 속삭였다. 우리는 모두 자신의 운명을, 모든 것 가운데 가장 높은 경지에서 살아낼 수 있다고.

치앙마이, 사흘째

영원하지 않은 것이 삶이고 세상의 법칙입니다. 상황은 바람처럼 왔다가 가지요. 사랑하는 모든 것을 앗아가는 것은 바로 당신 자신이고, 그것을 통해 당신은 사랑하는 것들에 더 감사하는 법을 배우게 됩니다.

나는 거기에 없다

모든 물질은 하나의 원자를 진동시키는 힘으로부터 생겨나고 존재
하며…… 우리는 이 힘의 뒤편을, 의식적이고 지적인 마음의 존재
를 떠올려야만 한다. 이 마음이 모든 물질의 매트릭스다.

― 막스 플랑크

다음 날 새벽, 나는 네 시가 안 되어서 잠에서 깨어나 종이 울
리기 전에 명상을 위해 사원에 앉아 있었다. 나는 영감에 싸여
있었다. 그리고 이보다 더 중요한 것은, 내가 점점 더 성장하고 있
다는 사실이었다.

나는 키가 5미터나 되는 것 같았다. 걱정, 두려움, 의심도 없었
다. 세상에게 나를 가르쳐 달라고 요청했고, 세상은 그렇게 했다.
나는 오후에 프라 아잔 수판 스님에게 어떤 이야기를 하게 될지
예상을 하며 낮 동안 결연히 항해에 나섰다. 주지스님 방으로 갔

을 때 나는 나의 '몸을 벗어난' 경험과 내가 알게 된 모든 것에 대해 말했다.

스님이 사려 깊게 웃었다. 나는 흐트러짐 없는 말들이 흘러나오는 그의 얼굴, 그의 눈을 응시했다.

"당신이 알고 있듯, 덧없음이야말로 삶의 진실입니다. 어느 순간 당신은 우울에 빠지고, 다음 순간 당신은 행복을 경험합니다. 그러나 당신은 실제로 존재하지 않습니다. 자아는 지금 이 순간의 의식적 자각으로 관찰되는 것이 아니라 당신의 느낌과 생각, 감정, 목적, 성취, 감각, 경험에 대한 집착으로부터 나오기 때문입니다."

스님은 쓰고 있던 안경을 벗어 들고는 마치 모든 답이 담긴 수정구슬이라도 되는 듯 내려다보았다.

"사람들이 명상센터에 오는 이유는 단 한 가지입니다. 스스로 이해하고 경험하려는 것이지요. 자신을 제외하고 누구도 자기를 구원할 수 없습니다. 어떤 사람도 그렇게 할 수 없고, 어떤 존재도 그렇게 할 수 없습니다. 자기 스스로 길을 가야 합니다."

그는 익숙하게 왼손으로 뭔가를 쓰다가 멈추었다.

"내면의 근본적인 변화와 새로운 차원의 의식으로의 성장은 오늘날 기계적이고 경쟁적인 서양의 패러다임으로 인해 생겨난 전 지구적 위기상황에서 우리가 가져야 할 유일한 실재적 희망입니다."

나는 영감과 희망에 차올라 미소를 띤 스님의 얼굴을 찬찬히 살폈다. 스님은 마치 지혜의 불꽃이라도 지피려는 듯 두 손바닥을 문질렀다.

'그대가 만약 다른 누군가의 삶을 더 낫게 하지 못한다면, 그대는 그대의 시간을 낭비하는 것이다.'

스님은 깨달은 사람에게 주어지는 사명으로 살아가고 있었다.

방을 나서기 전 스님은 부드러운 목소리로 내게 고맙다고 말했다. 나는 우리의 대화로부터 스님이 받은, 눈 깜빡할 순간에 지나가는 기쁨을 보았다. 스님의 눈빛은 내가 더 많은 것을 물을 수 있기를 바라는 듯했다.

나는 이어진 며칠 동안 인간적 시험의 덧없음을 경험했다. 삶의 흐름이 높아지기도 했고, 통제되지 않는 늪에 빠지기도 했으며, 때로는 권태와 불안의 바위에 짓눌리기도 했다. 하지만 그것들이 지나자, 모든 것이 일순간에 달라졌다. 나의 생각이 나를 어디로 이끌고 있는지 자각한 것이다. 나는 나의 정신이 나의 의지로부터 너무 멀어지기 전으로 돌려 놓을 수 있었다. 매일 스스로를 훈련시켰다. 어쩌면 꿈을 자각하며 의식적으로 꿈을 꾸고 있었는지도 몰랐다.

치앙마이, 나흘째

자신을 제외하고 누구도 자기를 구원할 수 없습니다. 어떤 사람도 그렇게 할 수 없고, 어떤 존재도 그렇게 할 수 없습니다. 자기 스스로 길을 가야 합니다.

어떻게?

우리는 어떻게 여기에 온 것일까?

어떻게 생각들이 나타나는 거지?

진실은 너무도 흐릿해.

누군가는 말하지. 모든 구조가 불안정하다고.

꾸며낸 이야기의 세계에선 속임수가 진실이잖아.

우리의 모든 믿음은 상대적이고,

그러니 어떻게 살아야 하는지를 들을 수가 없어.

그릇된 상상에 집착하고 있는 건 아닐까?

우리는 정말 깨어 있는 걸까?

그저 꿈을 꾸고 있는 건 아닐까?

누군가는 말하지. 세상에 적응하지 못한 자들과 제 맘대로 생각하는 자들이 지식의 눈을 가리는 놈들이라고.

그건 모두 신기루와 같은 환각의 콜라주야.

어떻게 우리가 여기 있게 된 걸까?

생각들은 어떻게 생겨나는 거지?

진실은 너무도 흐릿해.

누군가는 우리들 세상을 우연과 요행의 게임처럼 바라보지.

다른 사람들은 창조와 징후를 눈부시게 여겨.

하지만 많은 이들이 말해.

내가 눈을 뜰 때, 방향은 사라져버린다고.

마음을 비추는 현실의 거울을 깨끗이 닦을 수는 없을까?

우리가 어떻게 여기에 왔을까?

생각들은 어떻게 나타나는 걸까?

진실은 너무도 흐릿해.

머리로 말하지 말고 가슴으로 말하라

수학의 법칙들은 현실을 명확히 보여주지 않으며, 명확한 수학은
현실을 보여줄 수 없다.

— 알베르트 아인슈타인

나를 둘러싸고 있던 삶의 장은 매일매일 수많은 기회를 주었
다. 이 사실을 기억할 때, 나는 자유로워질 것이다. 나는 내 안의
내가 현재의 내 모습에 감사하고 있다는 사실을 알았다. 한때 내
마음의 감옥이었던 곳은 내가 필요로 하는 것을 성취할 수 있는
궁전이 되었다. 내 정신의 감옥을 가로막고 있던 쇠창살을 어떻
게 뜯어낼까를 궁리하면서, 나는 경제학 수업을 떠올렸다. 그러
고 나서 나는 감옥의 창살을 뜯어냈다. 미국으로 돌아가면 나는
나의 발견을 받아들이려는 노력을 아끼지 않을 것이다. 이미 나
는 내면에 잠재된 모든 것을 시험하고 있었다. 나는 두렵지 않았

다. 진실을 알고 있었기 때문이다. 진정한 주인은 사람들의 행렬 한가운데서 그들의 독립성을 지켜줄 수 있고, 그들 자신의 생각을 말하도록 독려할 수 있다. 그렇게 하는 사람만이 자신의 삶의 목적을 자각할 수 있다.

명상 프로그램이 끝나기 전, 며칠 동안 나는 아침마다 몇 시간씩 거울 속의 나를 응시했다. 여행 바로 직전에도 나는 거울 속 나를 응시했었다. 그때 나는 내가 누구인지, 내가 원하는 것이 무엇인지를 전혀 알지 못했다. 하지만 지금은 다르다. 나는 눈으로 볼 수 있는 형상 너머를 보고 있었다. 내 생애 처음으로 내가 누구인지를 볼 수 있었다. 일단 거울로부터 멀리 걸어 나오자, 우주의 꿈이 눈에 띄었다.

'상상한다면, 믿는다면, 우리가 원하는 대로 행동한다면, 우리는 무엇이든 할 수 있다.'

시와 결의가 내 마음으로부터 강물처럼 흘러나왔다. 나의 모든 여행이, 금속 새를 타고 날 수 있는 티켓들이, 지구를 가로지른 수천 킬로미터의 비행이 내가 누구인지를 밝히는 데 끈질기게 사용되었다. 그리고 성취에 대한 갈망이 나를 주저앉혔다. 물리적 세계에서가 아니라 명상을 하는 동안에 나 자신에 대한 진정한 이해에 이를 수 있다는 사실을 발견하는 건 무척이나 흥미로운 일이었다.

그럼에도 내겐 아직 수행해야 할, 가장 냉혹한 노력의 정점에 닿기까지 80시간이 남아 있었다. 햇볕을 쐬는 동안 전율이 일었다. 나는 머리에서 불과 한 뼘 정도 떨어진 높이의 나뭇가지에 앉은 행복한 푸른 새를 지켜보았다. 그 새는 우주가 내게 보내는 더 좋은 일들에 대한 하나의 징조였다. 구름 몇 점이 떠 있었고, 그 안으로 물기가 서늘하고 촘촘히 머금어지는 동안, 나는 물질세계를 건너 반대편으로 향했다. 그리고 나의 무한한 가능성을 물질세계로 확장시켰다. 승려들이 읊조리는 오후의 만트라가 들려왔다. 그 소리는 생각과 생각 사이에 놓인 침묵의 공간으로 나를 데려갔다.

마지막 날 밤, 내 방의 매트리스에 앉아 명상에 들었을 때, 내 영혼이 다시 입을 열었다.

'우리 모두는 단지 목적을 위한 수단으로 이 세상으로 온 것이 아니다.'

뎅! 뎅! 뎅!

새벽 종소리가 나를 깨웠다. 달빛이 문틈으로 새어 들었다. 깨나는 동시에 나는 미소 발전소를 가동시켰다. 그리고 흰 벽으로 둘러싸인 사방 3미터의 방을 둘러보았다. 나는 하얀색 시트로 몸을 감싼 채 푸른색 타일이 깔린 현관에 앉아 가물거리는 별을 보며 잠을 쫓았다. 그리고 불빛이 깜박거리는 다른 방들을 지켜보았다. 하늘에선 어두운 구름 몇 조각이 빠르게 지나가는데, 마치 하늘이 움직이는 것처럼 보였다.

눈가에 붙은 잠을 비벼 내쫓고는 방으로 돌아와 요가 자세를 취했다. 묵언명상의 마지막 날이었다. 두 다리를 넓게 벌리고 서서 전사 자세를 취한 채 숨을 깊이 들이마셨다. 뱃속에 가스가 차는 느낌이 들었고, 가스가 엉덩이 사이로 빠져나가도록 내버려 두었다. 잠시 후, 두 다리가 따뜻하고 끈적해졌다. 나는 발작적으로 웃음을 터뜨리고는 급히, 당황할 겨를조차 없이 세탁실로 향했다.

남은 하루는 빠르게 지나갔다. 주지스님과의 면담시간도 그리 길었다는 느낌이 들지 않았다. 스님에게 더 많은 말씀을 듣고 싶었고, 질문도 많이 하고 싶었다.

"승려 생활이 고통스럽지 않습니까?"

호기심이 가득 든 통에서 제일 먼저 꺼낸 질문이었다.

스님은 갈색 눈썹을 치켜 올리고는 인간이면 누구나 고통을 겪는 거라고, 우리 모두는 느낌을 가진 존재들이라 감정을 죽일 수는 없다고, 단호하게 말했다. 우리는 우리의 감정을 인식하고, 우리의 마음이 어디로 갈 것인지 선택할 수 있을 뿐이다. 이것이 바로 인간 존재를 초월하는 것이다.

나는 스님의 말씀에 감사의 뜻으로 고개를 끄덕이며 미소를 지었다. 내가 물었다.

"우리가 원하는 세상을 만들기 위해서 우리 모두의 집단적인 선택이 필요하다는 의미인가요?"

스님은 잠시 눈을 감았다가 뜨며 안경을 고쳐 썼다. 그리고 나서 몸을 들썩거리며 웃었다. 내 코에선 호기심이 똑똑 떨어졌고, 다리 아래에 깔린 융단이 지혜로 수놓아진 것처럼 느껴졌다.

"맞습니다. 세계의 상태는 우리의 내면을 그대로 투영한 것입니다."

스님은 거기서 말을 끊고는 손가락으로 당신의 가슴을 가리켰다.

"세상을 변화시키기 위해 우리는 우리 자신을 변화시켜야만 합니다."

스님은 환하게 미소를 짓다가 가볍게 소리까지 내가며 웃었다. 그러다 가느다란 팔을 들어 올렸는데, 마치 다음 질문을 하라는 손짓처럼 보였다. 다시 물었다.

"사람들이 자신의 마음을 따르는 것에 대해, 스님은 어느 정도 믿음을 가지고 계시나요? 저는 이제 제가 살던 서양의 세계로 다시 들어가야 합니다. 여기만큼 평온한 곳이 아닐 텐데요."

나는 서구 사회에 대한 내 판단이 자의적이지 않기를 바라며 어줍게 웃음을 터뜨리고는 말을 이었다.

"자신의 꿈을 만들어 가는 사람, 자신의 마음의 의도를 이야기하는 사람에게 스님께서 주실 수 있는 최선의 충고가 있다면 무엇입니까?"

스님은 머리를 긁적이며 생각에 잠기더니 다시 크게 웃었다.

그리고 눈살을 모으더니 방을 둘러보는데, 곤란한 질문이라는 것을 표정으로 답하는 것처럼 보였다.

"내가 하고 싶은 충고는 머리로 말하지 말고, 가슴으로 말하라는 겁니다."

스님은 손가락을 들어 올리고는 예의 그 부드러운 웃음소리를 덧붙였다.

"인간으로 우리가 받아들이기 가장 힘겨운 것이 바로 이것입니다. 모든 것은 우리가 그러리라고 생각하는 것보다 단순하다는 것."

스님은 다시 크게 한 번 웃음을 터뜨렸는데, 마치 삶의 비밀하나를 내게 전해 주었다는 듯했다. 나는 스님이 말한 단순함을 이해할 수 있다는 의미로 미소를 지으며 고개를 끄덕였다. 스님은 깨끗한 잔에 담긴 물을 한 모금 마시고는 다른 질문을 하라는 손짓을 보냈다.

"대체 인류의 역할은 무엇일까요?"

나는 궁금했다. 싱글싱글 웃으며 주지스님은 부드럽고 느릿하게 대답했다.

"관리인이 되는 거죠."

그러고 나서 내가 들었는지를 확인하듯 잠깐 말을 끊었다가 이었다.

"우리 모두는 창조자, 사랑, 인생, 우주, 근원, 신, 붓다, 알라, 예

수, 라마크리슈나, 권력, 존자의 면면들입니다. 그리고 이러한 진리를 경험하기 위해 여기에 있습니다. 악은 이런 진리를 잊은 상태, 또한 두려움과 수많은 형태의 탐욕 그리고 화와 질투를 확장시키며, 연민의 아량조차 없는 것을 의미합니다. 두려움을 없애고, 사랑을 증폭시키세요."

스님은 말을 멈추고는 손가락을 들어 올리며 다음 문장을 힘주어 말했다.

"이것이 모든 삶을 조화롭게 이동시키게 될 겁니다."

나는 스님의 말씀을 분명히 알았다는 표시로 두 손을 모아 합장을 하고는 미소를 머금었다. 그러고 나서 더 이상 질문할 것이 없다고 말했다.

우리의 수업도 막을 내리고 있었다. 스님은 검정 표지의 공책에 뭔가를 써내려 갔다. 그러고 나서 단호하고 감정이 실리지 않은 목소리로, 내일 아침이면 세상으로 다시 돌아가야 하지만 내면의 불길은 꺼트리지 말라고 당부했다. 스님은 우리 모두가 진리를 향해 우리의 의식을 이동시키는 시간이 빠르게 다가올 것이라고, 그때 우리는 우리가 알고 있는 것보다 더욱 강한 존재가 되어 있을 거라고, 말했다.

그러고 나서 내가 겪은 것들을 함께 나누기 위해 자신을 찾아온 것에 고마움을 표시했다. 파랗게 깎은 머리 위에 드문드문 박힌 점들이 마치 우주의 정보를 알려주는 지혜의 전달자처럼 보였다. 스님의 매끈한 턱이 가르침의 말씀으로 진동했다. 나는 다시 한 번 두 손을 모으고 스님에게 감사의 인사를 올렸다. 스님의 합장을 받고 나서 천천히 방을 나왔다. 그리고 스님의 방 밖에서 나는 허공을 깊이 응시했다. 가볍게 부는 바람이 기운을 돋우었고, 별들이 드문드문 모습을 드러내기 시작했다.

그날 밤, 기운을 충전한 폭포가 침묵에 싸인 나를 친구로 삼아주었다. 나는 미소를 머금었다. 내게는 명확한 목표가 있었다. 내가 발견한 모든 것과 함께 세상으로 들어갈 나의 시간이 다가오고 있었다.

치앙마이, 2011년 4월 12일

❧

세계의 상태는 우리의 내면을 그대로 투영한 것이다.

나뭇잎은 모두 나무에서 떨어진다

내게는 내가 원하는 것이 될 자유가 있다. 그리고 나 이외의 사람들을 섬기는 것이 여기 지구에서 당신의 방을 빌려 쓴 대가로 당신에게 지불하는 방세라는 것을 나는 안다.

– 무함마드 알리

사원을 떠나는 날, 머물던 방에서 나와 길에 잠깐 서 있었다. 신성한 나무들의 꼭대기를 보니 마치 하나의 나무처럼 한데 얽혀 재밌는 터널을 만들어 냈다.

나는 돌길 위에 서서 하얀 빈 벽을 응시하며 앞으로 명상에 드는 날이 얼마나 될지 생각했다. 밥 말리 티셔츠가 내 감정을 다채롭게 물들였다. 여러 빛깔이 서로 다른 감정의 주파수로 진동했다. 모두 유쾌하고 다양한 에너지를 갖고 있었다. 먼 산을 향해 작별의 손을 흔드는 동안 오후의 우레가 '쿠르릉' 자연의 호의를 담은 소리로 응답했다. 그때 조엘리가 지나갔다. 처음 동의서에 사인을 할 때 그녀는 기간을 15일로 정했었다. 그녀에겐 아직 하루가 더 남아 있었다. 나는 말없이 작별의 포옹을 했다. 그녀의 묵언수행을 깰 수는 없었다.

몇 걸음 뗐을 때 배낭 무게에 나는 거의 쓰러질 지경이었다. 2주 동안 체중이 엄청 빠진 것이다. 집으로 돌아가라는 신호였다. 나는 내가 찾던 것을 찾았다. 더 이상 삶이 버겁지 않았다. 내 항해도 이제 닻을 내려야 할 때였다. 뒤편에서 바람이 불어왔다. 세상이 내 무릎 위에 가만히 놓여 있었다.

나는 주위의 풍경을 둘러보며 얼어붙은 듯 서 있었다. 자갈길과 오래된 나무들이 그리울 것이다. 그리고 오렌지색 법복을 입은 스님들 중 한 분과 눈이 마주쳤을 때, 그의 두 눈이 내 시선을 끌었다.

우리는 창고 앞 계단에 앉았다. 그가 온화한 미소로 말했다.

"짐들을 보니 떠나는 게 확실하군요. 당신 얼굴에 미국사람이라고 써 있는데, 당신 같은 사람은 여기 많지 않죠."

나는 웃으며 집으로 돌아가고 싶어 죽겠다고 말했다. 나는 심하게 갈라진 입술과 새로 밀어서 면도날 자국이 발갛게 살아 있는 그의 머리를 유심히 바라보았다. 그의 입술과 머리는 삶의 유한함을 기꺼이 받아들이는 그의 태도를 상징하는 듯했다. 하지만 그 어떤 것도 그를 괴롭히는 것 같지는 않았다. 내가 미국인이란 걸 어떻게 알았는지 궁금했다.

내 질문에 그가 폭소를 터뜨렸다.

"미국사람들은 늘 짐이 많지요."

그러고 나서 덧붙였다.

"떠나는 걸 겁내지 말아요. 인생의 아름다움은 경험을 통해 배운다는 데 있어요. 혼자 있든 북적거리는 도시에서든. 어느 하나 현실에 바탕을 두고 있지 않은 것은 없지만 우리 자신의 의식으로 검증되어야만 하니까요. 우리가 어떻게 이해에 이르느냐, 중요한 건 그겁니다."

나는 그의 말에 골똘히 귀를 기울이고는 감사의 미소를 보냈다. 우리의 만남이 바로 그가 말한 신성한 이유의 증거임을 깨달았다. 그가 부드러운 음성으로 물었다.

"모든 나뭇잎은 나무에서 떨어지기 마련이에요. 나이가 많은 잎이든 어린 잎이든 모두가 똑같아요. 바람이 불면, 나뭇잎이 일제히 떨어져 날리죠. 당신은 젊은 나뭇잎이죠……. 그런데 만약 내일, 여기 태국에서, 당신의 생명이 다한다면 당신은 자신의 삶에 만족할 건가요?"

그의 질문을 받고 깜짝 놀랐다. 내가 배운 모든 걸 실행하지 않은 상태에서 죽는다는 건 계획에 없던 일이었다. 그는 내게 대답할 기회를 주지 않고 말을 이었다.

"우리 모두는 우리 자신에게 물어야 합니다. 만약 예기치 못한 상황에서 삶의 저편으로 넘어가버린다면 후회를 하게 될는지 후회하지 않을는지를 말이죠."

"그건 제가 한 경험들과 관계없는 것 같은데요."

나는 조금은 방어적일 수 있는 대답을 남겼다.

"그게 삶의 진실입니다. 매일매일 일어나는…… 어느 도시에서나…… 누구에게나 일어나는."

그는 자신이 한 말을 강조하듯 잠시 말을 끊었다가 다시 이었다.

"저는 여행객들을 위해 가이드 노릇을 하곤 했어요. 네 번 정도 했을까요. 그중에는 건강에 갑자기 이상이 생겨 손 쓸 틈도 없이 목숨을 잃은 서양인도 있었죠. 이게 바로 항상 우리가 사랑하는 일을 해야만 하는 이유입니다."

나는 잠깐 생각한 뒤, 닷새 뒤면 집으로 돌아가 가족과 친구들을 만나게 될 것이고, 또 그렇게 하고 싶다고 말했다. 나에겐 이루어야 할 삶의 미션이 있는데, 태국에선 아니라고 했다.

"그래요. 사람들은 저마다 서로 다른 목적을 가지고 있죠. 그럼에도 수행할 과업은 그때그때 바뀝니다. 하지만 우리 모두가 우리에게 맞는 재능을 가지고 있어요. 최고의 시인일 수도 있고, 가장 인내심이 강한 어머니일 수도 있죠. 어떤 사람은 독보적인 바구니를 짜는 사람일 수 있고, 가장 멋진 미소를 지을 수 있는 사람일 수도 있고, 가장 완벽한 요가 지도자일 수도 있어요. 가장 많은 영감을 주는 선생님일 수도 있고요."

그는 다시 잠시 말을 끊었다. 그의 얼굴에 떠오른 미소는 좀처럼 사라지지 않았다.

"어떤 사람은 종이와 종이를 결합하는 스테이플러가 될 수도 있죠. 열정이 존재하고 우리의 미션과 목표를 따른다면 그게 무엇이든 상관없어요. 가까운 미래가 어떻게 될 것인지, 자신의 일을 사랑함으로써 어떻게 완전한 행복에 이르게 될 것인지, 모두 여기에 달려 있는 겁니다. 우리는 자신의 가장 깊은 곳에 존재하는 가치를 물질세계로 옮겨 놓는 세상을 가지게 될 겁니다."

나는 그가 한 모든 말에 동의하며 미소를 지었다. 나는 그에게 모든 사람이 저마다의 열정을 따르도록 영감을 불러일으키는 게 내가 열망하는 것이라고 말했다. 하지만 귀를 기울여 듣는 것이 배우는 것이다. 나는 더 이상 입을 열지 않고 그의 눈동자에 깃든 영혼에 집중했다. 그가 이어서 말했다.

"이 세상에서 원하는 변화를 이루기 위해 당신은 이런 질문들을 스스로에게 해야 합니다. 나를 남들과 다르게 할 수 있는 열 가지 방법이 있다면 무엇인가? 모든 인류에게 이익이 되는 나만의 목적은 무엇인가? 삶에서 무엇 때문에 내가 하고 싶은 일을 하려는 것인가?"

나는 그가 들려준 질문들을 일단 주머니에 넣어 두었다가 나중에 대답을 하리라고 생각했다. 그의 말에 계속 귀를 기울였다.

"우리는 세상을 떠나는 사람에게 행운을 빈다는 말을 하지 않아요. 행운은 현실을 나타내지 못하는 환상의 단어입니다. 우연히 맞아떨어지는 것은 없어요…… 우린 우연히 만난 게 아닙니다. 당신은 누군가 이야기할 사람이 필요했고, 난 그걸 감지했죠."

나는 그가 전하는 메시지에 마음 깊이 동의하며 환하게 웃었다. 그러고 나서 여행의 마지막을 거의 마법적으로 장식하는 순간을 흥분에 겨워 끌어안았다. 스님이 남긴 말들은 내 존재의 모든 수준이 아주 분명하게 이해하고 있었다. 나는 그의 흥미롭고 놀라운 표현들이 내 얼굴을 온통 물들이고 있는 걸 상상했다.

그는 다시 한 번 부드러운 음성으로 말했다.

"당신의 삶에서 그것은 수개월 동안 당신을 물리적 세계로 여행하게 했고, 드디어 당신이 원하는 바를 발견하게 만들었어요. 당신이 원하는 바는 당신 안에 실제로 존재하고 있었고 마침내 발견하게 된 겁니다."

그가 활짝 웃었다.

"정말이지, 재밌는 일이죠! 그리고 명확한 일이에요. 모든 것은, 아무것도 가진 것 없이 내 안에서 시작한다!"

그는 손가락으로 장난스럽게 나를 가리켰다.

"당신은 당신의 존재라는 보물들을 찾아냈어요. 이제 그 보물들을 마음의 일로 되돌려 놓아야 합니다. 당신의 의도들을 세상에 내보내는 방법을 통해서 말이죠. 당신에게로 되돌아오는 풍성함을 받아들이도록 스스로 허락하면서 말입니다."

그의 말은 내가 배운 모든 것에 느낌표를 찍어 주었다.

"우린 서로에게 무언가를 주었다는 데 감사할 필요가 없어요. 우린 서로 그저 받기만 했을 뿐이니까요."

그가 익살맞게 말했다.

스님은 오렌지색 법복을 들어 올리더니 작지만 맵시 있는 몸을 감싸고 나서, 선 채로 서서히 날렵하고 부드러운 몸을 움직였다. 그러고 나서 마음을 가다듬듯 오래된 종의 측면에 있는 나무 등걸에 잠시 몸을 기댔다가 다시 걸음을 옮기기 전에 내게 미소를 지어 보였다. 나는 그가 보이지 않을 때까지, 그의 샌들이 자갈 위에 깔린 모래를 끄는 소리에 귀 기울이며 뒷모습을 지켜보았다.

그가 전해 준 지혜의 말들은 오랜 날들을 여행하면서 들었던 다른 많은 사람들의 말과 함께 나의 내면의 불길을 더욱 타오르게 했다. 그리고 그 불길이 내 손에 들린 횃불에 옮겨 붙어 내가 전하려는 우주의 진리가 담긴 메시지를 더 또렷하게 밝혔다.

'우리는 우리가 가진 꿈을 가장 높은 수준에서 자각할 수 있는 힘을 가지고 있다. 우리에겐 우리의 운명을 살아갈 책임만이 아니라, 우리가 가진 많은 재능을 사용해야 할 의무도 있다. 이

의무를 다하지 않는다면, 결국 이 아름다운 세상의 마지막을 지켜보게 될 것이다.'

치앙마이, 2011년 4월 16일

～

행운은 현실을 나타내지 못하는 환상의 단어입니다. 우연히 맞아떨어지는 것은 없어요. 우린 우연히 만난 게 아닙니다.

바람이 불어오는 곳,
그곳으로 가라

"스무 살의 나이에 우리는 무엇을 할 수 있을까?"

막상 이 질문을 받게 되면 누구나 선뜻 대답하기는 힘들다. 할 수 있는 게 너무 많아서가 아니다. 선택지가 너무 없어서 당황스러워지기 때문이다. 아직 스무 살이 되지 않은 사람이건, 스무 살이건, 이미 스무 살을 넘긴 사람이건, 이 당혹스러움으로부터 자유로운 사람은 거의 없다.

어떤 스무 살은 대학을 다니고 있거나 대학을 가기 위해 공부를 한다. 어떤 스무 살은 일찌감치 사회에 발을 들여놓았거나 그 일원이 되기 위해 준비를 하고 있다. 물론 대학에 가는 것도 훗날 사회의 일원이 되기 위한 준비에 해당하겠지만. 어쨌든, 안타깝게도 '대학'과 '사회'는 우리의 스무 살 청년들 거의 대부분을 수용하고 있는 두 개의 공간이다. 다른 곳이면 안 된다는 듯한, 큰일 난다는 듯한 분위기는 스무 살에게는 물론, 대다수 사회 구성원들에게 매우 익숙하다. 이것은 공포와 위압에 매우 익숙하다는 말이고, 자유와 분방에 아주 인색하다는 뜻이다.

우리 사회가 그다지 밝지도 행복하지도 즐겁지도 않다는 엄정한 증거다. 우리는 마치 밝고 행복하고 즐거운 세상에 살아가는 것이 큰 악덕이라도 된다는 듯, 대학과 사회라는 두 개의 공간에 스무 살의 청년들을 가두려 전력을 다하고 있다.

만약 대학을 다니고 있는 스무 살의 한 청년이 "지금 하고 있는 이 공부가 내가 정말로 하고 싶은 일일까? 내가 정말로 사랑하는 일이 이것이 아니라면 나는 어떻게 해야 하는 거지?"라고 자신에게 질문을 던진다면, 그러곤 스스로 대학을 뛰쳐나와 배낭을 꾸린 뒤 '바람 속으로' 떠난다면, 우리는 그에게 무슨 말을 하고 어떤 제스처를 보여줄까? 누군가는 어렵지만 중요한 선택을 했다고, 장한 일을 했다고, 그의 등을 두드려주거나 박수를 쳐줄 것이다. 하지만 누군가는 그의 팔을 붙들고는 섣부른 판단을 했다며 다시 생각해보는 게 앞으로의 인생에 도움이 될 거라고 충고할 것이다.

『바람 속으로』는 세상에는 '대학'과 '사회'만이 아닌 다른 공간이 존재하며, 그 공간을 경험하는 일이야말로 삶을 진정 참되게 살아가는 일이라는 사실을 깨달았던, 그래서 주저하지 않고 그 공간으로 떠났던 제이크 듀시라는 어느 스무 살 청년의 아름답고 놀라운 경험담이다.

그는 "세계는 한 권의 책이다. 여행을 하지 않는 사람은 그

책의 단 한 페이지만을 읽을 뿐"이라 했던, 기독교가 낳은 위대한 철학자이자 사상가이며 고대문화 최후의 위인으로 평가받는 『참회록』의 저자 아우렐리우스 아우구스티누스의 충고를 가슴 깊이 받아들인 젊은이였으며, '세계'라는 책을 육 개월 동안 아주 성실하게 읽어낸 훌륭한 독서가였다.

"스무 살의 나이에 우리는 무엇을 할 수 있을까?"

우리가 만약 『바람 속으로』의 주인공이며 저자인 제이크 듀시의 경험을 외면하지 않는다면 이 물음에 대한 답을 적어도 '대학'이나 '사회'에서만 찾지는 않을 것이다. 미국에서 시작해 남미, 오세아니아와 아시아로 이어지는 그의 여정을 따라가다 보면 스무 살의 우리가 무엇을 할 수 있는지를, 스무 살에 할 수 있었는데 하지 못한 것이 무엇인지를, 그리고 스무 살이 되었을 때 무엇을 할 수 있을지를 알 수 있을 뿐만 아니라, 자신이 사랑하는 일을 찾아내고 그것을 실행에 옮기는 데는 나이가 아무런 상관이 없다는 사실을 깨닫게 된다. 스무 살은 단지 물리적 숫자일 뿐, 우리의 가슴에 남아 있는 '스무 살'은 결코 늙지 않는다는 사실 또한 깨닫게 된다.

『바람 속으로』를 우리말로 옮기는 동안 줄곧 내 입가에선 미소가 떠나지 않았다. 제이크와 같은 나이, 1991년생의 한국인 청년 하나가 겹쳐졌기 때문이다. 한국인 청년은 나의 외아들이다.

기묘하게도 그 청년 역시 제이크와 마찬가지로 1학년을 마치고 스스로 대학을 그만두고 자신이 가장 사랑하는 일을 선택했다. 제이크가 자신이 사랑하는 글 쓰는 일을 하면서 부모가 없는 아이들을 위한 시설과 학교를 짓기 위한 기금 조성 활동을 펼친 것과 내가 아는 한국인 청년이 자신이 사랑하는 음악을 하면서 청년들이 주축이 된 환경·문화운동에 참여해 바쁜 나날을 보내고 있는 것 역시 두 사람이 공유하는 부분이었다. '대학'과 '사회'가 아닌 다른 공간에서 신나고 즐겁고 행복하게 자신의 삶을 살아가는 두 청년의 만남을 상상하는 일은 그 자체로 즐겁고 신나고 행복한 일이었다.

"우리는 지금, 무엇을 할 수 있을까?"

바람이 불어오는 곳으로 떠나는 것,
참 근사한 답이다.

하창수

제이크 듀시 Jake Ducey

『바람 속으로』를 출간하고 나서 미국 출판계가 인정한 젊은 작가로 주목받기 시작했다. 스티브 위즈니악, 잭 캔필드 같은 유명 인사의 극찬을 받으면서 여러 방송에 출연하였고, 현재 21세기를 이끌어갈 동기부여 강연가로 평가받으며 테드엑스(TEDx)의 스타 강연가이자 기업들이 앞다투어 초빙하는 강사로 활약하고 있다.

또한 『바람 속으로』의 영감이 된 여행을 계기로 비영리기관 〈Self Reliance Institute(자립연구소)〉를 설립해 산마르코스에 과테말라 아이들을 위한 학교를 짓는 데 필요한 기금을 모으고, 부모가 없는 아이들이 함께 지낼 수 있는 집을 짓는 일도 계속하고 있다.

열아홉 살에 '자신이 진짜 원하는 삶'이 무엇인지 찾기 위해 떠난 여행에서 얻은 깨달음을 기록한 『바람 속으로Into the Wind』를 첫 책으로, 이후 어떻게 자신이 원하는 삶을 살 것인가에 대한 책 『The Purpose Principles: How to Draw More Meaning Into Your Life』 『Profit from Happiness : The Unity of Wealth, Work, and Personal Fulfillment』를 출간했다.

www.facebook.com/jakeduceyauthor
www.jakeducey.com

하창수

소설가이자 번역가. 1987년 「문예중앙」 신인문학상에 중편소설 「청산유감」이 당선되어 등단했으며, 1991년 장편소설 『돌아서지 않는 사람들』로 한국일보문학상을 수상했다. 소설집 『지금부터 시작인 이야기』 『수선화를 꺾다』 『서른 개의 문을 지나온 사람』, 장편소설 『천국에서 돌아오다』 『걷는 자의 대지』 『그들의 나라』 『함정』 『1987』 『봄을 잃다』, 작가 이외수와의 대담집 『먼지에서 우주까지』 『마음에서 마음으로』 『뚝,』 등을 출간했다. 옮긴 책으로는 『허버트 조지 웰스』 『어니스트 헤밍웨이』 『윌리엄 포크너』 『킴』 『소원의 집』 『마술 가게』 『친구 중의 친구』 『당신에게 사랑할 용기가 있는가』 『어떤 행복』 『과학의 망상』 『답을 찾고 싶을 때 꺼내 보는 1000개의 지혜』 등이 있다.

바
람

속
으
로

지은이_제이크 듀시
옮긴이_하창수

2017년 5월 10일 1판 1쇄 인쇄
2017년 5월 22일 1판 1쇄 발행

펴낸이_황재성 · 허혜순
책임편집_수피레
디자인_color of dream

펴낸곳_연금술사
(04030) 서울시 마포구 동교로 136
신고번호 제2012-000255호
신고일자 2012년 3월 20일
전화 02-323-1762   팩스 02-323-1715
이메일 alchemistpub@naver.com
www.facebook.com/alchemistbooks
ISBN 979-11-86686-22-5   03840

이 도서의 국립중앙도서관 출판예정도서목록(CIP)은
서지정보유통지원시스템 홈페이지(http://seoji.nl.go.kr)와
국가자료공동목록시스템(http://www.nl.go.kr/kolisnet)에서
이용하실 수 있습니다. (CIP제어번호: CIP2017011059)